L'ÉNIGME
L'INTÉGRALE
TOME 1, 2, 3

PASCAL GUÉRIN

Edition originale publiée en français sous le titre :

L'ÉNIGME L'intégrale Tome 1, Tome 2, Tome 3

Copyright © 2020 Anick Villeneuve

Couverture : Pascal Guérin

Relecture et correction : Edith Courtois

Mise en page : Anick Villeneuve

Dépôt légal - 3e trimestre 2022

Identifiant ISBN 978-2-925278-10-8 (livre papier)

Identifiant ISBN 978-2-925278-14-5 (PDF)

Identifiant ISBN 978-2-925278-9-2 (ebook Kindle)

Tous droits réservés. Aucune représentation ou reproduction intégrale ou partielle de ce livre par quelque procédé que ce soit ne sera faite sans l'autorisation écrite de l'éditeur. Sauf s'il s'agit de citations dans des articles ou des revues de presse.

TABLE DES MATIÈRES

Remerciements ... 7
Introduction ... 9

1. La fin des vacances ... 15
2. La dernière fin semaine ... 27
3. En chemin vers le paquebot ... 55
4. De passage à Montréal ... 75
5. La lettre ... 85
6. Retour à la réalité ... 133
7. Sur le chemin du retour ... 143
8. Direction de la vieille capital ... 149
9. Retour au bercail ... 161
10. La découverte ... 183
11. Le village ... 195
12. Création d'une firme bidon ... 209
13. L'arrivée de l'équipe ... 229
14. Première partie du décryptage ... 245
15. L'enlèvement de richard ... 253
16. Faut faure vite ... 267
17. Premier coup d'oeil ... 279

18. La pièce secrète	299
19. À la recherche de Richard	313
20. Deuxième partie du décriptage	323
21. Commencement des fouilles	339
22. Le retour de Yuri	349
23. Objet manquant	355
24. Il faut sauver Didier	363
25. Voyage repide de Yuri et Nathalia	373
26. La pièce secrète partie 2	383
27. Fermeture du site	403
28. Le cartel	413
29. La fin de Yuri	419
30. La découverte du site par le cartel	429
31. Les retrouvailles	435
Conclusion	449

REMERCIEMENTS

Mes premiers remerciements vont à ma conjointe Anick Villeneuve, mes enfants Xavier, SarahMaude, Nathan, Lyli-Rose et Koralie, ainsi que toute ma famille qui m'ont toujours soutenu et encouragé dans cette belle aventure.

Merci, bien sûr, à mes bêta-lecteurs qui sont si importants à mes yeux, soit François Otis, Anne-Marie Thinel, Francis Possa et Nathalie Laurin.

Et merci spécialement à ma correctrice-réviseure Edith Courtois qui m'a ouvert tellement de portes pour un superbe avenir. En souhaitant poursuivre mon cheminement avec cette merveilleuse personne pour les romans à venir.

Également, un grand merci à Danielle Huard et son équipe de www.cia2ta.com, qui nous accompagnent d'une façon incroyable et qui mettent leurs vastes ressources à notre disposition pour mieux nous faire connaître.

Encore un grand merci à chacun d'entre vous.

INTRODUCTION

1870 — Stephen, jeune étudiant en archéologie, venait d'une famille bien nantie. Ayant beaucoup d'argent et de relations hors du commun, cette famille pouvait tout se permettre. C'est avec l'intention de se faire un nom que Stephen décida de s'embarquer pour son premier voyage outremer en direction du Mexique. Mais surtout, c'était pour satisfaire sa passion pour les trésors et les lieux inédits. Passion qu'il puisa dans un récit de l'éminent spécialiste de l'époque précolombienne, Georg Seller, qui devint célèbre pour ses définitions et les symboles mayas qu'il avait décryptés. Stephen croyait fermement qu'il allait devenir le successeur de cet homme et découvrir de nouveaux sites par lui-même, pour enfin ajouter son nom à l'Histoire. Ayant très peu d'expérience, mais pourvu d'un cœur vaillant, Stephen était parvenu à monter sa petite équipe pour pouvoir réaliser son grand rêve.

Une fois reposés de leur longue traversée océanique, Stephen et son équipe se rendirent visiter leurs premières ruines mayas. Un endroit, selon les dires, majestueux et magique, situé non loin de cette fameuse montagne connue sous le nom de Montagne du Diable. Un endroit reconnu pour ses multiples légendes, ainsi que pour de nombreuses disparitions. Pour accéder au site, ils durent passer par un petit village presque désert les rares villageois qu'ils y ont croisés leur racontèrent des légendes que Stephen connaissait déjà. Jeunes et fringants, Stephen et ses amis n'avaient pas peur de l'aventure. Le mot « danger » ne faisait pas partie de leur vocabulaire! Au fil des rencontres, ils avaient entendu parler du gouffre géant qui se trouvait à proximité des ruines. Un endroit qui ne sortait pas d'un livre d'histoire, mais qui existait bel et bien dans la réalité. Ils voulaient voir cet endroit de leurs propres yeux. Dérogeant de leur plan de match initial, qui était d'aller en apprendre davantage sur les ruines mayas, ils décidèrent de s'y rendre. C'était en effet assez téméraire, puisqu'aucune précaution n'avait été prise… ils partaient sans équipement ni carte topographique de la région. Juste au pif. En marchant en direction de ce gouffre, ne suivant aucun chemin précis, Stephen était par hasard tombé sur une pierre qui portait des symboles déroutants, différents de ce qu'il connaissait des Mayas. Stephen et ses amis en avaient pris quelques photos au passage, sans trop y porter d'attention. Ainsi, ils continuaient leur périple sur ce chemin, au milieu de cette dense jungle, en direction de la Montagne du Diable.

Après une très longue journée de marche, sous les attaques de moustiques très persistants, ils arrivèrent finalement sur les lieux, épuisés, mais tout à la fois très enthousiastes d'y dénicher la perle rare. Penchée au-dessus du gouffre d'une profondeur incroyable, l'équipe ne pouvait s'empêcher de repenser aux mises en garde de leurs guides mexicains à propos de ces lieux. Ces mêmes lieux qui étaient synonymes de mort, de malchance, de disparitions et d'autres phénomènes étranges. Sans trop de précautions, et sous les regards désapprobateurs de leurs guides d'expédition, les jeunes aventuriers se mirent à accrocher des cordages aux quelques arbres des alentours, en vue de descendre en rappel dans ce gouffre sans fond. Chance du débutant : Stephen et ses amis avaient trouvé plusieurs inestimables artéfacts au fond de ce vaste gouffre à ciel ouvert. Entre autres : quelques statuettes en or massif et un magnifique bracelet richement gravé d'inscriptions que Stephen n'arrivait pas à décrypter.

Abattant quelques arbres chétifs pour aménager une petite clairière, ils avaient monté leur campement tout prêt d'une rivière. Un mois entier déjà que Stephen étudiait l'endroit. Il avait dressé des plans minutieusement détaillés, ainsi qu'une carte dessinée à la main. Il notait tous les renseignements recueillis en détail dans son calepin, traçait des plans sur d'autres feuilles, en fonction de chaque nouvelle découverte.

De nature téméraire, Stephen avait un bon jour décidé de repartir seul vers la montagne et de se rendre au sommet de celle-ci, dans le but de cartographier l'endroit plus soigneusement. Il avait donc gravi cette montagne escarpée, agrippant de vieilles racines pour ne pas perdre pied. Rendu près du sommet, il jeta un coup d'œil sur une plate-forme qui avait attiré son attention. Sentant qu'un nouveau défi se présentait à lui, il reprit son ascension. Cette montagne l'avait soumis à un véritable envoûtement; elle revêtait pour lui un aspect absolument magique. Stephen sentait la curiosité croître en lui à mesure qu'il progressait. Sur place, son œil de lynx lui permit de remarquer rapidement une cavité dans la paroi rocheuse. Très surpris, il songea d'abord à informer ses camarades de cette découverte. Mais, submergé par l'impatience, incapable de résister à ses pulsions, il finit par prendre la décision d'entrer dans celleci... pour ne jamais en ressortir.

Plusieurs heures étaient maintenant passées et le petit groupe d'amis était toujours sans nouvelle de lui. La nuit tombant, en compagnie des Mexicains, ils commencèrent à le chercher activement autour du campement. Les jeunes explorateurs réunis par Stephen s'imaginaient le pire... Pouvait-il s'être perdu dans cette jungle s'étendant à perte de vue? S'était-il fait attaquer par une bête?

Rongés d'inquiétude, les guides retournèrent en vitesse au village, afin d'envoyer une équipe de sauvetage pour tenter de retracer l'intrépide jeune explorateur.

Après plusieurs semaines de recherches infructueuses, l'équipe commença à manquer de ressources. Réunissant les vestiges déjà rassemblés, les jeunes chercheurs prirent ensemble une discussion décisive : le temps était venu d'abandonner les recherches et de mettre fin, malheureusement, à cette expédition.

La plupart des membres de l'équipe étaient des amis de Stephen. Dans cette aventure, ils l'avaient suivi les yeux fermés. Stephen, ce jeune homme à l'esprit vif, toujours rempli d'idées et de grands projets, est maintenant perdu ou mort... Ses amis, complètement atterrés, durent abandonner le site de recherches, pour ne plus jamais y revenir. Le coup étant fatal, la majorité des objets trouvés furent remis à la famille de Stephen, en guise de souvenirs. Ceux-ci avaient le cœur brisé. Ils décidèrent de rester discrets, dans l'ombre, tout en faisant don des précieux artéfacts à des musées prestigieux. Ils rendaient ainsi hommage à ce jeune homme qui avait trouvé une fin de vie abrupte et tragique.

CHAPITRE 1
LA FIN DES VACANCES

C'était le dernier week-end de l'été, celui-ci tirant déjà à sa fin. L'automne approchait à grands pas; les froids allaient bientôt s'installer. Edward aimait se promener dans la région nordique de Québec, un endroit où il faisait bon vivre. L'hiver pointait déjà son nez : les arbres se déplumaient de leurs feuilles, les vents froids soufflaient de plus en plus souvent. Les terrains se garnissaient de feuilles mortes tombées des arbres, annonçant ainsi la saison hivernale. Les habitants de cette région étaient habitués aux hivers précoces. Ils se préparaient pour la saison froide en cordant du bois pour les foyers, en rangeant les meubles et les équipements de sports estivaux, comme les vélos et les kayaks, ceux-là mêmes bientôt remplacés par les raquettes et les skis. Quant à lui, Edward se préparait mentalement pour sa dernière année d'études, en rêvant de grandes aventures pour la fin de l'année.

Comme son père, Edward était plutôt grand, les yeux bleus, les cheveux blond châtain. Il possédait ce même charisme fou qui avait ouvert énormément de portes à son père tout au long de sa vie. Ce dernier était évaluateur-expert de réputation internationale, dans le domaine de l'antiquité très rare, des artefacts et autres objets précieux. C'est en rapportant des objets uniques à la maison, comme des statuettes provenant d'anciennes civilisations et pour certaines datant de plus de 2 000 ans, qu'il inculqua très tôt à Edward cette passion qu'il avait à décortiquer l'incompréhensible. Et c'est ainsi qu'Edward, mi-vingtaine, marchant carrément dans les traces de son père, se retrouvait à terminer ses études universitaires en archéologie.

— Bonjour jeune homme! Comment vas-tu ce matin? Edward n'ayant pas eu le temps de répondre, son père enchaîna aussitôt.

— C'est maintenant que débute ta dernière année d'études… as-tu commencé à penser à des projets pour ton avenir?

— Oui, effectivement, j'ai quelques projets que j'aimerais réaliser.

— Et à quel genre de projet penses-tu? Je pourrais peut-être t'aider à les réaliser, si tu es d'accord, bien sûr.

— Bien... te souviens-tu quand, l'année dernière, nous avons fait quelques stages sur le terrain préparé par le corps enseignant sur des sites préétablis? Nous avons pris de l'expérience, bien sûr, et c'était très divertissant. Mais ce n'était pas si intéressant, en fait, car les sites avaient déjà été découverts par d'autres chercheurs nous ayant précédés. De plus, ils s'en servent depuis plusieurs années pour enseigner, et les sites ne datent que de 300 à 500 ans!

— Attention, jeune homme! Tu pourrais être surpris. Il n'y a pas seulement les colons qui sont arrivés voilà 500 ans et qui ont vécu ici avant nous! Par exemple, les Premières Nations étaient un peuple d'explorateurs qui vivaient ici depuis plus de 10 000 ans. Beaucoup plus au nord, en régions éloignées, vivaient aussi les Paléo-américains, arrivés bien avant ceux que nous appelons les Premières Nations. Venant d'ouest et des régions sibériennes, ils ont traversé par l'Alaska pour se retrouver au Canada. Ce peuple de grands aventuriers était toujours à la recherche de nouveaux territoires à découvrir.

— Oui, je sais bien, mais maintenant... pour la dernière année d'archéologie de l'université, on nous a demandé de trouver des sites par nousmêmes. Mais c'est là que ça devient intéressant; nous ne sommes pas obligés d'aller travailler sur des sites connus ou situés dans notre région.

— Vous pourriez aller dans d'autres villes comme Montréal, ou ailleurs dans la région, et ce serait quand même intéressant, tu ne trouves pas?

— Oui, mais ce que l'université nous propose, c'est plutôt d'organiser une expédition ailleurs sur la planète, ce qui nous donne plusieurs choix de régions. Si nos finances le permettent bien sûr, car ce stage est censé durer plusieurs mois.

— Je comprends très bien, mon fils, mais c'est beaucoup plus coûteux comme voyage. Et encore, ça dépend de quelle région vous choisissez. J'imagine que tu n'as pas l'intention d'y aller seul non plus. Ces voyages de découverte peuvent être très dangereux dans certains pays du monde.

— Oui, je le sais. Et c'est pour ça que l'université nous a demandé de former des groupes d'au moins quatre personnes pour les voyages à l'étranger.

— C'est une sage décision de leur part, mon fils. As-tu réussi à te mettre un peu d'argent de côté?

— Bien sûr, ça fait déjà plusieurs années que j'économise.

— De combien parles-tu… sans être trop indiscret?

— Environ 12 000 dollars.

— Très surprenant! Alors, avec qui as-tu prévu de faire ce voyage? Non! Laisse-moi deviner... C'est sûrement Frédéric et Paul qui t'accompagnent, n'est-ce pas?

— Bien sûr, mais il nous manque toujours un quatrième participant pour pouvoir profiter de cette opportunité. Nous avons donc commencé à en discuter avec le corps enseignant de l'université pour déterminer les possibilités qui s'offraient à nous. Ils nous ont proposé d'afficher une demande sur les babillards de tous les campus, pour voir s'il y aurait un élève d'ici ou d'une autre université qui pourrait être intéressé par notre projet, mais bien sûr, dans le même domaine de recherche que nous. Les autres étudiants n'ont pas l'intention de voyager à l'étranger. Nous n'avons toujours pas reçu de nouvelles réponses de nos professeurs, alors nous sommes dans l'impasse pour l'instant.

— Soyez patients. Si vous êtes dus pour faire ce voyage, tout va arriver à point. Alors, quand vous aurez trouvé la personne manquante, faites-le-moi savoir. À ce moment, on rediscutera de l'endroit que vous pourriez envisager comme destination. J'aimerais aussi savoir quels types de recherches vous prévoyez mener. Et, si vous le voulez bien, je pourrais vous apporter un peu de mon expérience.

— Oui, bien sûr, ce sera très apprécié!

— Alors, sur ceci, je te laisse, je dois partir pour Montréal.

J'ai une évaluation à faire, je serai parti pour les trois prochains jours. Donc, on va se revoir dimanche. Avant que je quitte, j'aimerais connaître tes intentions pour ce week-end. Toi et tes amis, aviez-vous prévu quelque chose de spécial?

— Oui, j'ai trouvé des billets pour aller visiter un ancien bateau, le Queen Mary, qui est devenu un musée. Celui-ci accostera dans le Vieux-Port de Québec. De plus, il se tient une foire dans le Vieux-Québec, alors on fera d'une pierre deux coups.

— Bizarre, je n'ai jamais entendu parler de bateaumusée, même si je travaille dans les antiquités. Bien! Dans ce cas, je vous souhaite une bonne visite de musée et passe une bonne fin de semaine. Sois sage, mon fils, lui dit-il en souriant. On va se revoir dimanche.

Son père agissant professionnellement comme expert en évaluation d'objets rares, Edward était toujours présent quand il était question de voir les nouveaux trésors arriver. D'aussi loin qu'il se souvienne, presque tous les soirs, Edward descendait tout doucement les vieilles marches de l'escalier, jusqu'aux abords du local de son père, où il se cachait pour le regarder travailler. Edward était grandement fasciné par les objets que son paternel ramenait à la maison. À tous les coups, son père l'entendait descendre les marches qui grinçaient immanquablement.

Alors son père disait à voix haute : « Je crois que j'ai besoin d'un peu d'aide pour mon projet. Je dois trouver la solution à un problème et ce qu'il me faudrait est un petit garçon d'environ cinq ou six ans. Mais où pourrais-je trouver ça à cette heure tardive? » C'est à ce moment qu'Edward sortait de sa cachette en courant, les yeux brillants, pour aller rejoindre son père et lui offrir son aide.

— Papa, moi, je peux t'aider! s'exclamait Edward, surexcité.

— Je crois que tu pourrais m'aider, effectivement, mais es-tu sûr d'avoir l'âge?

— Oui! S'il te plaît, Papa!

« Je t'engage! » lui répondait alors son père en riant. Rien ne pouvait rendre son fils plus heureux! C'est ainsi qu'Edward est devenu aussi passionné. Son père lui racontait toujours de fantastiques aventures concernant des personnes cherchant des trésors à travers le monde.

Son père avait construit un très grand laboratoire dans le sous-sol de sa vieille maison. Il y pratiquait son métier d'analyse et de datation d'objets d'art. Dès l'entrée du laboratoire, on remarquait de grandes tables solidement fixées aux murs blancs. Sur ces tables, s'alignaient une série de minuscules outils servant aux analyses et au nettoyage des objets rares. L'éclairage adéquat était assuré pour l'observation précise des antiquités et des œuvres d'art sur lesquelles il pouvait se pencher des heures durant.

Des années plus tôt, son père avait fait l'acquisition, à prix dérisoire, de cette majestueuse maison plus que centenaire. Les anciens propriétaires de la maison étaient des amis personnels de la famille depuis plusieurs générations. De grandes lucarnes blanches donnaient directement sur l'entrée, surplombant ainsi les deux étages de la devanture. La façade ressemblait étrangement aux vieux manoirs du 18e siècle, comme les maisons des plantations louisianaises ornées de grands balcons et de hautes colonnes blanches. On avait l'impression que plusieurs familles pouvaient y vivre en même temps. Dans de majestueux salons où se remarquaient de magnifiques boiseries, toutes plus belles les unes que les autres, de très grands tableaux représentaient différentes époques. Un foyer sculpté dans une pierre de granite trônait au centre de la pièce. De l'autre côté, se retrouvait la salle à manger avec son immense table garnie d'un chandelier imposant disposé en plein centre. La cuisine, avec ses comptoirs faits de marbre italien et ses armoires en chêne massif, était toute aussi élégante que les autres pièces du rez-dechaussée. Dans le hall d'entrée, un escalier central donnait accès au deuxième étage où s'étirait un grand passage agrémenté de boiseries décoratives. Tout le long de celui-ci, sur des piédestaux, étaient disposés vases, statues et autres objets d'art. Dans les chambres, se trouvaient d'immenses lits baldaquins, accompagnés du mobilier d'époque. Celle d'Edward donnait directement sur la partie arrière de la maison et offrait une superbe vue sur les montagnes. Cette résidence d'exception était située aux abords du grand fleuve Saint-Laurent.

De temps à autre, on y apercevait de grands bateaux circuler en direction de l'est, vers le VieuxQuébec, pour ensuite disparaître vers l'Atlantique. Edward se disait qu'un beau jour, il allait lui aussi prendre un de ces imposants navires pour aller découvrir des endroits où personne n'avait encore posé les pieds.

Mais, pour l'instant, sa priorité était de compléter sa dernière année d'études universitaires. Son père lui disait toujours que d'avoir une bonne éducation pouvait le mener très loin dans la vie, surtout pour ceux et celles qui avaient d'ambitieux projets d'avenir. Les études étaient un mal nécessaire pour y parvenir. Comme Edward était une personne très déterminée quand il voulait avoir ou réussir quelque chose, il ne lâchait jamais prise, jusqu'à temps de toucher au but. Cette persévérance, il la tenait de sa mère, disparue tragiquement dans une expédition. Elle l'avait toujours soutenu dans la poursuite de ses études.

Déjà plus d'un an que ce drame s'était produit. Une épreuve qui avait été très dure à surmonter, autant pour

Edward que pour son père. Les secouristes n'avaient jamais retrouvé le corps de sa mère à l'endroit où elle se serait aventurée. Ils avaient laissé savoir que cet endroit était trop difficile d'accès pour aller lui porter secours. Finalement, les recherches avaient été abandonnées. Plusieurs personnes auraient échoué dans leurs tentatives de la retrouver. Et beaucoup d'autres disparurent tout simplement, payant le prix fort de leur vie. Puisqu'aucun indice ne permettait de penser le contraire, les autorités conclurent à leur décès. Puisque, soutenait-ils, personne ne voulait plus retourner sur place, ils décidèrent de fermer l'enquête. Mais cette histoire était-elle véridique? Richard, le père d'Edward, ne croyait pas ce qu'on lui avait raconté à ce sujet. Il était d'avis que leur histoire n'était pas crédible et que quelque chose n'allait pas. Richard connaissait bien son épouse; elle était une personne très rationnelle. Elle n'aurait jamais pris ce risque au péril de sa vie, sachant très bien que sa famille l'attendait à la maison. D'ailleurs, aujourd'hui, Edward et son père ne croyaient toujours pas à son décès. Ils avaient toujours ce pressentiment qu'elle était en vie et qu'elle allait franchir le seuil de la porte, son grand sourire flamboyant aux lèvres.

Il restait encore une bonne semaine de repos à Edward avant le retour à la réalité. La session universitaire approchait à grands pas. Il avait prévu faire quelques sorties avec ses amis avant le début des cours. Un peu plus tôt dans la semaine, Edward avait parlé avec Frédéric et

Paul dans le but d'organiser une sortie en ville, question de se détendre un peu avant de commencer la session de cours.

Frédéric et Paul étaient ses deux meilleurs copains d'enfance. Ces trois amis inséparables avaient fait les quatre cent coups ensemble. Son ami Frédéric était son voisin le plus près. Un grand gaillard, d'une bonne corpulence, aux cheveux brun foncé; des yeux marron clair, toujours à l'affût des nouvelles tendances. Ne prenant jamais rien au sérieux et fort habile en répartie, il aimait jouer des tours afin de garder une bonne ambiance. Pour Frédéric, la vie était une partie de plaisir. Tandis que Paul, qui habitait quelques rues plus loin, venait d'une famille moins fortunée. Une famille beaucoup plus nombreuse : Paul avait deux frères et trois sœurs. Jeune homme plus réservé et timide de nature, il ne s'en laissait pas imposer pour autant. Cheveux noirs et yeux bruns, il était un peu moins grand qu'Edward et Frédéric, mais bien plus costaud. Quand il levait le ton, il affichait un regard très perçant et les gens autour lui se taisaient et l'écoutaient avec attention.

En compagnie de ses deux amis, Edward avait prévu de se rendre à la foire qui s'était installée en ville depuis quelques jours. Celle-ci avait pris place dans le Vieux-Port, sur un grand terrain vague bordant le fleuve. Les organisateurs avaient misé sur cet endroit pour y attirer les tourismes venant d'outremer. Dans le secteur, on retrouvait des musées à presque tous les coins de rue, ainsi que des restaurants et nombreuses autres activités toutes aussi attirantes les unes que les autres. Edward avait trouvé des billets dans le Journal de Québec permettant de faire la visite d'un bateau très ancien qui serait devenu, en fait, un « musée sur l'eau ». Avant le départ de son père, Edward lui avait demandé s'il lui était possible de lui emprunter sa Chevrolet Bel Air pour se rendre dans le Vieux-Québec.

Comme son père avait plusieurs automobiles à sa disposition, Edward avait tenté sa chance. La Chevrolet Bel Air était une voiture d'époque de toute beauté. Presque tous les amateurs de voitures anciennes adoraient ce modèle, surtout pour faire sensation et attirer facilement les regards. Son père se l'était procurée depuis quelques mois seulement; c'était le plus beau modèle construit dans les années 50. Heureusement pour les jeunes, Richard avait donné à son fils la permission de la conduire, mais avec certaines consignes. Surtout ne pas l'endommager!

CHAPITRE 2
LA DERNIÈRE FIN SEMAINE

C'était le dernier beau week-end de l'été; la fin d'août arrivait bientôt. Edward devait aller chercher ses deux amis Frédéric et Paul autour de 11 h, pour leur journée en ville. Edward avait prévu environ une heure de route, afin d'arriver vers midi dans le Vieux-Québec. Le petit groupe d'amis voulait en profiter pour découvrir à pied la vieille capitale et y prendre un bon repas. La journée semblait prometteuse.

Son père était parti vendredi avant midi pour le week-end. Edward se retrouvait maintenant seul à la maison jusqu'au samedi matin. Son père lui avait assigné quelques tâches : sortir les poubelles, laver la vaisselle, et autres petites corvées. Puisque Edward était un lève-tôt, les tâches ne le tiendraient occupé que peu de temps. Il avait déjà pris une bonne douche, suivie d'un bon déjeuner. Vers 9 h, ses corvées étaient déjà presque complétées et une belle journée s'annonçait. Edward commençait à tourner un peu en rond. Finalement, un petit tour dans la bibliothèque de son père s'imposa, question d'écouler un peu du temps qu'il lui restait avant de quitter la maison.

Soudainement, il se retrouva devant un vieux manuscrit. Il s'installa à une table pour le feuilleter. La maison était très calme; on aurait pu entendre une mouche voler dans la pièce. À peine 10 minutes étaient passées. Déjà presque enchaîné à l'histoire du manuscrit, comme si son âme était attirée par cette lecture profonde, Edward eut l'impression que son esprit sortait de son corps et qu'il était prêt à s'envoler. Et soudain, Boom!, un bruit intense le ramena en partie à la réalité... puis encore un autre BOOM! Beaucoup plus intense, cette fois-ci, qui le fit sursauter de plus belle. Edward avait l'impression de se réveiller à l'extérieur de son corps. Alors qu'un troisième vacarme retentissait, il entendit également des bruits de pas. Ceux-ci le sortirent brusquement de sa transe : quelqu'un marchait dans la maison! Pensant que c'était son père, qui était déjà revenu, Edward se leva aussitôt pour aller à sa rencontre. Toujours avec cette étrange sensation de flotter... sans trop y porter attention, il continua ses recherches dans la grande maison.

— Papa, est-ce que c'est toi qui es revenu? s'exclama Edward.

N'obtenant aucune réponse, il tendit l'oreille, sans entendre de nouveaux bruits. Située à l'arrière de la maison, la bibliothèque ne lui permettait pas de porter une oreille attentive aux voitures qui pourraient arriver dans la cour avant. Il réitéra sa question, mais celle-ci resta toujours sans réponse. Edward rebroussa chemin pour s'asseoir de nouveau dans la bibliothèque, pensant qu'il avait tout simplement rêvé et que son esprit trop imaginatif lui jouait des tours. Soudainement, d'autres bruits de pas, cette fois-ci moins feutrés, beaucoup plus vigoureux que les premiers, captèrent son attention. Des objets tombèrent au sol au même moment, le faisant sursauter de nouveau.

Edward prit un timbre de voix plus sérieux en répétant « Qui est ici? » Toujours aucune réponse. Maintenant moins absorbé par le récit du manuscrit, Edward se devait de rester calme et prudent, malgré ce qu'il venait d'entendre. Malgré son courage naturel, ces bruits le rendaient plutôt nerveux. Le voilà donc qui avançait avec une certaine méfiance, faisant le tour de la maison, concentré sur son objectif premier : trouver d'où provenaient les bruits. Pièce par pièce, d'un pas audacieux, il avançait, sûr de lui et déterminé à élucider le mystère de ce qu'il venait d'entendre. Il regarda sous les lits, dans les penderies, derrière les rideaux, et ce, du premier jusqu'au deuxième étage. Edward sondait cet environnement familier, sans percevoir l'objet qui aurait pu se fracasser au sol. Il ne trouvait rien d'étrange au premier coup d'œil, mais... il avait bien entendu quelque chose! Malgré le fait qu'il eût regardé partout, Edward n'avait trouvé aucun objet sur le sol. Après un moment, Edward commença à douter de lui-même... avait-il réellement entendu ces bruits? Il se devait de continuer ses recherches. Il descendit au sous-sol, le dernier espace qu'il n'avait pas encore examiné.

Avec précautions, il descendit l'escalier. Un grincement de marche le fit sursauter, et ce, bien que ce fut un bruit tout à fait familier. Edward était maintenant de plus en plus nerveux à l'idée de tomber sur un cambrioleur, ou on ne sait quoi d'autre… mais toujours rien d'anormal. Il porta son regard dans le local de son père, où rien n'avait bronché. Tous les objets étaient à leurs places respectives. Ce faisant, il opéra un changement de direction pour revenir à son point de départ. Il jeta un dernier coup d'œil aux vitres, mais aucune n'était brisée. Comme cette maison était très vieille, et puisqu'Edward débordait de fantaisie, il commença à imaginer la présence d'esprits. Chaque nouveau pas qu'il faisait dans cette maison lui glaçait le sang. Après des recherches infructueuses, Edward retourna à la bibliothèque pour se calmer. Depuis la disparition de sa mère, il était devenu plus nerveux, plus sensible. Peut-être que son esprit lui jouait tout simplement des tours? Regardant sa montre, Edward réalisa qu'il était temps de partir pour aller retrouver ses amis. D'un pas décidé, il rassembla ses effets personnels et attrapa les clefs de la voiture, accrochées près de la porte. Il sortit aussitôt de la maison, non sans jeter un dernier regard inquiet à l'intérieur. Il referma la porte en prenant soin de bien la verrouiller et se dirigea vers l'entrepôt où son père stationnait la voiture. Malgré tout, Edward se demandait ce qui venait de se passer dans la maison. Pendant tout le temps où il faisait le tour des pièces, il avait eu la désagréable impression qu'il était épié, comme si quelqu'un, ou quelque chose, l'observait.

Il se demanda si le récent épisode de transe vécu pouvait être à l'origine des sons qu'il venait d'entendre. Tout cela n'était peut-être qu'illusion...

Pour l'instant, autre chose l'attendait. Un beau week-end se dessinait à l'horizon pour lui et ses amis. D'ailleurs, ceux-ci devaient l'attendre avec impatience. Parce qu'une très importante année d'études les attendait, ils avaient prévu pas mal de choses pour leur dernier week-end de liberté.

Arrivé à l'entrepôt, il ouvrit la grande porte pour en sortir la voiture, cette magnifique Chevrolet Bel Air 1957 dont les formes et l'allure coupaient le souffle. C'était le modèle le plus convoité des années 50, au moteur rugissant, qui faisait battre le cœur des hommes. Avant de quitter l'endroit, il s'assura que tout était bien verrouillé, prenant le temps de jeter un dernier coup d'œil à la maison, où tout lui sembla normal. Il partit aussitôt en direction de l'endroit où habitait Frédéric.

Il était déjà 11 h. Frédéric l'attendait à l'extérieur, assis sous le porche de la maison de ses parents. Edward prit place dans le stationnement et alla rejoindre Frédéric en saluant les parents de son ami au passage.

— Bonjour, monsieur et madame Brabant, lança-til, avec un sourire resplendissant. D'un naturel avenant,

Edward était d'une très grande politesse et il aimait faire la conversation.

— Bonjour, jeune homme! lui répondit le père de Frédéric, ça va?

— Très bien! Vous-même?

— Bien sûr, avec une belle journée comme celle-ci, que demander de mieux? Les cours vont bientôt commencer pour vous et vous en êtes déjà à votre dernière année. Oui, ajouta la mère de Frédéric, en réponse à son mari. Elle regarda son fils, qui était déjà un homme, avec fierté. Le père de Frédéric coupa la conversation en s'adressant de nouveau à Edward : « As-tu finalement rencontré ton âme sœur? » La mère de Frédéric donna une petite tape sur le bras de son mari, lui disant qu'ils avaient bien d'autres choses auxquelles penser avant la vie de couple…

— Laisse-leur le temps de profiter un peu de leur jeunesse! Ils ont toute la vie devant eux. Ils ont leurs études à terminer avant de passer aux choses sérieuses.

— Je sais, je sais, c'est juste pour le taquiner.

Tirant Edward par le bras, Frédéric salua ses parents au passage.

— Nous partons pour la journée et nous ne sommes pas

encore certains de revenir ce soir.

— OK, mais soyez prudents, lui dit son père, affichant un regard juste assez sévère.

Edward et Frédéric montèrent donc dans la voiture et prirent la route en direction de chez Paul.

— Pourquoi ça a été si long avant que tu arrives? As-tu pris le temps de jouer avec ton corps? lança Frédéric en riant aux éclats.

— Sans commentaires! Je m'étais tout simplement assoupi, lui dit Edward, pour ne pas lui avouer qu'il avait entendu des bruits dans la maison juste avant son départ. Pour le moment, il ne souhaitait pas s'étendre là-dessus. Il passa donc aussitôt à un autre sujet.

— Paul doit perdre patience à nous attendre, nous avons intérêt à faire vite.

— Bien sûr, lui concéda Frédéric.

Ils arrivèrent rapidement chez leur ami Paul. Venant d'une famille moins fortunée que celles d'Edward et de Frédéric, Paul habitait une maison plus petite, au style rustique, qui était cependant très accueillante. Cette demeure était bordée par un vaste terrain vague à l'arrière, où Paul avait joué une bonne partie de son enfance. Il ne manquait pas d'action chez Paul! Enfants uniques, Edward et Frédéric aimaient beaucoup venir passer des journées entières chez leur ami Paul. C'était moins ennuyant que de s'amuser seuls chez leurs parents.

— Salut Paul! lui dit Edward en arrivant. En forme, le vieux? continua Edward.

— De quelle forme parles-tu? lança à la blague Frédéric.

— Il était temps que vous arriviez, ma mère commençait à me prendre pour une plante verte. Elle m'a quasiment arrosé pour que je reprenne un peu de vie.

— Ça n'a pas été si long que ça… dit Edward.

— Ce que Edward ne veut pas nous avouer, c'est qu'il a joué avec son corps juste avant de venir nous chercher.

— Celle-là, elle était drôle, mais tu sais qu'il a ouvert sa propre compagnie de stucco non loin d'ici.

— Frédéric rit à s'en décrocher la mâchoire… Tu es en feu, aujourd'hui, Paul!

— On se calme, les amis, ricane Paul à son tour. Habituellement, Paul était très calme… jamais un mot plus haut que l'autre. J'avais juste hâte de quitter pour ce week-end, leur dit-il. Je ne sais pas pour vous, mais le fait de sortir pour aller en ville, ça va faire changement de la routine habituelle. Alors, qu'attendons-nous pour partir?

— Bien sûr, répondit Edward, c'est un départ!

Conduisant en direction du Vieux-Québec, Edward restait un peu perdu dans ses pensées. Il se remémorait les évènements étranges de la matinée. Il repensait aussi au moment passé dans la bibliothèque de son père, à tenter de déchiffrer le manuscrit. Edward se sentait encore un peu dans un état déphasé à la suite de ces évènements. Il se remémorait les étranges bruits de pas dans la maison, en plus de cette chose qui était tombée sur le sol. Il eut l'impression d'avoir été épié, et cela le perturbait grandement. Après avoir fait le tour de la maison à maintes reprises et constaté l'absence de l'objet contondant qui aurait touché le sol, Edward était resté tourmenté. En même temps, il ne voulait pas gâcher son week-end avec ses amis. Il savait que ça allait lui trotter dans la tête toute la journée, mais il décida de voir tout ça avec son père dès son retour.

Les yeux rivés sur la route, il roulait depuis une bonne heure déjà vers la Vieille Capitale. Par une journée si resplendissante, il y avait beaucoup de trafic en ville. Les trottoirs du Vieux-Québec étaient bondés de badauds qui, visiblement, prenaient aussi du bon temps. Tous voulaient profiter de cette dernière journée de chaleur avant que le froid ne s'installe et prenne définitivement place pour les longs mois d'hiver. Certains se dirigeaient vers la foire, tandis que d'autres se laissaient tenter par les restaurants. Plusieurs têtes se tournaient au passage de la belle voiture d'époque dans laquelle Edward et ses amis, tous sourires, se promenaient. Près du Vieux-Port, il leur fallut réduire leur vitesse : les rues pavées étaient de plus en plus étroites.

La Vieille Capitale était d'une splendeur incroyable, ce qui ne manquait pas d'attirer les touristes. Les façades des bâtiments anciens, aux larges ornements de bois sculpté à la main, apportaient de vives couleurs au paysage urbain. Plusieurs petits restaurants-terrasses s'alignaient sur les rues longeant le Vieux-Port. Les commerçants savaient bien comment exploiter le principal point faible de leur future clientèle : les rues étroites portaient les arômes de la cuisson sur charbon de bois.

Il était maintenant l'heure pour Edward et ses amis de trouver un stationnement. Ils voulaient se rapprocher le plus près possible de la foire, et du même coup être près du Vieux-Port pour y visiter le fameux bateau-musée. Ils avaient planifié d'aller manger un bon repas en arrivant sur place. Heureusement pour eux, une place de stationnement venait tout juste de se libérer à proximité des quais. Ils n'auraient donc qu'à franchir une petite distance jusqu'aux restaurants, mais ça leur donnait l'occasion de visiter cette belle ville et de fouiner quelque peu dans les boutiques avoisinantes.

Après un court trajet, Edward finit par dénicher un bon restaurant. Tous affamés, ses amis se laissèrent séduire par les odeurs invitantes d'une grilladerie. Confortablement attablés, ils se rassasièrent tout en discutant de choses et d'autres. À la fin du repas, d'un signe de la main, Edward demanda au serveur d'apporter l'addition. Comme l'après-midi était déjà bien entamé, les trois comparses partirent immédiatement pour la foire, avec la ferme intention d'en profiter au maximum.

— Je crois avoir trop mangé, leur dit Frédéric, j'ai peine à avancer. Mais c'était tellement bon!

Frédéric était un jeune homme très élancé, une bonne fourchette, toujours en train de s'empiffrer. Partout où il y avait de la nourriture, il devait y goûter. Il était du type nerveux, incapable de rester en place, toujours sur le qui-vive.

— Trop mangé… dis-tu! On pourrait te rouler jusqu'à la foire! lui dit Paul. Si tu veux, on pourrait chercher une brouette pour te traîner?

— Paul, t'es vraiment en feu aujourd'hui, il serait temps qu'on te trouve une femme, car tes hormones doivent être à leur maximum, suggéra Frédéric en riant. À moins que tu préfères te joindre à la compagnie de stucco d'Edward?

— T'es vraiment con, lui lança Edward.

Frédéric les supplia d'arrêter de le faire rire, car il avait vraiment trop mangé.

Ils déambulaient maintenant dans les rues de la capitale ; les rues étaient fermées pour l'occasion de la foire. Plusieurs kiosques y étaient installés et de nombreuses activités s'offraient aux passants de la région, ainsi qu'aux visiteurs d'outremer, dont une partie était arrivée par un bateau de croisière accosté au Vieux-Port. À leur pleine capacité, ces bateaux pouvaient transporter plusieurs milliers de personnes à la fois. La plupart de ces passagers étaient des vacanciers provenant d'autres régions du monde. Edward portait une attention particulière aux langues qu'il pouvait reconnaître : français, anglais, allemand, pour la plupart. Il y avait bien quelques autres dialectes qui ne lui disaient rien du tout. N'en saisissant aucun mot, il ne pouvait même pas en déterminer l'origine. Tout à coup, Edward se sentit de nouveau épié. Il prit le temps de jeter un coup d'œil autour de lui, sans pour autant trouver la raison de cette impression désagréable. Ses amis marchaient déjà à plusieurs mètres devant lui. À force d'observer partout à la fois sans porter attention aux passants, il finit par percuter un passant.

— Désolé, monsieur, c'est entièrement ma faute, vraiment désolé de cette maladresse.

— Ce n'est qu'un simple incident, jeune homme, tout va bien, ne vous inquiétez pas pour moi.

Toujours distrait, Edward continuait d'examiner la foule autour de lui.

— Mais, vous, êtes-vous sûr que ça va? ajouta l'homme en question, voyant Edward de nouveau pris dans sa bulle, l'air absent.

Le passant paraissait dans la soixantaine. Sûrement un touriste français, à son allure. Il dévisagea de nouveau Edward, qui lui semblait complètement déboussolé. Le vieil homme lui redemanda si ça allait.

— Oui, je suis vraiment désolé, j'étais juste un peu perdu dans mes pensées. Je vous présente encore mes excuses, rajouta Edward. Allant de bon train, ses deux amis, qui n'avaient pas aperçu la collision, étaient déjà rendus assez loin.

— Edward, lui dit le vieil homme d'un ton plus animé, retournez-donc voir vos deux amis avant qu'ils ne soient trop loin, et ne vous en faites pas pour moi, tout va bien.

En s'excusant une dernière fois, Edward partit rejoindre ses amis au pas de course... Quand, soudainement, des questions vinrent l'assaillir : comment l'homme a-t-il fait pour savoir que je suis avec mes deux amis? Et d'où connaît-il mon nom? S'immobilisant brusquement, il se retourna pour scruter la foule des yeux, afin de voir si le vieil homme y était encore. Curieusement, il semblait s'être tout simplement volatilisé. Il examina de nouveau les personnes marchant autour de lui, mais l'homme n'y était plus. Se disant que c'était sûrement une simple coïncidence, que ses amis et lui-même avaient sûrement été aperçus ensemble un peu plus tôt, Edward se résigna et reprit son chemin.

Jetant un coup d'œil par-dessus son épaule pour questionner Edward, mais le voyant un peu en retrait, Frédéric lui demanda : « Que fais-tu à l'arrière? Est-ce que tu vas traîner de la patte encore longtemps? Ou tu as trop mangé, toi aussi? »

— Jamais autant que toi ! se moqua Edward.

La foire se trouvant directement devant eux, ils étaient enfin arrivés sur place. Inondée de lumières de toutes les couleurs, la grande roue tournait lentement sur elle-même. De petits manèges faisaient tournoyer les amateurs de sensations fortes. Des montagnes russes, avec leurs voiturettes colorées, virevoltaient à vive allure sur leur rail de métal. À proximité se trouvait la piste d'autos tamponneuses sur lesquelles une grande lignée d'enfants surexcités attendaient impatiemment d'embarquer. On percevait de grandes files d'attente pour accéder à d'autres manèges pour adultes, plus audacieux. Sur une grande allée, on trouvait plusieurs petits kiosques de jeux, cordés les uns près des autres. On pouvait y voir des jeux de fléchettes, des jeux de balle, des jeux de fusil… Chaque petit kiosque avait ses propres modèles de peluches, accrochées en quantité industrielle sur leurs murs respectifs. Tout pour satisfaire ceux qui se sentaient suffisamment habiles pour tenter leur chance à ce genre de jeux d'adresse. Les enfants couraient dans tous les sens, tellement heureux d'être à la fête. Une autre attraction présentait un grand bassin d'eau, au-dessus duquel se tenait un homme sur une chaise pivotante. Le jeu consistait à lancer une balle sur un déclencheur, qui à son tour faisait basculer le siège… et plouf! L'homme tombait dans le bassin d'eau, au grand bonheur des badauds.

— Par quels jeux voulez-vous commencer, les gars? cmmença Paul.

— Bien, toi Paul, tu devrais commencer par la table des baisers question de faire descendre tes hormones, lui lança à la blague Edward.

— Frédéric faillit s'étouffer dans sa boisson… Sérieux, les gars! On n'est plus dans les années 50, dit-il, en leur faisant un doigt d'honneur en même temps qu'un sourire. Par où commençons-nous, sans blagues?

Les trois amis se trouvaient alors tout près du fameux

bassin, avec sa chaise pivotante, occupée par un homme sans doute très mal payé pour jouer ce rôle ingrat.

— Commençons par ce pauvre bougre! leur dit Frédéric, ça lui ferait du bien une bonne trempette.

L'homme qui y était assis avait entendu Frédéric. Il répliqua à haute voix que personne n'avait réussi l'exploit jusqu'à présent. Puis, riant aux éclats : « Crois-tu vraiment réussir? »

— Rira bien, qui rira le dernier! lui dit Frédéric, qui était sûr de réussir d'un seul lancer.

— Alors, vas-y donc si tu t'en crois capable, le défia-t-il en riant.

À ce jeu, pour la modique somme de 2 $ pour trois balles, les participants tentaient d'activer le déclencheur qui était placé à bonne distance. Le but premier étant que ça rapporte de l'argent au propriétaire du kiosque, le défi était tout de même de taille. Le lancer devait être assez puissant pour déclencher le loquet et faire basculer le siège. Frédéric lança ses balles le premier, sans succès. L'homme riait de plus belle, narguant de nouveau Frédéric.

— Laisse-moi donc passer! lui dit Paul, je vais te montrer comment on fait, taquinant à son tour Frédéric. Paul lança la première, deuxième et troisième balle, sans déclencher le loquet.

— Bon, je vais encore devoir m'en charger, leur dit Edward, un sourire en coin.

Moqueurs, ses deux amis pouffèrent de rire. Ils le connaissaient trop bien pour savoir qu'il était nul à ce genre de jeux d'adresse! Edward se mit en place et, au moment même où il se préparait à lancer, une jeune fille lui coupa le chemin pour le devancer. Edward resta figé un court moment sur place, la regardant sans dire un mot, comme s'il venait d'apercevoir un ange lui passer devant les yeux.

La jeune femme le regardait intensément de ses yeux céruléens, ce qui l'hypnotisa complètement. Elle lui fit un clin d'œil, lui lançant «Les femmes d'abord» et lui décrochant un de ces sourires fabuleux. Edward, toujours sous son charme, recula d'un pas et la laissa prendre place. Edward était ébloui par cette jeune femme qui se préparait à lancer tout en le fixant intensément; il fut complètement hypnotisé par sa beauté. D'une petite poussée dans le dos, ses amis tentèrent de le sortir de sa rêverie.

— Après toi, lui dit-il.

— Merci à toi, mais tu n'auras pas besoin de passer

après moi. Car il sera au fond de son bassin dès mon premier lancer, lui annonça-t-elle, avec un petit clin d'œil narquois.

L'homme en équilibre fragile sur le banc se mit à la provoquer pour la déconcentrer :

— Si tu t'en crois capable, lui cria-t-il d'un ton moqueur, laisse-toi aller, ma belle. Et, encore à voix haute, devant tous les passants : « La petite jeune pense pouvoir réussir ça! », tout en riant aux éclats. Au même moment, la jeune femme s'élança et, dans un geste fulgurant, le projectile atteignit la cible : Bang! Le loquet se déclencha, l'homme tomba aussitôt dans le bassin d'eau, créant une grande vague sonore. Bouche bée, Frédéric, Paul, et Edward restèrent cloués sur place, impressionnés par le lancer de la jeune femme. Quelques passants derrière eux applaudirent.

— Wow! Quel lancer! lui concéda Edward, surpris par la force avec laquelle elle avait lancé cette balle.

L'homme remontait à la surface du bassin, découragé de s'être fait avoir par une jeune fille. D'un sourire moins flamboyant, il la félicita d'avoir réussi ce que bien d'autres n'arrivaient pas à faire.

— Je ne voudrais pas vous décevoir, mais d'ici peu vous retournerez au fond de ce bassin, lui répondit Edward, car c'est maintenant à mon tour de jouer.

L'homme prit de nouveau place sur le banc et replaça le déclencheur. Il jeta un regard furtif à Edward, haussant le menton pour le défier, tandis que la jeune femme regardait Edward avec un sourire entendu. Déjà, on sentait une complicité qui s'installait entre ces deux âmes.

La jeune femme était d'un charme irrésistible : peau naturellement bronzée, chevelure noire souplement bouclée. Ses paupières noircies de khl faisaient ressortir ses yeux, lui donnant un regard très profond. Elle portait une robe longue d'une blancheur immaculée, légèrement décolletée.

— Je te parie que tu ne l'auras pas! dit la jeune femme à Edward sur un ton sarcastique.

Edward la relança d'un regard amusé, un large sourire aux lèvres. Il réfléchit quelques secondes à ce que la jeune femme venait de lui dire, et à ce que pourrait être l'enjeu du pari….

La jeune femme hésita un instant, avant de reprendre la parole :

— Eh bien… si tu réussis, je passerai la journée complète avec toi et j'irai où tu veux, sans être déplacés, on se comprend bien?

Edward fut surpris par cette proposition; c'était bien la dernière chose à laquelle il s'attendait. Étant donné qu'il ne la connaissait pas du tout, il trouvait qu'elle avait beaucoup d'audace. Même Paul et Frédéric furent surpris de la proposition qu'elle venait de faire. Frédéric s'approcha d'Edward pour lui chuchoter à l'oreille : « Tu ne peux refuser cette proposition, car si tu dis non, moi, je suis partant! »

Toujours surpris par l'aplomb de cette fille, il la regarda de nouveau avec un sourire.

— Tu es vraiment certaine du pari que tu me proposes? lui dit-il.

La jeune femme lui répondit sans hésitation : «Qui n'ose rien, n'a rien! » Et toi, penses-tu réellement réussir ce lancer?

Edward afficha son plus beau sourire, sans ajouter un mot.

Impossible de ne pas accepter cette proposition… qu'avait-il à perdre? En fait, Edward croyait fermement qu'il ne s'agissait que d'une blague. Cette jeune femme était d'une beauté ahurissante, pourvue d'un charisme fou, en plus d'être plutôt sympathique. Edward avait la bizarre intuition de la connaître. Comme s'il l'avait déjà vue avant cette journée.

— Allons, qu'attends-tu pour lancer, beau jeune homme ? dit-elle.

Sans plus attendre, il décocha un tir rapide et précis, gardant toujours les yeux rivés sur la jeune femme qui venait de lui faire ce pari assez osé. La balle atteignit la cible avec force, ce qui fit déclencher le loquet du banc. L'homme, qui était en confiance, bien installé sur le banc, retomba soudain dans le bassin. Les personnes près du kiosque n'en revenaient pas et applaudissaient de nouveau l'habileté des jeunes. Durant ce temps, Frédéric et Paul regardaient leur ami, étonnés de voir Edward réussir cet exploit. Même la jeune femme semblait estomaquée du fait qu'il réussisse son coup en gardant les yeux rivés sur elle. Elle s'approcha pour lui souffler à l'oreille :

— Bien joué ! Je souhaitais vraiment que tu réussisses. C'était tout un lancer. Alors, où allonsnous ? s'enquit-elle, car je suis à toi pour la journée.

Edward fut surpris qu'elle lui avoue qu'elle avait souhaité qu'il réussisse. Il n'en croyait pas ses oreilles.

— Je croyais que c'était une blague que tu me faisais.

— Non, bien au contraire ! Un pari, c'est un pari, je vais donc le respecter.

Pendant un bref instant, Edward remarqua une petite

émotion de satisfaction. Il en fut quelque peu surpris, mais pas mécontent du tout.

— Dans ce cas, si on doit passer la journée ensemble, j'aimerais bien savoir quel est ton nom... maintenant que tu connais le mien. Il n'avait pas terminé sa discussion avec la jeune femme qu'un de ses amis s'approchait pour le féliciter de son lancer, joignant à la parole une petite poussée virile sur l'épaule. N'ayant pas eu le temps de répondre à la question d'Edward, la jeune femme se glissa sur le côté, laissant passer les deux amis surexcités.

— Mais quel lancer, mon ami! s'étonna Frédéric.

— Comment as-tu réussi ce coup sans même regarder? demanda Paul.

— Il faut croire que c'est la chance du débutant, leur dit Edward.

— Ou simplement le destin! lança Paul, en regardant en direction de la jeune femme, qui s'était mise un peu à l'écart. Pendant ce temps, l'homme au bassin d'eau remontait pour reprendre sa place sur le banc. De mauvaise humeur d'être tombé deux fois de suite dans le bassin, il reprit la parole d'une voix un peu rauque. Redoutant les talents d'Edward et de ses acolytes, il les invita à laisser la place aux nouveaux participants.

Les trois amis, accompagnés de la jeune femme, se déplacèrent donc lentement, pour aller découvrir les autres attractions offertes par la fête foraine. La jeune femme en profita pour se rapprocher à nouveau d'Edward. Remarquant la manœuvre, ses deux amis prirent un peu de distance.

— Sarah, lui répondit-elle enfin.

— Excuse-moi? lui dit Edward, toujours un peu perdu dans ses pensées.

— Mon nom, c'est Sarah!

— Très joli! remarqua Edward, la regardant droit dans les yeux. Alors, Sarah, heureux de te connaître, ajouta-t-il.

Edward et Sarah marchaient dans l'allée centrale des kiosques de jeux. À quelques pas derrière ses amis, Edward se demandait toujours comment il avait réussi ce lancer. En effet, Edward était habituellement très maladroit, nul dans ce genre de jeux. De plus, il venait de remporter un pari très audacieux. Défi proposé par une jeune femme magnifique qui venait d'entrer dans sa vie d'une façon plutôt étonnante. Il se retrouvait avec elle pour la journée, ce qui était assez incroyable en soi, se disait-il. Les deux amis d'Edward s'étaient arrêtés à un autre comptoir de jeux. Edward les regarda jouer à un jeu de fléchettes pendant que Sarah, toujours à ses côtés, discutait de choses et d'autres. Leur espoir de gagner un petit souvenir à rapporter s'envolait au fil des lancers.

— Avec la chance que tu as aujourd'hui, tu devrais en profiter, dit Sarah avec un sourire éclatant.

Edward se laissa séduire... Alors, quel prix veux-tu avoir?

— Le plus gros et le plus beau, naturellement! répondit Sarah.

À nouveau, Edward réussit tous ses lancers, avec une facilité désarmante, raflant toutes les plus grosses peluches au passage. Au point où ses amis commencèrent à se douter que quelque chose d'anormal lui était arrivé.

— Désolé, les amis, mais je n'y comprends rien, moi non plus... vous savez comme moi à quel point je suis mauvais aux jeux d'adresse! Frédéric et Paul l'écoutaient, hochant la tête en signe d'approbation. Edward avait totalement raison.

— Allons, les gars, restons-en là. Malheureusement, je n'ai aucune explication à vous donner.

Ça faisait déjà une bonne heure qu'ils se promenaient sur les lieux de la fête foraine. Frédéric et Paul continuèrent à s'essayer à un kiosque, puis à un autre, sans trop de succès. Quant à lui, Edward ne voulait plus tenter sa chance, évitant de trop attirer l'attention sur lui. Il préférait rester spectateur, à regarder ses deux amis s'amuser entre eux. Durant ce temps, il en profitait pour faire la conversation avec la belle Sarah. C'était le bon moment pour en apprendre un peu plus sur la jeune femme qui venait d'apparaître dans sa vie d'une façon assez étrange.

— Alors, peut-on savoir quel bon vent t'amène dans notre région... sans être trop indiscret. Car tu n'es pas d'ici, n'est-ce pas? lui demanda Edward.

— Oui, tu as parfaitement raison, je suis ici en week-end avec ma mère.

— Et pourquoi n'es-tu pas avec elle en ce moment?

— Elle avait quelques affaires personnelles à régler avant notre départ pour Montréal. C'était notre dernière journée ici, et ma mère voulait se reposer un peu avant notre retour au bercail. Mais, moi, je voulais en profiter au maximum! C'est pourquoi j'ai décidé d'aller me promener en ville et c'est à ce moment que j'ai entendu parler de cette foire près du Vieux-Port.

— J'espère que tu n'es pas trop déçue jusqu'ici.

— Ça fait à peine une heure que je suis avec toi et c'est déjà cool, alors... non, je ne suis pas déçue du tout. Bien au contraire, je trouve même ça amusant.

À presque 16 h déjà, ayant fait le tour complet du site, il était temps pour les jeunes de plier bagage. Edward et ses amis se préparaient à quitter la foire pour leur prochaine activité. Alors qu'ils arrivaient à la sortie du site de la foire, Sarah leur demanda s'ils avaient prévu autre chose pour le reste de la journée.

— Nous avions prévu partir plus tôt, mais avec tout ce qui est arrivé, nos plans ont quelque peu changé.

— D'accord, mais ça ne me dit pas ce que vous aviez prévu pour le reste de la journée. Je te dois encore du temps, Edward! Elle attendit sa réponse en lui souriant.

— Bien… nous avions prévu faire la visite du bateau-musée qui est accosté dans le Vieux-Port, non loin d'ici. Si ça te chante, tu peux nous accompagner, c'est moi qui invite. Et pendant que j'y pense… tu n'as pas vraiment le choix, car le pari tient toujours, déclara-t-il avec un sourire enjôleur.

— C'est vrai, tu as bien raison, l'idée me paraît séduisante. De toute façon, il me reste encore au moins quatre bonnes heures devant moi avant de repartir pour Montréal. De plus, j'ai toujours voulu visiter un bateau, alors ça tombe bien!

Edward afficha un grand sourire qui en disait long. Sarah ne lui était pas indifférente et ses amis l'avaient bien compris. Visiblement, Edward flottait sur son petit nuage.

— OK, on y va, les gars!

Ainsi, d'un pas décidé, les trois amis et la belle jeune femme prirent la direction du Vieux-Port.

CHAPITRE 3
EN CHEMIN VERS LE PAQUEBOT

Les quatre jeunes marchaient en direction du Vieux-Port. De très nombreux badauds déambulaient dans les rues; les terrasses étaient bondées. Ils approchaient maintenant de leur destination; à peine 15 minutes de marche et ils seraient arrivés. Les jeunes commençaient à percevoir la silhouette imposante du très grand bateau qui se détachait des immeubles longeant le Vieux-Port. Edward allait enfin réaliser un de ses rêves : faire la visite d'un paquebot. Comme les bâtiments d'époque n'avaient pas été conçus en hauteur, plus on s'approchait, plus on pouvait entrevoir jusqu'à la moitié du bateau tellement il était de stature colossale. Le Queen Mary avait été construit dans les années 1930. À cette époque, les bateaux de croisière étaient plutôt rares et beaucoup moins communs que de nos jours.

Une grande partie de ces bateaux avait été mis au rencart après la Deuxième guerre mondiale; beaucoup d'autres avaient sombré à la suite de bombardements. Quelques-uns avaient toutefois eu la chance d'échapper aux attaques hostiles, survivant ainsi aux conflits armés. Durant cette même guerre, la totalité des bateaux transatlantiques avaient été réquisitionnés pour assurer le transport des soldats et le matériel de guerre en direction de l'Europe. C'est pourquoi plusieurs de ces navires avaient été coulés près des côtes où faisaient rage les combats militaires. Le tout avait pour but d'empêcher les ravitaillements des forces alliées. Rares sont les bateaux qui avaient survécu, si près des lieux des combats. Le Queen Mary faisait partie de ces survivants miraculés. Avant son départ pour les transports de troupes et de marchandises, ce bateau avait été repeint en gris. Le hasard n'y était pour rien, car cette couleur lui permettait d'échapper aux appareils de détection. En raison de cette réputation, ce bateau était devenu ce que les militaires appelaient un « vaisseau fantôme ». Il avait ainsi complété au moins une bonne vingtaine d'allers-retours entre les deux continents durant la Guerre 1939-1945. Au cours de ses derniers voyages, le Queen Mary avait été utilisé pour rapporter d'inestimables objets de musée, en provenance de plusieurs pays d'Europe. Certains militaires, appelés les Monument Men, avaient pour seul but de sauvegarder ces objets d'art, en les protégeant des bombardements, et ce, jusqu'à la fin du conflit mondial. Après ces périodes tourmentées, le Queen Mary avait été remisé temporairement, pour être par la suite rafistolé et remis en état de service. À la suite de sa remise en fonction, pendant quelques années, il avait fait office de bateau de croisière. Lorsque devenu trop âgé pour poursuivre ses traversées transatlantiques, les propriétaires avaient décidé de lui offrir une nouvelle vocation. Dû à son vécu historique, couronné de glorieuses années de service, le Queen Mary aurait donc été transformé en musée flottant.

Toujours au bras d'Edward, Sarah écoutait les récits de ce dernier, qui prenait grand plaisir à leur raconter les quelques légendes racontées par son grand-père au sujet de ce navire. Beaucoup d'encre avait coulé dans les médias au sujet de ce paquebot, avant et après la guerre. Les premières légendes étaient apparues dès le début des années 30, juste après sa construction. On parlait de disparitions mystérieuses concernant plusieurs travailleurs qui n'en seraient jamais redescendus, comme s'ils s'étaient tous simplement volatilisés. Certaines personnes avaient raconté, des années plus tard, soit vers la fin des années 1930, que le premier capitaine du bateau aurait littéralement été jeté par-dessus bord. Il semblerait qu'il était en désaccord avec les autorités qui voulaient réquisitionner son navire pour participer à l'effort de guerre. Et, enfin, la rumeur la plus intéressante aux yeux d'Edward serait survenue vers la fin de la guerre. Elle racontait ses derniers voyages, pendant lesquels ce navire aurait servi au transport d'objets rares. Toujours selon les légendes, ces mêmes objets n'auraient jamais été retrouvés à destination. On raconte également que certaines cloisons auraient changé de place à l'intérieur du bateau. D'ailleurs, les plans du navire indiquaient certaines portes... qui n'existaient plus en réalité. Pourtant, plusieurs photos de l'intérieur du navire démontraient bel et bien la preuve de l'installation de ces portes. Jusqu'à ce jour, personne n'avait été en mesure d'élucider ce mystère.

Frédéric, Paul et Sarah étaient restés accrochés au récit d'Edward, l'écoutant avec la plus grande attention. Curieuse de nature, Sarah voulut en apprendre davantage sur l'histoire du navire. Malgré le peu de temps passé en compagnie d'Edward, elle ressentait une étrange impression de déjà-vu. Une chose était certaine : elle se sentait charmée par le timbre de sa voix, qui était douce et calme à son oreille. Normalement réservée et discrète, aujourd'hui, quelque chose d'indéfinissable l'avait poussée à sortir de sa retenue habituelle. Edward dégageait quelque chose d'énigmatique, une sorte de magnétisme auquel elle ne pouvait pas résister.

Depuis le décès de son père alors qu'elle était toute jeune, Sarah, maintenant dans la mi-vingtaine, vivait seule avec sa mère. Elle s'était doucement épanouie, devenant une belle jeune femme très déterminée dans la vie de tous les jours. Elle était dotée d'une force de caractère inébranlable, une résilience à toute épreuve. Mais aujourd'hui, une chose inattendue l'avait déstabilisée pour la première fois depuis très longtemps. Cet événement se prénommait Edward, au charme de qui elle avait cédé en un claquement de doigts.

Enfin arrivé près du bateau, Edward figea littéralement sur place. Il prit un long moment pour l'observer, l'examiner, malgré les photos que son grand-père lui avait montrées quand il était plus jeune. Depuis sa tendre enfance, Edward était fasciné par les grands navires, et spécialement par celui-ci. Impressionné de pouvoir enfin le voir de ses propres yeux, Edward allait réaliser enfin un de ses rêves. Le paquebot mesurait environ 200 mètres de long. En le regardant de plus près, on comprenait bien qu'il était d'une autre époque. Et avec tous les tumultes qu'il avait traversés, on comprenait pourquoi ces histoires étaient devenues des légendes, ce qui le rendait d'autant plus attirant à ses yeux.

Un agent de sécurité était posté juste devant la rampe donnant accès au paquebot. Une chaîne portant un écriteau « Défense de passer » affichait également les heures de visite autorisées.

— Bonjour! Nous venons pour la visite du bateau, annonça Edward en montrant ses billets à l'agent de sécurité.

— Désolé, Edward, mais nous sommes fermés pour le reste de la journée, répondit le gardien.

— Mais… sur l'affiche, il est inscrit que la fermeture est à 19 h, dit Edward en lui pointant la pancarte.

— Je sais bien, mais il est arrivé un petit imprévu à l'intérieur du navire.

— Et de quel genre d'imprévu parle-t-on? le relança Edward, toujours les yeux rivés sur le pont, où on voyait des hommes courir dans tous les sens. Ça n'a pas l'air d'un petit imprévu! dit Edward.

— C'est juste un entraînement, relança aussitôt l'agent de sécurité.

— C'est un imprévu ou bien un entraînement? lança Frédéric, beaucoup moins patient qu'Edward. Son tempérament pouvait se révéler un peu explosif par moments. Son caractère lui venait de son père, un homme d'affaires très redoutable. Durant son enfance, Frédéric avait régulièrement assisté à des négociations entre son père et d'autres personnes. Il avait donc appris, dès son jeune âge, à ne pas se laisser marcher sur les pieds. D'ailleurs, Edward avait souvent été obligé de s'interposer pour régler des conflits entre copains, dû au fort caractère de son pote Frédéric.

Refusant d'être la cible d'autres questions, l'agent de sécurité leur tourna le dos et s'éloigna en montant sur le pont.

— Revenez demain, on sera ouvert! D'un large geste des bras, il leur fit signe de circuler. Edward et ses compagnons semblaient fascinés par l'agitation sur le pont du bateau. On y décelait facilement quelque chose d'anormal, car les membres de l'équipage couraient dans tous les sens.

— Allez, suivez-moi, on va aller voir autres choses, lança Edward, découragé. Il trouvait que l'agent de sécurité ne s'était pas montré honnête avec eux. Il avait le pressentiment qu'il leur cachait quelque chose d'important. Mais de quoi s'agissait-il? Que se passait-il sur ce bateau? Edward se posait beaucoup de questions… auxquelles il n'avait aucune réponse. Après être revenus du Vieux-Port, déçus des récents évènements, lui et ses copains se demandèrent comment passer le temps de cette belle fin d'après-midi.

Sarah, un peu curieuse, lui posa une question.

— Par hasard, Edward, est-ce que tu le connaissais, cet agent de sécurité?

— Non. Pourquoi me demandes-tu ça?

Tu n'as pas remarqué! Il t'a appelé par ton nom!

— Tu es certaine d'avoir bien entendu?

— C'est vrai! C'est bien ton nom qu'il a prononcé! dit Frédéric et j'ai bien entendu moi aussi! J'ai pris pour acquis que tu le connaissais, alors, je n'y ai pas porté attention.

— C'est vraiment étrange, tout ce qui se passe aujourd'hui. Je crois que je vous dois une explication pour ce matin. Je vais vous raconter pourquoi j'étais en retard, dit Edward. Un peu avant de quitter la maison ce matin, il m'est arrivé des choses assez étranges dans la bibliothèque de mon père. Comme vous le savez, celle-ci est située à l'arrière de la maison, dit-il, en regardant Frédéric et Paul qui connaissaient bien l'endroit. Je ne sais pas pour quelle raison, mais je m'étais assoupi sans trop m'en rendre compte durant la lecture d'un manuscrit. Mais c'est alors que je me suis fait réveiller par des bruits de pas dans la maison, et ce, à deux reprises. Ensuite, j'ai clairement entendu le bruit d'un objet lourd tombant sur le sol, ce qui m'a subitement fait sortir de ma transe. Au début, je pensais que c'était mon esprit qui me jouait des tours, mais quand l'objet est tombé sur le sol, c'en était trop! Je me suis donc précipité pour aller voir ce qui aurait bien pu tomber. Après avoir fait le tour de la maison à deux reprises, j'ai dû me rendre à l'évidence : il n'y avait aucun objet sur le sol. Et ça ne pouvait pas être mon père, il était parti à Montréal pour la fin de semaine.

— C'est assez bizarre comme histoire, dit Frédéric.

— As-tu vérifié à l'extérieur? demanda Paul.

— J'ai tout vérifié, j'ai regardé partout! dit Edward. Mais... une autre chose est arrivée par la suite. Souvenez-vous... quand nous sommes sortis du restaurant pour nous rendre à la foire... j'étais un peu dans la lune, et j'ai heurté un vieil homme dans la rue. Lui aussi m'a appelé par mon nom! Sur le coup, j'ai pensé avoir mal entendu, alors, je n'y ai pas porté tellement attention. Et maintenant que cet agent de sécurité m'interpelle lui aussi par mon prénom, je commence à me poser de sérieuses questions.

— Ton père avait-il des problèmes? demanda Paul.

— Des problèmes? Non, pas à ma connaissance. S'il y avait quelque chose, il m'en aurait parlé... du moins, j'imagine. La mort de ma mère, ça nous a beaucoup rapprochés. De toute façon, il ne m'aurait jamais laissé seul s'il y avait eu du danger, quel qu'il soit.

— Connaissant ton père, tu as bien raison : je suis certain qu'il ne t'aurait jamais laissé seul s'il y avait eu un quelconque danger pour toi. Mais... toutes ces choses bizarres qui t'arrivent aujourd'hui... ne pourraient-elles pas être reliées à un des objets rares que ton père a rapportés à la maison? Quelques personnes mal intentionnées voudraient peut-être s'en emparer... une simple supposition, dit Frédéric.

— Non, il ne l'aurait pas laissé à la maison. Quand les objets sont trop précieux, il les laisse aux bureaux centraux du musée. À cet endroit, les salles de conservation sont équipées de systèmes de sécurité à la fine pointe de la technologie pour protéger ce genre d'artéfacts.

— Bon... je ne sais pas pour vous, mais il est déjà plus de 17 h et j'ai l'estomac dans les talons. Si l'on allait continuer d'en parler devant un bon repas? proposa Frédéric.

— Très bonne idée! dit Edward. C'est moi qui vous invite! D'un simple regard en direction de Sarah, il lui lança également l'invitation. Je crois que tu as encore un peu de temps devant toi. Estce que ça te plairait de nous accompagner?

— Je ne dirais pas non à un bon repas avec un beau gentleman, dit-elle, avec un petit clin d'œil rapide. Frédéric et Paul ouvrirent la marche pour se rendre au restaurant, suivis d'Edward et de Sarah, qui restaient un peu à l'écart pour un brin de causette.

— Sans être trop indiscrète... qu'est-il arrivé à ta mère? demanda Sarah.

— Eh bien, vois-tu, ma mère était une aventurière, une archéologue assez téméraire. Dans les dernières années, elle partait souvent en voyage à travers le monde, à la recherche de trésors. Elle était une experte dans le domaine du décryptage de vieux dialectes, en plus d'être chercheuse d'artéfacts précieux. Plusieurs firmes d'archéologie l'approchaient pour l'inviter à prendre part à leurs expéditions. Très souvent, les voyages qu'elle entreprenait duraient de deux à trois mois. Ensuite, elle revenait à la maison passer quelques semaines; elle me disait toujours que c'était pour « recharger ses batteries ». Ça me rappelle de bons souvenirs, ajouta Edward, avec un petit pincement au cœur et les yeux pleins d'eau.

Sarah s'en aperçut aussitôt et, par simple réflexe, elle lui passa la main dans le dos pour le réconforter.

— Pour faire suite à mon histoire, la dernière fois que nous l'avons vue, elle quittait le Québec pour une expédition, sous contrat avec une firme de recherches archéologiques que mon père ne connaissait pas. Mais selon elle, c'était censé être une très grande expédition; autant au point de vue archéologique que financier. Mais cette fois-là, je ne sais pas pourquoi, mon père n'était pas très chaud à cette idée; il avait un mauvais pressentiment, j'imagine. De plus, il n'était pas très ouvert à ce genre de contrats comportant des clauses de nondivulgation. Comme il ne savait pas où elle allait se rendre, son départ l'inquiétait au plus haut point. Plusieurs experts avaient été appelés à participer à cette expédition d'envergure. Et selon les dires de Maman, certains participants n'étaient pas très recommandables. Quelques-uns d'entre eux n'étaient là que pour l'argent... l'archéologie ne les intéressait nullement. Contrairement aux autres, ma mère était fascinée par de nouvelles découvertes; elle croyait fermement qu'elle allait écrire une nouvelle page d'histoire en prenant part à cette aventure. C'est pourquoi elle voulait absolument faire partie de ce voyage. Malheureusement, ce fut la dernière fois que nous l'avons vue... et ça fait déjà plus d'un an.

Juste après sa disparition, mon père a effectué plusieurs recherches afin de la retrouver, mais ses efforts sont restés sans succès. Et depuis, les seuls renseignements qu'il a réussi à obtenir proviennent de deux des chercheurs auxquels il a réussi à soutirer quelques indices. Ces hommes auraient participé à la même expédition que ma mère. Selon eux, plusieurs personnes présentes sur ces sites de fouilles leur avaient semblées assez louches, pour ne pas dire dangereuses. Mon père se retrouvait donc avec seulement quelques informations très fragmentaires; les deux types paraissaient craindre des représailles. Ensuite, nous avons appris par ces hommes que plusieurs archéologues participant à cette expédition étaient disparus sans laisser de traces. Ils ont même raconté qu'ils avaient été forcés de travailler sans relâche, jour et nuit, sur les sites de fouilles. Surpris par ces confidences, mon père leur a demandé comment ils avaient réussi à fuir l'endroit. Ils ont raconté avoir profité de l'obscurité profonde de la nuit pour prendre la poudre d'escampette. Toujours selon leurs dires, deux choix s'offraient à eux :

c'était la fuite ou la mort. Ils ont révélé à mon père que sur ces sites de fouilles, les archéologues étaient traités en quasi-esclaves. Un à un, les guides qui ne voulaient pas obéir aux ordres disparaissaient mystérieusement dans la jungle, à la faveur de la nuit. Malgré tous ces détails, mon père hésitait toujours à croire ces histoires racontées par deux types qui lui paraissaient pour le moins douteux.

Malgré les cris du cœur de mon père envers les secouristes, ils ne se sont jamais vraiment rendus sur les lieux. Les deux hommes lui ont confirmé ses doutes, en lui disant qu'il n'y avait jamais eux de secouristes pour venir les chercher. Personne n'avait levé le petit doigt pour les aider. Et selon les ouï-dire, les rumeurs, personne ne voulait s'y rendre en raison de certaines légendes racontées au fil des ans... des malédictions accablant cet endroit maudit étant la cause de nombreuses disparitions. Alors, à coup sûr, aucun corps n'a été récupéré jusqu'à maintenant. Mon père n'a jamais vraiment cru aux histoires racontées par les autorités. Il savait pertinemment qu'on lui mentait effrontément. Encore aujourd'hui, mon père s'accroche à ses convictions, espérant un jour retrouver ma mère. Malheureusement, il n'a jamais été en mesure de revoir ces deux hommes, car ils se sont tout simplement volatilisés.

— As-tu une idée du trésor qu'ils recherchaient tous, au point de risquer ainsi leur vie? Ce trésor était-il si précieux? demanda Sarah.

— On ne l'a jamais vraiment su, répondit Edward. Tu sais, pour ce type d'expéditions d'envergure, le plus grand secret est imposé. Même après avoir signé un contrat de non-divulgation, les archéologues eux-mêmes n'en savent que très peu sur le sujet des recherches. Souvent, les seules informations qu'ils reçoivent, c'est qu'il existe un trésor potentiel... par la suite, les infos ne viennent qu'au compte-goutte.

— Et as-tu une idée de l'endroit où était ce site de recherche?

— Mon père croit avoir une idée de la région dont il est question. Mais il n'a jamais voulu me le divulguer, de peur que je parte sur un coup de tête pour m'y rendre.

— Et crois-tu que ton père cherche toujours?

— Selon moi, il cherche toujours... Il s'est rendu plusieurs fois à Montréal à cet effet. Quand il croit avoir trouvé des indices, il quitte pour le weekend. Il semblerait que la personne responsable de cette expédition viendrait de cette région. Je suis un peu au courant car, voilà quelques semaines, quand mon père avait quitté pour un week-end, je suis entré dans son bureau... je ne me souviens même plus pour quelle raison... Et c'est à ce moment-là que je suis tombé sur des notes qu'il avait oublié de ranger. On y faisait mention, justement, de cette fameuse expédition à laquelle ma mère a participé. J'ai même trouvé un nom d'agence sur l'enveloppe. Cette firme s'appelle le Wiki Horse, si je me souviens bien.

Sur cette très longue conversation avec Sarah, ils arrivèrent enfin au restaurant. Frédéric et Paul semblaient réellement affamés! Ce restaurant du Vieux-Québec était de grande renommée; on disait aussi que le service y était impeccable. Suite à d'importantes rénovations, il venait de rouvrir ses portes au public. L'intérieur affichait un style pub, mais de facture assez chic. On avait pris soin de garder une partie des boiseries originales de l'époque, pour les réutiliser sur les murs nouvellement rénovés. Autour de l'immense foyer qui trônait au milieu de la salle à manger, s'alignaient de très grandes banquettes confortables à souhait. L'accueil était chaleureux, le service rapide. Encore heureux qu'il reste encore des places sans réservation en cette période achalandée! Effectivement, en ce long week-end de foire, ce restaurant d'une centaine de places accueillait de très nombreux touristes.

Les jeunes prirent place sur une moelleuse banquette. Frédéric ouvrit la conversation avec Edward au sujet de ce qui lui était arrivé au courant de cette journée un peu loufoque.

— Tous les événements bizarres qui se passent en ce moment... tu crois qu'ils seraient reliés à la disparition de ta mère? demanda Frédéric.

— Je ne sais pas trop pourquoi toutes ces choses ont commencé à se produire, mais depuis aujourd'hui, c'est beaucoup plus intense. De plus, je sais que mon père continue à chercher ce qui est vraiment arrivé à ma mère. Est-ce que c'est relié, selon toi? Pour ma part, je n'en sais rien, leur confia Edward. La discussion allait bon train quand le premier service arriva à leur table.

Dans le menu proposant de nombreux choix, tous les quatre avaient opté comme entrée pour les raviolis farcis aux champignons shiitakes sur sauce aux oignons verts. Un excellent choix, car ce plat était savoureux, d'un goût exquis. À peine avaient-ils eu le temps de terminer leur entrée, que la table était déjà nettoyée, prête pour le service du plat principal. Durant le temps d'attente, Edward avait décidé de commander une bouteille de vin. Ayant des goûts de luxe, Edward avait choisi un vin raffiné. Rien de mieux pour se détendre, vu les évènements trépidants de la journée.

— Tu te laisses aller, mon ami! dit Paul, un œil sur l'étiquette de la bouteille sélectionnée.

Du coup, Frédéric se laissa entraîner à son tour et en commanda une autre… une petite dernière, ça vous dit? Sur ces paroles, les plats principaux furent servis avec discrétion et élégance. Sarah avait opté pour un plat classique, soit une escalope de veau poêlée au marsala et linguine Alfredo. De son côté, Edward avait choisi une assiette de penne alla Primavera. Frédéric et Paul s'étaient tournés vers les grillades, préférant le filet mignon de bœuf au fromage sauvagine fondant. Durant le repas, la conversation se poursuivit, se concentrant sur les récents incidents étranges. Malgré le fabuleux repas, toujours déçus de ne pas avoir eu la chance de visiter ce fameux bateau-musée, le groupe d'amis restait sur son appétit. Dépités, ils avaient commandé trois bonnes bouteilles de vin. Conséquemment, Edward n'était plus en état de prendre le volant. C'est ainsi qu'il fit une proposition à ses camarades.

— Écoutez, il est déjà 19 h. Je ne suis plus en état de conduire, comme vous pouvez le constater. Que diriez-vous si on se trouvait une chambre pour la nuit? Demain, on pourra tenter de nouveau notre chance de visiter ce fameux navire. Qu'en pensez-vous? demanda Edward, légèrement éméché.

— Très bonne idée! reconnut Paul, mais… où trouverons-nous une chambre d'hôtel à cette heure tardive?

— Vous n'avez qu'à venir avec moi à l'hôtel! leur dit Sarah. Il y a sûrement des chambres libres, si vous voulez tenter votre chance. De toute façon, il faut que je rentre à mon hôtel, ma mère doit commencer à s'impatienter. De plus, ce n'est vraiment pas très loin d'ici, c'est à peine à deux coins de rue.

— Pourquoi pas? dit Frédéric, en donnant une tape sur l'épaule de son ami Edward.

— Bien sûr, c'est une excellente idée et... qui sait? Nous serons peut-être plus chanceux cette fois-ci.

Ils venaient à peine de terminer leur repas. Les pieds quelque peu engourdis par l'alcool, il était temps pour eux de partir pour se rendre à cet hôtel où logeaient Sarah et sa mère. À la sortie du restaurant, également sous l'effet du vin, Sarah pris le bras d'Edward pour reprendre un peu d'assurance.

— Ça ne te dérange pas? demanda Sarah sur un ton joyeux. Je crois que j'ai un peu trop abusé des bonnes choses, dit-elle en riant.

— Pas du tout, bien au contraire! avoua-t-il, le sourire fendu jusqu'aux oreilles. Ils arrivèrent bientôt à l'Hôtel Marendon. Bâti en 1870, cet immeuble était classé « patrimoine historique ». Doté d'une façade de style Art Déco rénovée en 1927, il offrait 143 chambres à ses clients. Des portes de verre d'une superbe élégance, des boiseries foncées, un majestueux lustre, un décor classique et raffiné... Le temps était venu de s'informer à la réception, espérant trouver une chambre pour la nuit. Du même coup, Sarah devait les quitter pour aller rejoindre sa mère, qui se préparait à quitter en direction de Montréal. Il était temps pour Edward et Sarah de se dire au revoir, après cette journée captivante. Edward laissa Frédéric et Paul les distancer, question de partager un petit instant d'intimité avec Sarah avant son départ.

— C'est déjà la fin de la journée et tu dois déjà partir. J'aurais aimé avoir un peu plus de temps à passer avec toi pour apprendre à mieux te connaître.

— Bien, écoute : une journée, c'est 24 heures. Selon le pari que j'ai fait avec toi, je te dois encore du temps. Alors si tu décides de venir à Montréal pour quelques jours, j'aimerais bien te revoir. Comme je te dis, je te dois encore du temps, répéta-t-elle, toujours sous l'effet de l'alcool. L'heure était venue de se quitter. Les deux tourtereaux se rapprochèrent l'un contre l'autre, les yeux dans les yeux. Qui allait donc faire le premier mouvement? Edward se rapprocha doucement pour embrasser Sarah sur les joues, mais celle-ci se pencha légèrement pour embrasser Edward sur les lèvres. Pris de court, Edward n'avait pas osé le faire pour ne pas la brusquer. Il se laissa porter par la vague, le cœur battant la chamade. Le baiser fut interrompu par Frédéric qui, sans se retourner, appela Edward pour une question au sujet de la chambre. Pris d'une gêne soudaine, Sarah et Edward s'écartèrent l'un de l'autre. On aurait dit deux adolescents qui venaient de s'embrasser pour la toute première fois. Elle lui glissa un morceau de papier dans la poche et chuchota « Appelle-moi! » tout en s'éloignant. Edward la regarda partir, toujours sur son petit nuage. Sur le coup, Frédéric se rendit compte de ce qu'il venait de faire...

— Je suis vraiment désolé, mon ami, je n'avais pas regardé ce que vous étiez en train de faire, voyant son ami encore dans la brume. Sarah était déjà loin. Ils se dirigèrent tous vers leur chambre pour une bonne nuit de sommeil.

— Frédéric lança à la blague : je crois que je vais coucher dans la même chambre que toi, Paul... on va laisser Edward jouer avec son corps!

— Tu es certain que tu ne veux pas dormir en cuillère avec moi? répliqua Edward.

Paul était plié en deux tellement il ricanait.

— Je vais passer mon tour pour ce soir! répondit Frédéric, dans un grand sourire.

CHAPITRE 4
DE PASSAGE À MONTRÉAL

À son départ pour Montréal, Richard, le père d'Edward, lui avait mentionné qu'il devait se rendre quelque part pour effectuer une évaluation importante... et qu'il ne serait de retour que dimanche autour de midi. Tout pour ne pas avouer à son fils que, depuis quelques mois, il travaillait d'arrache-pied à Montréal, à la recherche d'indices lui permettant de retrouver sa femme Rose.

Retournant la situation de tous les côtés, Richard se disait que cette expédition avait probablement été plus ardue que prévu. Ce genre d'expédition pouvait s'allonger dans le temps, s'étirant sur plusieurs semaines supplémentaires. Richard connaissait bien sa femme; il savait que celle-ci l'aurait contacté pour l'aviser d'une éventuelle prolongation du contrat. Cependant, cette fois-ci, Richard n'avait reçu aucun appel de son épouse. Les jours avaient passé; les deux semaines d'extra s'étaient lentement écoulées. À partir de ce moment-là, Richard avait commencé à s'inquiéter et avait tenté de contacter des collègues de Rose. Peut-être s'était-elle immédiatement engagée dans une autre expédition? Ça aurait été vraiment surprenant! Un seul de ses contacts avait été en mesure lui donner quelques renseignements... très fragmentaires. Ce chercheur avait lui aussi été approché par des types suspects, et pour la même expédition que celle à laquelle Rose avait participé. Cet homme avait pour sa part refusé de s'impliquer dans cette mission qui lui semblait douteuse.

L'archéologue en question, un certain Didier Bonaparte, approchait de la soixantaine. Il s'exprimait avec un léger accent français. Il pouvait compter sur une expérience professionnelle beaucoup plus vaste que celle de Rose. Jouissant d'une renommée internationale forgée au fil des années, Didier était doté d'une personnalité charismatique. Très habile sur les sites de fouilles, il était également un fin négociateur. Tout au long de sa carrière, il en avait vu de toutes les couleurs! Il avait dû s'ajuster à plusieurs situations, aussi bonnes que mauvaises, mais cette fois-ci les choses allaient se révéler plus ardues que jamais.

Richard lui avait raconté que sa femme Rose avait accepté de signer une entente de non-divulgation. La connaissant très bien pour avoir travaillé avec elle sur plusieurs projets d'envergure, Didier n'en revenait tout simplement pas qu'elle ait accepté de signer un tel accord. Cela ne reflétait pas du tout sa façon habituelle de travailler. Didier se rappelait une rencontre qu'il avait eue, quelques mois auparavant, concernant une expédition à laquelle il avait refusé de participer. L'homme qu'il avait rencontré ne lui disait rien de bon. À ce momentlà, Didier n'avait pas encore fait le lien avec cette firme de recherches archéologiques. Peut-être Rose avait-elle été forcée de signer cette entente? Menacée d'une certaine façon? Didier n'arrivait pas à se faire à cette idée. Durant les expéditions qu'ils avaient faites ensemble dans le passé, ils avaient beaucoup discuté de choses et d'autres, ainsi que de leur vie privée. Rose lui avait souvent parlé de son mari et de son fils Edward. Elle lui avait raconté ce que son époux faisait dans la vie; elle avait décrit son fils de la tête aux pieds. Avec les années, Richard avait fini par rencontrer Didier à quelques occasions, surtout dans des soirées mondaines.

Didier avait discuté un bon moment avec Richard au sujet de la disparition de Rose. Il voulait savoir ce que Richard avait réussi à dénicher comme indices. Avait-elle laissé certains documents ou autres éléments qui leur permettraient d'en savoir un peu plus? À quoi rimait cette expédition; quels artéfacts cherchaient-il au juste? Malheureusement, Richard avait très peu de renseignements à lui transmettre. Les recherches allaient être assez périlleuses en soi, car ce contrat de non-divulgation limitait largement les chances de la retrouver. Après plusieurs semaines à chercher des indices, Richard avait au moins réussi à identifier le nom de la firme en question. Un des deux hommes qui auraient participé à cette expédition lui avait laissé des indices. Richard avait réussi à leur soutirer quelques informations, par téléphone, mais sans plus. Ce n'est que par la suite que l'un des deux hommes avait envoyé à Richard une mystérieuse enveloppe... celle qu'il avait oubliée sur son bureau avant son départ pour Montréal... la même enveloppe qu'Edward avait trouvée par hasard dans le bureau de son père. Sur réception de cette lettre, Richard avait voulu discuter de nouveau avec cet homme, mais il était devenu impossible de le retracer. Il avait donc décidé de demander à Didier s'il connaissait cette firme du nom de Wiki Horse. Cette question semblait avoir littéralement coupé le souffle de Didier, car le chercheur était resté un bon moment sans dire un mot, au point où Richard avait cru qu'il avait raccroché la ligne.

— Monsieur Bonaparte! Êtes-vous toujours en ligne? Allô! Monsieur Bonaparte!

— Désolé, je suis toujours en ligne. Cette firme que vous avez nommée, êtes-vous entré en contact avec eux?

— Non, pas encore, j'ai préféré vous appeler avant pour savoir si vous les connaissiez, continua Richard.

— Excellente initiative... Écoutez-moi bien, Richard. Écoutez-moi très attentivement. J'ai entendu dire que les dirigeants de cette firme ne sont pas des enfants de chœur. Ne les approchez sous aucun prétexte.

— Mais comment vais-je retrouver ma femme, si je ne peux pas les approcher?

— Je me répète, ne les approchez surtout pas, je vous en conjure. Moi-même j'ai rencontré l'homme qui est à la tête de cette firme voilà un bon moment. Ils m'ont rencontré pour discuter de cette expédition. Bien sûr, j'ai refusé d'en faire partie dès que j'ai vu cette personne. Je me rappelais avoir vu son visage quelque part… jusqu'au jour où je suis tombé sur une émission télévisée qui parlait du monde interlope… et ce truand en faisait partie. Selon les rumeurs, ce ne sont pas des gens à fréquenter. Nous devons donc trouver une autre approche pour découvrir les renseignements dont nous avons besoin. Ensuite seulement serons-nous en mesure d'agir pour retrouver votre épouse.

— Et de quelle façon pensez-vous vous y prendre, si on ne peut pas leur parler ou les approcher?

— De la filature, c'est notre seule chance de trouver des indices. Je vais vérifier leurs déplacements, identifier les endroits où ils vont, ainsi que les personnes qu'ils côtoient. Peut-être qu'avec de la chance, nous trouverons de nouveaux renseignements. À partir de là, nous pourrons trouver ce que nous cherchons… une piste pour retracer votre femme. Et bien sûr, en même temps, nous pourrons en savoir un peu plus au sujet de leurs recherches.

— Mais... en ce moment, je ne suis pas dans la région, Richard. Alors, ne faites rien qui pourrait vous mettre en danger. Aussitôt que je reviendrai à Montréal, j'entrerai en contact avec vous... dans environ deux semaines. D'ici là, soyez patient.

Un mois s'était écoulé sans que Richard ne reçoive des nouvelles de Didier. Pourquoi n'avait-il pas encore appelé? Qu'était-il arrivé? Ce temps d'attente lui semblait interminable. C'est pourquoi, malgré les avertissements de Didier, Richard avait décidé d'entreprendre ses recherches à Montréal. Décidément, tout le monde qu'il approchait en lien avec cette firme finissait par disparaître d'une manière ou d'une autre.

Vendredi midi. Richard venait à peine d'arriver à Montréal. La toute première chose à faire, c'était de se trouver un endroit pour se loger jusqu'à dimanche. Richard n'avait pas pris le temps de réserver une chambre... cette décision avait vraiment été prise à la dernière minute. La saison des festivals étant terminée, Richard savait bien qu'il n'aurait pas de difficulté à trouver un endroit pour se loger. Montréal était plutôt tranquille à cette période de l'année. Comme à son habitude, il opta pour le Fairmont Reine Elizabeth.

Inauguré en 1958, cet hôtel offrait plus de 1 000 chambres à sa clientèle. C'était l'un des plus grands hôtels de luxe de Montréal. Au comptoir de l'accueil, Richard avait réservé une chambre assez « bas de gamme », car il n'était pas question de passer ses journées enfermé. La seule raison pour laquelle il se trouvait à Montréal en moment, c'était pour trouver des indices relativement à la disparition de sa femme.

Richard ne savait pas trop par où débuter ses recherches. Le seul indice qu'il avait était le nom de la firme. Mais comment trouver l'adresse de cette entreprise? Il avait oublié l'enveloppe sur son bureau, juste avant son départ. N'ayant pas porté attention à l'adresse qui y était inscrite, il lui devenait très difficile d'aller plus loin dans sa petite enquête. Richard se rappelait le dernier entretien qu'il avait eu avec Didier en ce qui concernait cette firme. Les révélations faites par son ami l'avaient mis dans tous ses états. Résultat : deux semaines d'insomnie chronique. Chaque fois qu'il réussissait à trouver des indices sur une personne, elle disparaissait ou ne donnait plus de nouvelles. Richard était maintenant très inquiet. Didier ne l'avait toujours pas rappelé. C'était à se demander si le malheur n'avait pas frappé, encore une fois. Maintenant rendu à sa chambre, Richard se devait de prendre un peu de recul pour réfléchir à tout ce qui s'était passé au cours des derniers mois. Il devait vérifier s'il n'avait pas manqué certains indices. Fatigué, il venait à peine de s'asseoir sur le lit que l'on frappait à la porte.

— Juste un instant! lança Richard, en se demandant s'il n'avait pas oublié quelque chose à la réception. Quand il ouvrit la porte, il aperçut un valet du service aux chambres. On les reconnaissait par leur uniforme noir, au pantalon garni d'un liséré blanc. Richard remarqua le veston blanc aux manches garnies de boutons dorés. Mais... Richard remarqua aussi qu'il manquait quelques boutons aux poignets. Il se dit en lui-même que les budgets d'uniformes avaient peut-être été coupés et que le style vestimentaire en avait été affecté... Grand voyageur, Richard connaissait bien le code vestimentaire imposé dans les hôtels de luxe.

— Vous êtes bien monsieur Miller? lui demanda le valet.

— Oui, c'est bien moi! répondit Richard. Y a-t-il quelque chose que j'aurais oublié?

— Non, monsieur Miller! Nous avons reçu une lettre que nous devons vous remettre en main propre.

— Une lettre, vous dites? s'étonna Richard.

— Un homme d'un certain âge est venu nous apporter cette lettre pour vous, nous disant que vous passeriez ici pour la récupérer. Quand je vous ai vu à la réception, je n'avais pas encore fait le lien.

C'est seulement quand j'ai vu votre nom sur l'enveloppe que j'ai su qu'il s'agissait bien de vous. Cet homme avait laissé une brève description, mais je voulais être certain de ne pas faire erreur sur la personne.

— L'homme qui vous a laissé cette lettre, avait-il un accent français?

— Oui, monsieur Miller, c'est exactement ça.

Richard sortit quelques billets de sa poche pour laisser un pourboire au valet... Il profita de l'occasion pour lui demander son nom.

— Je m'appelle Jacques, monsieur.

— Merci jeune homme, pour cette délicate attention; c'est de l'excellent service.

Visiblement satisfait, le jeune homme empocha le généreux pourboire, prenant congé d'un signe de la tête. Si vous avez autre chose à me demander, n'hésitez surtout pas. Je suis à votre service.

— Bien sûr. Merci encore. Richard referma la porte, se demandant comment Didier avait fait pour savoir qu'il logeait à cet hôtel. Et... pourquoi une lettre? Pourquoi ne m'a-t-il pas appelé, tout simplement? Une foule de questions lui venaient à l'esprit. Que s'était-il passé, à la fin? Richard prit le temps de s'asseoir de nouveau sur le lit. Qu'allait-il trouver dans cette enveloppe? Allait-il y trouver une mauvaise nouvelle? Richard avait remarqué que l'enveloppe avait été mal cachetée... ou alors, elle avait été très mal rangée à la réception. Il prit le temps de se calmer un peu avant d'ouvrir cette enveloppe

CHAPITRE 5
LA LETTRE

L e temps était venu d'ouvrir la lettre que Didier lui avait laissée. Richard était impatient de savoir ce qui se cachait à l'intérieur de celle-ci. Il décacheta l'enveloppe et commença aussitôt à parcourir la lettre qui lui avait été adressée.

« Bonjour, Richard, je suis désolé de ne pas vous avoir appelé plus tôt, mais dû aux événements récents, j'ai dû improviser. Vous comprendrez pourquoi je n'ai rien fait en lisant cette lettre. Peu après notre coup de téléphone, j'ai entrepris quelques recherches de mon côté au sujet de la disparition de votre femme. J'ai finalement trouvé une adresse appartenant à la firme Wiki Horse. Et, heureusement, une de mes connaissances m'a filé un tuyau. Quand je suis allé voir à cet endroit, il n'y avait rien, mis à part une usine désaffectée… mais je ne me suis pas laissé berner. De plus, l'ami qui m'a filé cette adresse est un expert comptant plus de 30 ans d'expérience en tant que détective privé. Ça m'aurait bien surpris qu'il me lance sur une fausse piste. De ce fait, j'ai décidé de faire le tour de l'usine et, comme j'étais déjà à l'endroit

indiqué, je me devais d'aller examiner l'intérieur du bâtiment. Après avoir vérifié partout, je n'ai rien trouvé d'intéressant. Alors, je me suis stationné un peu plus en retrait, espérant être le témoin de quelque activité suspecte. Comme par enchantement, un véhicule est arrivé sur place. Deux hommes en sont sortis. Définitivement un look de Russes. Ils sont immédiatement entrés dans l'usine abandonnée. Bien sûr, je les ai suivis, pour voir où ils pouvaient bien aller. Quand ils sont entrés à l'intérieur du bâtiment, je me suis approché pour les observer par un des carreaux brisés. Stupéfait, j'ai alors aperçu un autre homme qui les attendait à l'intérieur. Pourtant j'avais passé au moins 30 minutes à l'intérieur, sans rencontrer personne! Après avoir passé un moment à les observer, et les voyant revenir vers l'entrée, j'ai dû aller me cacher rapidement. Par la suite, les trois hommes ont repris place dans la grosse Cadillac grise qui les attendait et ont quitté l'endroit. Aussitôt après leur départ, je suis retourné à l'intérieur du bâtiment, pour trouver de quel endroit ce troisième homme avait bien pu sortir. J'ai cherché une porte secrète pendant un bon moment, sans trop de succès. Au moment où je m'apprêtais à abandonner mes recherches, j'ai accidentellement trébuché sur un morceau de bois. Pour ne pas tomber, je me suis agrippé à une barre de métal qui se trouvait tout juste devant moi. Heureusement pour moi, ce geste a fait ouvrir une trappe au plancher. À ma grande surprise, cette trappe dissimulait un escalier très abrupt, où je suis finalement descendu. Rendu à cette étape, il n'était pas question de faire demi-tour! Ma curiosité avait gagné sur ma conscience.

Rendu au bas de l'escalier, je découvris un très long passage mal éclairé, qui me lançait une invitation... comment y résister? On retrouvait plusieurs portes sur chacun des murs de ce passage. Doucement, je me suis approché de la première porte. À ce moment je ne savais pas s'il y avait encore des gens sur les lieux. J'ai ouvert la première porte pour vérifier... En plein centre de la pièce, se trouvait une grande table sur laquelle étaient disposés plusieurs objets. D'un rapide tour d'horizon des yeux, je fus un peu surpris d'apercevoir des plans de bateaux sur cette table. Je me demandais bien quel était le rapport avec des fouilles archéologiques. Mais j'ai dû interrompre subitement ma visite, car je réalisai que je n'étais pas seul. Une voix grave venait de retentir non loin de moi : « Qui est là? C'est toi Rony? » La voix semblait venir d'un autre passage, qui était forcément à l'arrière de cette même pièce. Un drap souillé dissimulait ce passage; d'autres voix retentissaient non loin de moi. Tandis que des bruits de pas se rapprochaient de l'endroit où j'étais caché, j'ai vite fait d'attraper quelques objets qui se trouvaient à ma portée. Le temps pressait et je devais faire vite. J'ai pris mes jambes à mon cou sans plus attendre. Malgré mes efforts, j'ai dû faire pas mal de bruit car, à ce moment précis, j'ai entendu plusieurs voix en arrière-plan, et des objets tomber au sol. L'homme qui devait être le plus près de moi s'est mis à *crier à tue-tête : « Il y avait un intrus! ». Alors que je me précipitais vers la sortie, en passant près de la table où reposaient les plans de bateau, je n'ai pu y résister... je les ai saisis en deux temps, trois mouvements. Il fallait absolument que je m'éloigne du merdier dans lequel j'avais mis les pieds. Je n'aurais pas donné cher de ma peau si cet homme avait réussi à me mettre la main au collet. Fuir était la seule pensée qui me venait à l'esprit à ce moment. Aussitôt après avoir remonté les marches, j'ai poussé quelques objets encombrants dans l'escalier pour les ralentir. Je suis sorti à l'extérieur de cette usine, toujours à la course, pour regagner ma voiture. À peine arrivé à celle-ci, et au moment précis où je démarrais le moteur, je jetai un regard au-dessus de mon épaule, de peur qu'ils me rattrapent. C'est là que j'ai vu plusieurs personnes qui commençaient à sortir de cet entrepôt. J'ai même cru entendre un coup de feu au moment où je démarrais à toute vitesse. J'ai vraiment failli y laisser ma peau! Heureusement, j'avais déjà une bonne longueur d'avance sur eux. J'avoue que ça m'a pris un peu de temps pour me remettre de ces émotions fortes. Pendant une bonne vingtaine de minutes, je roulai à fond la caisse, sans savoir où je me dirigeais. Selon moi, plus personne ne me poursuivait, du moins, c'est ce que je souhaitais. Il était temps que je reprenne un peu mon calme avant de faire un infarctus. En boucle, je revoyais en tête la scène qui venait de se passer. À cet instant précis, je réalisai que j'avais réellement joué avec le feu. Alors que je vous avais moi-même exhorté à ne pas vous approcher d'eux!*

J'ai moi-même fait tout le contraire de ce que j'avais dit. Mais l'occasion était trop belle pour la rater, et c'est pour ça que j'ai foncé tête baissée. De plus, il n'était pas question d'abandonner, car nous avions absolument besoin d'indices pour avancer dans nos recherches. Après m'être calmé, j'ai finalement retrouvé mon chemin... et mes esprits. Et c'est à ce moment que je me suis rappelé ce que Rose m'avait dit au sujet de l'hôtel où vous alliez souvent pour vos évaluations, le Fairmont Reine Elizabeth. Donc, si vous tenez cette lettre entre vos mains en ce moment, cela signifie que j'ai bien choisi l'endroit. Et Richard, regardez bien cette lettre d'une façon différente des autres... avec un zeste de citron, vos indices apparaîtront. À bientôt, Richard... »

Richard avait toujours les yeux fixés sur la lettre. Pendant un bref instant, il fut perdu dans ses pensées. Que signifiait donc cette phrase, en fin de missive? Que voulait-il me faire découvrir? À plusieurs reprises, il relu la lettre, pour voir s'il n'avait pas manqué un indice ou une note. Après un bon moment à faire les cent pas dans la chambre, à réfléchir à ce qui lui aurait échappé, Richard n'arrivait plus à se concentrer. Une bonne migraine s'annonçait. L'après-midi tirait à sa fin et, depuis déjà plus de trois heures, il examinait ce fichu bout de papier, sans résultats. Rien d'autre ne lui venait à l'esprit, il ne comprenait toujours pas ce que Didier voulait lui communiquer en secret. Soudainement affamé, il réalisa qu'il n'arrivait plus à réfléchir correctement. Il décida donc de s'offrir un bon repas chaud, accompagné d'un verre de vin, question de se remettre les idées en place.

Ces derniers temps n'avaient pas été de tout repos pour Richard. Les événements perturbants s'enchaînaient les uns après les autres. Depuis la disparition de sa femme, à chaque fois qu'il se rapprochait d'un indice, aussi futile soit-il, des gens disparaissaient sans laisser de traces. Richard avait les nerfs à fleur de peau. Il restait prudent et ne voulait pas brusquer les choses inutilement, de peur qu'une chose déplaisante n'arrive à son fils s'il allait trop loin. Mais, en même temps, il n'était pas question de laisser tomber les recherches pour retrouver son épouse. Les choses devenaient très difficiles à gérer tout seul. Toutefois, malgré les épreuves, Richard avait bon espoir de la retrouver, surtout depuis l'arrivée de Didier comme complice. Le soutien de Didier, un véritable homme de terrain, représentait donc un excellent avantage pour Richard. Il connaissait très bien l'univers des recherches archéologiques. Pourtant, jusqu'ici, Didier ne lui avait remis qu'un seul indice : la lettre qu'il venait de recevoir de façon inattendue. Après quelques semaines d'une interminable attente, Richard avait enfin la chance d'avoir un indice. Oui, mais il n'arrivait pas à le comprendre! Maintenant qu'il avait la lettre en main, comment déchiffrer cette énigme? Comment trouver ce qui s'y cachait? Et pourquoi se donner autant de mal pour dissimuler cet indice dans une lettre? Richard était toujours sans solution. Avant de se rendre au restaurant de l'hôtel, il prit soin de changer de vêtements. Il en profita pour glisser la missive dans la poche de sa veste, se disant qu'il continuerait à l'examiner pendant le repas. Tout était calme sur les étages de l'hôtel : les couloirs étaient assez déserts, car les visiteurs se faisaient de plus en plus rares, les emplois estivaux tiraient à leur fin et les étudiants se préparaient à retourner à leurs études. Il restait toutefois encore quelques stagiaires dans l'hôtel; ils se démarquaient par leur façon d'agir avec un peu moins d'assurance. Passant devant le comptoir de la réception, Richard entendit prononcer son nom.

— Bonjour, monsieur Miller! l'interpella Jacques.

Richard reconnaissait le jeune homme qui lui avait apporté la lettre.

— Comment pourrions-nous vous aider? lui demanda-t-il.

— Ça tombe bien que je vous voie, Jacques. Suivez-moi, dit-il, en lui donnant une petite tape sur l'épaule. Richard continua à marcher et d'un signe de la main, il invita Jacques à le suivre à l'écart des autres personnes.

— J'aurais justement deux ou trois questions à vous poser, dit Richard, tandis que Jacques se mettait à son écoute.

— C'est au sujet de la lettre que vous m'avez remise un peu plus tôt... pourriezvous me dire quand vous l'avez reçue... et le plus précisément possible?

— Bien sûr. C'était il y a environ trois jours, on était mardi si je me souviens bien. L'homme en question logeait ici depuis environ quatre jours. Mais il avait retenu mon attention, juste un peu avant son départ.

— Et pourquoi donc? demanda Richard.

— Eh bien, quand il est arrivé à l'hôtel, sans pouvoir vous dire la journée exacte, il avait l'air très calme. C'était un homme élégant et très courtois. Je le voyais partir tôt le matin et il revenait toujours très tard en soirée. Mais le dernier jour, c'était toute une autre histoire. Il est entré ici presque en courant, comme si on le poursuivait. Il est monté très rapidement à sa chambre et, à peine un quart d'heure plus tard, on l'a vu redescendre, sa valise à la main. Ses vêtements me paraissaient en mauvais état; on aurait cru qu'il s'était roulé par terre. Il semblait très essoufflé. C'est à ce moment qu'il m'a laissé cette enveloppe, celle que je vous ai remise, d'ailleurs. Il m'a fait savoir que cette lettre se devait d'arriver sans faute à son destinataire. Il a même ajouté qu'il s'agissait d'une question de vie ou de mort! C'est alors que je lui ai demandé s'il avait besoin d'aide. J'avais à peine baissé les yeux pour regarder la lettre qu'il m'avait remise... relevant la tête, je m'aperçus qu'il était déjà reparti.

— Avez-vous remarqué autre chose? Était-il blessé?

— Je ne crois pas. Du moins, à première vue, il paraissait correct, selon moi. Ce qui m'a davantage frappé, c'est surtout qu'il me semblait fuir quelqu'un. Par la suite, à peine 10 minutes s'était écoulées après son départ, qu'un autre événement inusité se produisait, continua Jacques.

— Quoi donc? demanda Richard, un peu étonné de tous ces évènements.

— Bien, trois types assez louches sont arrivés en trombe dans le hall d'entrée. Ils regardaient un peu partout, comme s'ils cherchaient quelqu'un ou quelque chose. M'approchant d'eux, je leur ai demandé si je pouvais les aider... ou bien s'ils voulaient réserver une chambre. Un des trois types m'a jeté un regard violent... On aurait dit des tueurs à gages, des personnages semblant sortir tout droit d'un roman policier. L'homme qui m'avait foudroyé du regard s'approcha de nouveau de moi et me demanda si j'avais vu un homme d'un certain âge, me le décrivant sommairement. C'est là que j'ai compris qu'il cherchait votre ami, mais je lui ai répondu qu'on n'avait pas le droit de divulguer ce genre d'information sur nos clients. Fou de rage, il donna un terrible coup de poing sur le comptoir. Toutes les personnes présentes dans le hall se sont retournées dans ma direction. Soudainement, nos gardes de sécurité sont arrivés et les ont fermement invités à sortir, en leur disant qu'ils n'étaient pas les bienvenus dans cet établissement. Le même homme a jeté un dernier regard menaçant dans ma direction, mais les gardes les ont rapidement escortés vers la sortie.

— Merci de m'avoir raconté ce que vous avez vu, dit Richard, un peu inquiet pour son jeune ami.

— Vous savez, habituellement je ne devrais pas raconter ce genre de choses à nos clients, mais on m'a dit que vous étiez un de nos habitués. Comme votre ami était très sympathique avec nous, j'ai pensé que vous voudriez en savoir un peu plus. Et j'espère qu'il n'est rien arrivé de fâcheux à votre ami… ce serait triste.

— Moi aussi j'en serais très attristé, répliqua Richard en lui serrant la main et lui glissant un autre billet à titre de remerciement pour sa confiance.

— S'il y a autre chose, n'hésitez pas à venir me voir, poursuivit Jacques. Je connais très bien ce genre de types qui recherchent votre ami. De plus, je crois même avoir déjà vu un de ces hommes dans le passé. Laissez-moi effectuer quelques recherches auprès de mes amis pour vous aider… bien sûr, si cela ne vous embête pas.

Richard fut un peu surpris de cette offre, car c'était de loin la dernière chose à laquelle il s'attendait. Il ne savait pas trop quoi lui répondre.

— Ce serait très gentil, dit Richard, mais ces types sont de la pire espèce, je ne voudrais pas qu'il vous arrive malheur.

— Comme vous voulez, mais n'hésitez surtout pas si vous avez besoin... l'offre tient toujours.

Richard le salua et reprit son chemin en direction du restaurant. Il comprenait maintenant un peu mieux ce que Didier avait voulu dire; ces hommes étaient vraiment très dangereux. Et, effectivement, il valait mieux ne pas s'en approcher, et ce, sous aucun prétexte. Richard commençait à se faire du mauvais sang pour son ami, souhaitant qu'il ne soit pas blessé ou, encore pire, qu'il passe aux infos pour les mauvaises raisons. Il gardait tout de même bon espoir, malgré les complications. Au point où il en était rendu, plus rien ne le surprenait. Il avait compris que rien de tout ceci ne serait facile, que cette chasse aux sorcières serait ardue. Mais il était trop engagé dans son enquête. Richard ne pouvait pas lâcher prise, pas maintenant... il devait retrouver sa femme à tout prix, et même au prix de sa propre vie.

À peine 30 secondes après son arrivée à l'accueil du restaurant, une hôtesse vint le chercher pour lui offrir une table. La grande salle à manger se doublait d'une petite section plus intime, de style resto-bar. Richard préféra la section resto-bar car, en comparaison avec la vaste salle à manger, on y trouvait que très peu de clients. Cette intimité lui permettrait de réfléchir en paix. Beaucoup de choses lui venaient à l'esprit; il devait, par tous les moyens, percer le secret de cette lettre. Que signifiaient donc les paroles de Didier quand il mentionnait « ... regardez bien cette lettre d'une façon différente des autres... avec un zeste de citron, vos indices apparaîtront. » Richard ressortit la lettre de sa veste pour la placer sur la table. Alors qu'il se préparait à la relire encore une fois, un serveur se présenta à sa table, un grand verre de gin-tonic à la main, au parfait étonnement de Richard.

— C'est pour vous, monsieur Miller!

— Mais... je n'ai pas encore commandé! répondit Richard.

— Oui, je sais, monsieur Miller! C'est de la part d'un certain Jacques. Il a insisté. D'un geste élégant, le serveur prit le verre sur le plateau pour le déposer sur la table.

D'un signe de la tête, Richard remercia le serveur.

— Vous direz merci à Jacques de ma part, pour cette délicate attention.

— Bien sûr, si je le revois, je n'y manquerai pas! répondit le serveur.

Au même moment, un autre serveur arrivait à la table, un menu à la main.

— Bonsoir, monsieur! Seriez-vous prêt à commander votre entrée?

— Je crois que je vais aller directement au plat principal, jeune homme.

— Bien sûr, nous avons plusieurs choix au menu.

— Donnez-moi les choix et je déciderai par la suite.

— Bien sûr, dit le serveur en commençant à réciter les choix du menu : « Vous avez du filet mignon de bœuf grillé aux… » Richard le coupa aussitôt.

— Désolé, jeune homme. Je ne vous ferai pas tout réciter, car nous en aurions pour la soirée. Ça fait beaucoup trop de choix… j'aimerais que vous me proposiez quelque chose à la place?

— Une de nos spécialités est notre délicieux filet mignon de bœuf grillé aux épices de Montréal; je dois vous avouer que nos clients le trouvent tout simplement irrésistible.

— Ah! OK alors, j'y vais pour ce choix, je vous fais confiance.

— Vous ne serez pas déçu, croyez-moi. C'est un véritable délice et j'irais même jusqu'à dire que c'est le meilleur des choix.

Sur un clin d'œil complice, le serveur reprit la direction des cuisines. À peine 15 minutes plus tard, il revenait à la table de Richard, une assiette généreusement garnie à la main.

— C'est du rapide, remarqua Richard, étonné de le revoir aussi vite.

— Certainement, monsieur Miller! Pour nos bons clients, on peut faire quelques exceptions en accélérant le service. De plus, nous sommes dans une période très peu achalandée, alors… pourquoi pas?

— Richard le remercia d'un sourire, très satisfait du service reçu. Le jeune serveur reparti aussitôt, afin de poursuivre son service à d'autres tables. Richard commença à déguster son plat, tout en songeant à la fameuse lettre. Il prit son gin-tonic, en retira les quelques tranches de citron, sans nécessairement porter attention à la lettre. Toujours perdu dans ses pensées, Richard mangeait avec appétit. Lorsqu'il termina son repas, il appela le serveur d'un léger signe de la main. Toujours souriant, ce dernier se présenta à la table. Heureux de ce repas savoureux, Richard lui glissa un billet à la main en le remerciant pour la proposition, qui s'était révélée un choix judicieux. Il demanda de porter la note à son numéro de chambre.

— Certainement, monsieur Miller, lui répondit le serveur, en le remerciant de nouveau pour le généreux pourboire qu'il venait de recevoir.

Se levant de table, Richard attrapa la lettre qu'il avait laissée sur la table un peu plus tôt. Sans qu'il s'en rende compte, les citrons avaient laissé couler un peu de leur jus sur un coin de la précieuse missive. Découragé par la bévue qu'il venait de commettre, Richard plia précipitamment la lettre et la glissa dans la poche intérieure de son veston. Il devait se rendre immédiatement à sa chambre pour permettre à la lettre de sécher… pourvu que les mots ne s'effacent pas! La petite section imbibée de jus de citron risquait de ne plus être lisible.

Après s'être rendu à sa chambre au pas de course, Richard ressorti la lettre de sa poche pour la déplier et… à sa grande surprise, réalisa qu'une partie d'un plan et quelques mots apparaissaient au dos de celle-ci! Ce qui était le plus étonnant, c'est qu'il avait retourné cette lettre de tous les côtés tout l'après-midi… il était certain que ces dessins et ces mots n'y apparaissaient pas! Tout à coup, le déclic se fit dans la tête de Richard. La dernière phrase que Didier lui avait laissée comme message! Évidemment, il fallait regarder la lettre différemment : avec un peu de citron, tout s'était éclairci! Mais comment était-il possible que ces dessins et ces mots apparaissent soudainement sur l'endos de la lettre? Quel élément avait bien pu interagir ainsi pour les faire apparaître? Après un court moment de réflexion, Richard finit par comprendre qu'il ne pouvait s'agir que des citrons car, en y réfléchissant bien, rien d'autre n'était venu en contact avec cette lettre, mis à part les tranches de citron. Il se rappela alors un vieux récit de guerre. On y racontait une histoire de messages secrets, inscrits au moyen d'une encre invisible. Le but était d'empêcher que l'ennemi ne soit en mesure de prévoir certaines attaques des alliés. Il n'y avait que deux façons de déchiffrer du langage caché : avec de l'iode ou du citron! Quand un de ces deux liquides entrait en contact avec les messages, les mots rédigés à l'encre invisible réapparaissaient. Stupéfait, Richard s'en voulait de ne pas y avoir pensé plus tôt. Il avait même déjà fait le test dans un passé lointain. De plus, cette lettre lui venait de Didier, un homme assez âgé, qui avait probablement servi dans les forces armées. Ça lui semblait tellement évident, maintenant! Mais pourquoi un message secret sur une lettre qui lui était destinée? De quoi Didier avait-il peur? Bon, maintenant, il lui fallait davantage de citrons, car seulement une infime partie d'écriture était réapparue au dos de la lettre. Sautant sur le combiné de la chambre pour appeler le service aux chambres, il demanda qu'on lui apporte quelques citrons. Richard ne savait pas trop comment il allait s'y prendre pour étaler le liquide sur la lettre. Il avait besoin de plusieurs citrons pour ne pas perdre un seul des mots inscrits secrètement sur cette lettre! À peine cinq minutes plus tard, on vint frapper à sa porte. Comme par magie, c'était encore Jacques qui se présentait devant lui, tenant à la main un petit plateau de citrons.

— À votre service! dit Jacques, dans un sourire.

— Eh bien, mon ami, ça c'est du service rapide! Mais j'en aurais un autre à te demander, si ça ne te dérange pas trop…

— Aucunement, monsieur Miller! Comment puis-je vous aider? répondit Jacques, un peu curieux de savoir ce que Richard pouvait bien vouloir faire avec des citrons.

Sans même qu'il pose la question, Richard savait qu'il venait de piquer la curiosité du jeune homme.

— Eh bien, quand je suis arrivé cet après-midi, vous m'avez remis une lettre qui venait de mon ami. La lettre en question cachait certains indices à l'endos. Mais lorsque j'ai reçu la lettre au départ, il n'y avait rien à l'endos de celle-ci! C'est seulement après le souper que j'ai fait cette découverte, accidentellement d'ailleurs. Le tout grâce au verre que vous m'avez offert, qui était généreusement garni de tranches de citron. Les déposant sur le bord de mon sous-verre, je n'ai pas remarqué que le jus de citron allait couler sur ma précieuse lettre. Vous imaginez bien les conséquences d'un stupide accident…

Jacques lui coupa aussitôt la parole : Je... je suis vraiment désolé que le barman ait mis autant de tranches de citron dans votre cocktail...

— Bien au contraire! Grâce à votre gentille attention, vous m'avez permis de résoudre une partie de l'énigme que comportait cette missive... c'était de l'encre invisible, mon cher ami! Jacques fut très surpris : « Que voulez-vous dire par 'encre invisible'? ». Richard prit le temps de lui expliquer les secrets de l'encre invisible. Toutefois, Richard ne savait pas trop comment il allait s'y prendre sans endommager la lettre; il réfléchissait rapidement à une solution. Jacques, toujours à ses côtés, observait attentivement la lettre que Richard tenait en main.

— Selon toi, Jacques, serait-il possible d'avoir de la ouate et des coton-tiges ici?

— Oui, certainement, monsieur Miller! Laissezmoi maximum 10 minutes et je vous reviens avec ce qu'il vous faut!

Aussitôt dit, Jacques partit en flèche, à la recherche des articles demandés par Richard. Il avait développé une confiance aveugle envers Jacques. De plus, le jeune commis était la seule personne qui était au courant de l'existence de cette lettre! Et Jacques lui avait donné déjà beaucoup d'indices, bien malgré lui! Vingt minutes plus tard, on frappa très fort à la porte de la chambre. Étonné de tant de bruit, Richard se leva d'un bond pour ouvrir la porte. Quelle ne fut pas sa surprise quand il aperçut Jacques, tout essoufflé, en sueur, la lèvre fendue et du sang sur les mains.

— Mais... Mais, que vous est-il arrivé à la fin? dit Richard, dépassé par les évènements.

— Les types qui recherchaient votre ami... dit-il tout en reprenant son souffle. Ils sont revenus! Vous devez partir tout de suite! J'ai réussi à les semer, mais ils ne tarderont pas à nous retrouver. Je viens d'avoir une altercation avec eux, en bas, à la réception! En plus, ils sont armés jusqu'aux dents!

— Mais pourquoi sont-ils revenus alors qu'ils ne me connaissent même pas? Et pourquoi vous ont-ils attaqué? s'inquiéta Richard.

— Je ne leur ai pas posé la question, mais je sais une chose : il vous faut partir et très rapidement, dit Jacques.

Sans plus attendre, Richard attrapa sa veste et ramassa la lettre et les citrons, qu'il glissa dans les poches de son veston. Il saisit sa valise qu'il n'avait même pas eu le temps de défaire... Allez, partons d'ici!

Aussitôt, Jacques lui intima de le suivre, pour éviter de sortir par l'entrée principale. Sans dire un mot, Richard suivit Jacques au pas de course, se faufilant dans les dédales des couloirs de l'hôtel.

— Ne vous en faites pas! dit Jacques. Je connais très bien cet hôtel! Nous allons sortir par les soussols. Il y a des passages qui mènent à d'autres bâtiments. Ils ne pourront jamais nous retrouver.

— Très bonne idée, mais... où allons-nous? demanda Richard, en se demandant toujours pourquoi ces types étaient revenus pour lui faire des misères, alors qu'il ne les connaissait même pas. Quelque chose n'était pas clair et... Richard allait bientôt le découvrir à ses dépens.

— Ne vous en faites pas, monsieur Miller, je connais une bonne planque et j'ai de bons amis qui pourront nous aider. De plus, je ne peux pas prendre la chance de retourner chez moi, car, au moment de mon arrivée dans le hall tantôt, ils m'ont appelé par mon nom de famille. Ce qui signifie qu'ils ont certainement déjà fouillé mon appartement! Ça nous donnera le temps de comprendre ce qui se cache dans cette fichue lettre.

Richard suivait Jacques en direction du sous-sol, toujours abasourdi par les événements. De plus, il avait de plus en plus l'impression que Jacques lui cachait quelque chose, mais quoi? Pourquoi être obligé de fuir ainsi? Plusieurs questions lui venaient soudainement en tête... maintenant, ce cher Jacques lui paraissait peut-être un peu moins fiable... Que lui cachait-il ? Il ne disait pas toute la vérité; tout ça n'avait aucun sens pour Richard.

Il marchait rapidement pour ne pas perdre Jacques de vue. Maintenant arrivé au niveau du garage, Richard comprit soudainement que plusieurs choses ne collaient pas avec ce Jacques. À bien y penser... pourquoi son uniforme était-il différent des autres employés ? Et pourquoi un commis de la réception viendrait-il à sa chambre, et non le personnel d'étage ? Encore plus étrange : le serveur qu'il lui avait apporté son gin-tonic avait mentionné un certain « Jacques ». C'était illogique de parler de cette façon d'un collège de travail. Et pourquoi cet agresseur connaissait-il son nom ? Rien de tout ça ne tenait la route.

Richard compris soudainement qu'il s'agissait d'un coup monté. Jacques faisait-il partie de ce gang de truands ? De plus, quand il avait reçu la lettre un peu plus tôt dans la journée, Richard avait remarqué qu'elle était dans un piteux état. Sûrement parce qu'elle avait déjà été ouverte ! Les malfrats n'étant pas en mesure de déchiffrer l'énigme de la lettre, ils n'ont pas eu d'autres choix que d'attendre que quelqu'un vienne la chercher au comptoir de la réception.

Et maintenant, le mal était fait. Sans se douter de quoi que ce soit, sans se méfier, Richard avait expliqué à Jacques comment faire pour décrypter la fameuse lettre ! Ce Jacques était sûrement un des malfaiteurs. Richard comprit qu'ils n'auraient plus besoin de lui à partir de ce moment. Il comprit que les 20 minutes pendant lesquelles Jacques s'était absenté n'avaient pas servi à trouver des coton-tiges, mais plutôt à avertir ses complices. Réalisant l'urgence de la situation, Richard devait agir vite pour s'en sortir... mais comment?

— Excusez-moi, Jacques, mais je dois absolument aller chercher un objet pour déchiffrer la lettre dans ma voiture. Sans ceci, ce ne sera pas possible de la comprendre, expliqua Richard.

— Mais je croyais qu'il ne fallait que du citron! lança Jacques, en colère. Le ton de sa voix jumelé à sa subite mauvaise humeur confirma que Jacques faisait partie des dangereux vauriens.

— Non, malheureusement... d'après ce que j'ai pu en voir, elle est encodée... Je n'ai vraiment pas le choix!

— Ah! OK, alors... elle est où, votre voiture? demanda Jacques impatiemment. Jacques se trahissait ainsi de lui-même. Ce qui inquiétait encore davantage Richard quant à ses intentions à son endroit.

— Elle est juste un peu plus loin dans le stationnement. Attendez-moi; j'en ai à peine pour cinq minutes, dit Richard.

— Bien, allez-y, mais faites ça vite, lança-t-il sur un ton arrogant. Il faut se dépêcher; il y a des gens qui nous poursuivent, insista Jacques.

Tout au long de leur supposée fuite, Richard avait remarqué les autres clients de l'hôtel : personne ne réagissait en panique. Tous paraissaient très calmes, même les membres du personnel qu'ils avaient croisés dans les corridors! Richard avait bien compris que si des gens armés s'étaient présentés dans le hall de l'hôtel, l'ambiance serait toute autre! Il courut donc vers sa voiture. Il jeta un dernier coup d'œil en direction de Jacques... il discutait à voix basse sur son téléphone. Dans tous ses états, Richard compris qu'il devait fuir sur le champ. Heureusement, son véhicule était stationné plus loin dans le garage, caché dans un rond-point où Jacques ne pouvait pas le voir. Il sauta derrière le volant, la pédale de gaz au fond. Il lui fallait à tout prix se sortir de ce coup fourré dans lequel Jacques l'avait entraîné. Richard passa donc à tout vitesse devant Jacques, voyant au passage que d'autres types s'étaient joints à lui. Juste à temps, Richard avait compris le funeste destin qu'on lui réservait.

Jacques prit un certain temps avant de comprendre ce qui se passait. Ça donnait à Richard une chance de prendre un peu d'avance sur son rival. Jacques sonna l'alarme à ses hommes de main, leur criant l'ordre d'engager la poursuite en voiture. Tous les types s'élancèrent vers leurs véhicules, avec la ferme intention de le rattraper. Mais Richard était déjà rendu trop loin. Richard comprenait maintenant qu'il était dans de beaux draps. Mais que leur avait fait Didier pour qu'ils le poursuivent ainsi? Quel objet leur avait-il dérobé pour qu'ils soient à ce point fous de rage?

Richard savait que les malfaiteurs connaissaient maintenant son identité. De plus, ils ne tarderaient pas à découvrir son adresse, ce qui mettait son fils en danger. Richard prit immédiatement la direction de Québec; il devait tout faire pour éviter qu'ils ne s'en prennent à Edward.

Il devait découvrir sans délai ce que Didier lui avait confié dans la fameuse lettre. Il comprit que toute cette histoire était reliée à la disparition de sa femme. Il se souvint que Edward, qui était parti en week-end, était probablement déjà revenu à la maison. Il devait réfléchir, reprendre ses esprits, retrouver son calme! Il réalisa soudain que c'était vendredi... donc son fils n'avait pas encore quitté la maison! Richard continua sur l'autoroute, roulant à vive allure en direction de sa résidence. Deux heures de route étaient nécessaires pour couvrir le trajet vers la maison. Le chemin du retour allait être très long...

CHAPITRE 6
RETOUR À LA RÉALITÉ

Une fine lumière filtrait à travers les rideaux opaques de la chambre. Edward ouvrit les yeux; c'était le dur retour à la réalité. Encore emmitouflé dans sa douillette, il releva la tête et remarqua ses amis Frédéric et Paul qui ronflaient de bon cœur. À la recherche d'un réveille-matin, Edward se demanda quelle heure il pouvait être. Il était seulement 6 h; un léger mal de tête et une soif intense l'avaient sorti de son sommeil. Edward aperçut alors un verre d'eau accompagné d'aspirines, qui l'attendaient sur la table de chevet. Il comprit qu'un de ses amis s'était levé un peu plus tôt que lui. Tous se doutaient bien qu'Edward aurait besoin d'un remontant à son réveil. Après avoir avalé les deux cachets, Edward décida de s'assoupir à nouveau. Il se remémora cette magnifique journée, où il avait fait la rencontre de la superbe Sarah. Il flottait encore sur son petit nuage, au point de presque oublier toutes les choses bizarres qui lui étaient arrivées au courant de cette même journée. Il se laissa de nouveau glisser dans les bras de Morphée. Quand il se réveilla de nouveau, le réveille-matin affichait 9 h. Edward se rendit compte que ses amis ne dormaient plus. Il se redressa précipitamment dans son lit, forcé de constater l'absence de ses amis. Edward se demanda pourquoi ses amis ne l'avaient pas réveillé. Tout compte fait, ça n'avait pas réellement d'importance, il était temps pour lui de se lever. Une bonne douche était de mise pour chasser les effets de la petite cuite qu'il avait pris la veille; une forte odeur d'alcool l'avait imprégné. Edward avait un besoin pressant de se remettre d'aplomb. Ses amis n'étaient sûrement pas très loin. Lorsque celui-ci sortit de la douche et commença à s'habiller en vitesse, il remarqua des chuchotements provenant de derrière la porte. Edward l'ouvrir d'un seul coup, apercevant ses deux amis qui se cachaient derrière celle-ci. Ses deux compères l'attendaient, une tasse d'excellent café à la main. Tout pour commencer du bon pied cette nouvelle journée.

— Salut, vieux! Ça dormait bien! dit Frédéric. Nous avons voulu te réveiller plus tôt, mais sans trop de succès. Tu semblais si bien dormir! Et cette nuit, tu as même parlé dans une langue étrangère durant ton sommeil…

— Comment ça, une langue étrangère? Je ne parle que deux langues, comme vous deux!

— Désolé, mais ce n'était ni français, ni anglais. Tu parlais cette langue avec facilité. On aurait dit que c'était ta langue maternelle, dit Paul, d'un ton très sérieux. Frédéric passa son bras sur l'épaule de son ami Edward, réprimant un fou rire.

— Moi, je crois avoir compris, expliqua Frédéric : c'est Sarah qui t'a fait délirer toute la nuit.

— OK, les gars, soyez sérieux! Je ne parle aucune autre langue! À mon avis, j'ai pris assez de vin hier soir pour avoir déparlé dans mes rêves. Et, oui, c'est sûr que j'ai rêvé à la belle Sarah… comment faire autrement? Vous auriez sûrement fait la même chose que moi dans cette situation.

Souriant à pleines dents, ses deux amis se mirent à faire des niaiseries, en mimant des gestes osés.

— OK, OK, les clowns! lança Edward, sourire béat et yeux brillants. Changement de sujet, les amis, ce matin nous devrions retourner visiter ce bateau. Alors, il faudrait s'activer! Et, au fait, merci pour le café, c'était une excellente idée!

— De rien, mon ami, répondit Frédéric. Mais, crois-moi, tu as vraiment parlé, assez longuement d'ailleurs, dans une autre langue! On aurait dit un dialecte ancien… et ça a duré une bonne demiheure, un peu comme si tu récitais une incantation.

— Et aucun de vous deux n'a pensé à me réveiller? dit Edward.

— Non, bien au contraire. Nous avons tenté de comprendre ce que tu racontais, et identifier dans quelle langue tu parlais. On aurait dit une langue morte, style l'araméen, ou quelque chose de semblable. À un certain moment, tu as même ouvert bien grand les deux yeux; nous avons cru que tu te foutais de notre gueule... subitement, tu as arrêté de marmonner. Ensuite, tu as de nouveau fermé les yeux, comme si rien ne s'était passé... et puis tu t'es mis à ronfler, tout simplement.

— Désolé, les gars, mais je ne me souviens de rien. C'est sans importance; passons à autre chose! Edward n'avait pas l'intention de se creuser les méninges avec cette histoire. Trop de choses sans queue ni tête lui étaient arrivées au cours des dernières 24 heures. Il s'était suffisamment remis de sa cuite de la veille pour penser à la seule chose qui lui tenait à cœur, soit la visite du bateau-musée. Il se disait qu'il aurait tout le temps voulu pour repenser aux récents événements bizarres à son retour à la maison familiale. Sur ces belles pensées, les trois amis sortirent de la chambre, emportant le peu d'effets personnels qu'ils avaient avec eux et partirent en direction du navire.

Une fois passé la porte de l'hôtel, les trois amis se dirigèrent donc vers le Vieux-Port. Une autre très belle journée s'annonçait; il était à peine 10 h. Déjà, beaucoup de gens se promenaient dans les rues, question de profiter des derniers jours de beau temps avant que l'automne ne reprenne ses droits. Jetant un coup d'œil vers le Vieux-Port, Edward n'aperçut pas le bateau à l'endroit où il était accosté la veille. Mais pourquoi le bateau n'était-il plus au même endroit?

— Hé! Les gars, où est le bateau?

Frédéric et Paul levèrent la tête, mais ne le voyaient pas non plus.

— Ils l'ont peut-être simplement déplacé ailleurs au port, répondit Frédéric.

— Voyons, ce serait complètement insensé, dit Paul. Ça représenterait beaucoup d'efforts, de temps et d'argent pour déplacer un bateau de cette envergure, juste pour le plaisir de le changer d'endroit? À mon avis, il est sûrement arrivé autre chose…

Intrigué au plus haut point, Edward avait accéléré le pas.

— Tu as bien raison Paul, ça n'a aucun sens, il est sûrement arrivé autre chose pour qu'il ne soit plus là. Deux options sont possibles d'après moi : soit il a quitté le port, soit ils ont eu un problème majeur et ils ont été obligés de le déplacer.

— Le déplacer… mais où? On ne le voit toujours pas! Et vous vous souvenez d'hier? C'était la panique sur le pont et on voyait l'équipage courir dans tous les sens, ajouta Frédéric.

Ils étaient presque arrivés au quai. On y apercevait déjà quelques employés qui travaillaient sur les docks, mais aucun visiteur. Le port était complètement désert, alors que la veille, les lieux avaient bourdonné d'activité pendant toute la journée.

— Allons nous renseigner! leur dit Edward. J'aimerais bien avoir une explication au sujet du bateau. Et pourquoi est-ce que c'est si tranquille aujourd'hui, comparativement à hier? En plus, on est dimanche, en plein week-end! Les trois amis arrivaient près d'un des employés qui s'affairaient à une réparation majeure impossible à manquer.

— Excusez-moi, monsieur? J'aurais besoin d'un renseignement, dit Edward.

— Si je peux vous aider, aucun problème, répondit l'employé. Dans la quarantaine avancée, celui-ci était apparemment un soudeur qui s'occupait de réparer les bollards du quai.

— Eh bien, quand nous sommes venus hier, il y avait un bateau-musée juste à cet endroit... pouvez-vous nous dire où il est rendu?

— Je suis vraiment désolé, mais je n'étais pas présent hier et je n'ai vu aucun nouveau bateau ici ce matin. Et ce n'est pas pour vous choquer mais... c'est pratiquement impossible que votre bateaumusée se soit arrimé ici hier, car si vous regardez bien les bollards, vous constaterez qu'ils ont été complètement pulvérisés. De plus, ça me surprendrait beaucoup qu'un bateau y ait accosté. Laissez-moi vous dire que ça doit faire des lustres qu'il n'y a pas eu de navires à cet emplacement. Ça fait déjà 24 ans que je travaille ici et, selon mes souvenirs, il n'y a jamais eu de bateaux accostés à cet endroit.

Edward se retourna pour regarder les bollards, cassés en mille morceaux. Il jeta un regard incrédule en direction de ses amis. Tous les trois étaient surpris de voir les bollards dans un tel état. On aurait dit que tout avait été arraché avec une telle puissance, que même l'acier en était complètement tordu. En plus des bornes de béton qui semblaient avoir subi le même sort.

— Mais... comment expliquez-vous que les bollards aient été arrachés? demanda Frédéric.

— Maudite bonne question! répondit le soudeur. Ç'a toujours été comme ça, et ce, depuis que je travaille ici. Alors, ça doit faire très longtemps selon moi. Et ce matin, je ne sais pas pour quelle raison, mais on m'a demandé de les réparer. Je dois dire qu'il fallait une puissance incroyable pour causer de tels dégâts!

— Pourtant, le bateau était bel et bien ici, hier, continua Edward. Nous sommes trois à l'avoir vu. En fait, nous étions quatre... l'autre personne n'est pas avec nous ce matin.

— Désolé, j'aurais bien aimé vous aider un peu plus jeune homme. Vous pourriez aller demander à l'archiviste du port. C'est à peu près à 150 mètres d'ici. Demandez à parler à Antoine, ça fait au minimum 75 ans qu'il travaille ici! Et il est ici sept jours par semaine; on pourrait dire que c'est sa deuxième maison. Il doit connaître toutes les histoires de cet endroit et, s'il y a eu un bateau à cet emplacement hier, il sera en mesure de vous le confirmer. Faites-moi confiance! S'il y a quelqu'un pour vous renseigner ici, c'est bien lui.

— Désolé pour le dérangement, dit Edward. Et merci pour les renseignements.

— Ce n'est rien jeune homme, ça fait plaisir de voir un peu de monde, c'est tellement tranquille aujourd'hui, on dirait un port fantôme, dit le soudeur qui, d'un signe de la main, salua les jeunes hommes avant de retourner à ses occupations.

Edward et ses deux amis repartirent, un peu découragés. L'archiviste nommé Antoine allait sûrement être au courant de l'existence du navire qu'ils avaient vu la veille. Ayant vérifié s'ils ne pouvaient pas, par hasard, apercevoir le bateau accosté à un autre emplacement du port, les trois amis décidèrent de rendre une petite visite au local des archives du Vieux-Port. Edward se posait plusieurs questions au sujet de cette histoire inusitée. Comment était-il possible qu'un bateau de cette taille soit venu et reparti sans que personne ne s'en rende compte? Il y avait sûrement une explication plausible à tout ce mystère.

Le local où on les avait dirigés semblait désert. N'apercevant personne aux alentours et y trouvant une petite salle d'attente, les trois amis comprirent qu'ils devaient y entrer. On pouvait y voir trois bureaux et quelques étagères remplies de documents, ainsi que quelques certificats poussiéreux accrochés aux murs. Paul examina minutieusement la pièce des yeux : quelques photos de bateaux et d'anciennes cartes marines étaient bien en vue. Durant ce temps, Frédéric commença à lire les messages qui étaient affichés sur un babillard défraîchi. Tout paraissait figé dans le temps, mais, malgré le mobilier désuet, l'endroit restait accueillant. Visiblement, la peinture n'avait pas été refaite depuis plusieurs années, de par la couleur des murs d'un blanc jauni par le passage des années. Une odeur de cigare flottait dans l'air, parfumant la pièce d'une pointe de menthe poivrée. Après quelques minutes à attendre dans un calme total, la porte s'ouvrit en grinçant derrière eux. Les trois amis sursautèrent. Crâne dégarni, visage marqué de rides profondes, dos courbé, un vieil homme apparu devant eux. On aurait juré qu'il avait au moins un siècle d'âge.

— Comment puis-je vous aider? dit-il, d'un ton très calme et la voix enrouée.

— Bien, nous cherchons un homme prénommé Antoine! dit Edward.

— Et lequel de vous trois le cherche? demanda l'homme.

Surpris par cette question, aucun des jeunes n'osa une réponse.

— Il faudrait qu'un de vous trois dise quelque chose, sinon nous n'aboutirons à rien, répondit le vieil homme.

— Désolé, c'est moi qui le cherche, se commit Edward, un peu surpris par la question du vieillard.

— Et que vous lui voulez-vous, à ce cher Antoine?

— Eh bien… c'est le soudeur qui nous a dit de venir voir monsieur Antoine, si nous avions des questions.

— OK, mais ça ne me dit pas pourquoi vous voulez le voir, jeune homme.

— Désolé, poursuivit Edward… Le vieil homme lui

coupa la parole aussitôt.

— Tu n'es pas obligé d'être toujours désolé! Viensen directement au fait, jeune homme!

Il fit un clin d'œil aux amis d'Edward, tout en affichant un petit sourire en coin. À ce moment, Frédéric comprit que le vieil homme se moquait un peu de son ami. Car c'était sûrement lui, le fameux Antoine.

— Bien, nous sommes venus ici hier pour visiter le grand bateau-musée qui était accosté à environ 500 pieds d'ici.

Edward pointait du doigt l'endroit où le bateau avait été arrimé. Comme le bureau de l'archiviste était vitré, on était en mesure de voir l'emplacement au loin. Edward continuait de pointer l'endroit, racontant au vieil homme ce que le soudeur lui avait expliqué.

— Il nous a dit qu'il n'y a pas eu de bateaux à cet endroit depuis très longtemps. Mais quand nous sommes venus hier, il y avait bien un bateau à cet endroit, mais nous n'avons pas eu la chance de le visiter. Au moment où nous avons voulu embarquer, le gardien de sécurité nous en a refusé l'accès, nous disant qu'il y avait eu un problème sur le pont. On voyait bien qu'il y avait quelque chose qui se passait sur le pont, car plusieurs personnes couraient dans tous les sens… Et c'est pour cette raison que le gardien nous a dit de revenir demain, en parlant d'aujourd'hui. Mais... quand nous sommes arrivés un peu plus tôt ce matin, le bateau n'y était plus. On n'a trouvé que le soudeur occupé à réparer les bollards du quai. C'est lui qui nous a dit de venir ici pour voir un certain Antoine.

— C'est moi, ce cher monsieur Antoine, répondit l'homme, un petit sourire au coin des lèvres.

Edward fit un petit sourire à son tour, il venait de comprendre que le vieil homme le faisait marcher.

— Je ne veux pas vous décevoir jeune homme, mais, malheureusement, pour votre information il n'y a pas eu de bateau à cet emplacement depuis le temps de la guerre. Et selon mes souvenirs, le dernier bateau qui a été arrimé là a tout arraché, comme vous avez pu le constater.

—Alors, expliquez-moi comment il est possible que nous soyons venus hier et qu'il y avait bel et bien un bateau à cet emplacement! dit Edward. De plus, j'ai même encore mes billets pour visiter ce bateau-musée! Edward sortit prestement les billets de sa poche pour les montrer au vieil homme.

La vue affaiblie par le temps, Antoine se pencha doucement sur les bouts de papier pour les examiner. Après un bref regard sur les billets que détenait Edward, son visage se vida de toutes couleurs. Ses yeux s'agrandirent d'étonnement. Il porta la main à sa bouche, comme pour taire un secret.

Apercevant le visage livide du vieil homme, Edward réalisa soudain que quelque chose n'allait pas du tout. Antoine avait-il eu un malaise?

— Vous allez bien, monsieur?

Le vieil homme paraissait s'effondrer devant lui. En moins de deux, Edward tira une chaise et l'invita à s'asseoir pour éviter une chute au sol.

— Merci, dit Antoine, s'accrochant au bras d'Edward.

— On dirait que vous avez vu un fantôme, dit Frédéric.

— Voulez-vous qu'on appelle une ambulance? dit Paul.

— Non, non, dit Antoine, en reprenant ses esprits. C'est seulement de vieux souvenirs très étranges qui refont surface. Je ne croyais jamais en revoir d'autres un jour!

Edward était intrigué : que signifiait « en revoir d'autres un jour »? Les trois amis étaient perplexes. Frédéric, très curieux de nature, osa donc poser la question qui leur brûlait tous les lèvres.

— Monsieur Antoine, que voulez-vous dire par « en revoir d'autres un jour »?

— Les billets de votre copain, jeune homme. OK, OK, laissez-moi vous raconter cette histoire et vous comprendrez mon désarroi concernant ces billets...

Quand j'avais environ une quinzaine d'années, j'ai trouvé les mêmes billets dans le Journal de Québec, voilà environ 65 ans. Je travaillais sur les docks depuis au moins trois ans. Vous savez, on commençait à travailler très jeunes dans mon temps, c'était pas comme aujourd'hui! Dans ces annéeslà, les bateaux-musées, ça n'existait pas! Assez étrange, non? Comprenez-vous où je veux en venir? Estomaqués, les trois jeunes hommes peinaient à assimiler l'étrangeté de ce que le vieil homme venait de leur confier.

— Vous feriez mieux de vous asseoir, leur dit Antoine en donnant une petite tape sur le bras d'Edward. Attendez-moi ici, jeune homme, je reviens, j'ai quelque chose à vous montrer. Antoine se leva péniblement pour se diriger vers la pièce du fond où se trouvait son bureau. Dans cette pièce trônaient plusieurs vieux classeurs remplis d'archives jaunies par le temps. Muets, les trois amis regardaient le vieil homme fouiller dans ses fiches. Le vieil homme revint vers eux, avec en main une vieille enveloppe. Il reprit place sur la chaise installée près des jeunes et l'ouvrit; elle contenait les billets qu'il avait conservés durant toutes ces années. Stupéfaits, Edward et ses camarades furent littéralement cloués sur leurs chaises, les yeux fixés sur les billets d'Antoine. Ces billets étaient identiques en tous points à ceux qu'Edward avait sortis quelques minutes plus tôt. Quel phénomène inexplicable... Après un moment de stupeur, plusieurs questions leur vinrent enfin à l'esprit. Comment était-il possible qu'une telle chose arrive? Surtout après autant d'années? Antoine et Edward examinaient leurs billets pour les comparer. C'était exactement les mêmes, impossible de se tromper. Interloqué, Edward finit par poser deux questions au vieil homme.

— Dites-moi, Antoine, pourquoi avoir gardé ces billets pendant aussi longtemps? De plus, ce bateau, l'avez-vous vraiment vu ou visité?

— Laissez-moi vous raconter une autre histoire à ce sujet. Une histoire assez surprenante, je dois dire. Et là, vous comprendrez pourquoi j'ai gardé mes billets pendant autant d'années. On était presque en 1940, à vrai dire on était au début de la Deuxième guerre mondiale, que nous connaissons tous. C'est à ce moment que tout a commencé à basculer. Beaucoup de navires arrivaient au port, pour être transformés en vue de la guerre qui faisait rage sur l'autre continent. Cette guerre menée par les Allemands, bien sûr. Impliqués bien malgré nous à cette époque, les bateaux de croisière avaient tous été réquisitionnés pour transporter des troupes et des vivres de l'autre côté de l'océan. Mais un seul a retenu mon attention et c'est celui qui a arraché les bollards que vous avez vus ce matin. Toujours à cette époque, c'était le plus gros des bateaux de croisière jamais construits. Le plus beau, le plus luxueux des années 30, par-dessus le marché. Sa mission était d'accueillir les riches voyageurs... la grande classe, quoi! Nous étions si attristés de devoir transformer une telle œuvre d'art en humble navire de transport. L'intérieur de ce navire était à couper le souffle, avec cette immense salle de réception ornée de tableaux célèbres, de lustres géants, de majestueuses sculptures : un vrai délice pour les yeux. C'est ce qui est arrivé par la suite qui a assombri l'histoire de ce navire.

Impatients d'en savoir plus, les trois jeunes hommes étaient complètement absorbés par l'histoire du vieil homme.

— C'est à ce moment-là que des choses inattendues ont commencé à se produire. Le capitaine du paquebot était vivement en désaccord avec cette décision : il n'était pas question que l'armée réquisitionne un tel joyau. Surtout pour le transformer en objet de guerre, ou en un vulgaire bateau de transport de marchandises. Plusieurs querelles étaient survenues entre le capitaine du navire et les techniciens en construction de l'armée. Le capitaine s'est finalement barricadé à l'intérieur de son navire, en fermant tous les accès, pour empêcher sa transformation. Il était tellement acharné qu'il y a laissé sa vie, le pauvre.

Certaines légendes racontent qu'on l'a poussé par-dessus bord. D'autres racontent qu'il s'est lui-même jeté à l'eau, par désespoir. Il y a de fortes chances qu'on vous raconte d'autres versions de cette histoire, mais bon... quelle importance? D'après moi, le pauvre homme s'est tout simplement enlevé la vie à l'intérieur du navire. Et de quelle façon est-ce arrivé? On ne le saura jamais vraiment. Puis, avant que vous me posiez la question... non, on n'a jamais retrouvé son corps. C'est ainsi que cette histoire de bateau réquisitionné par la marine est restée une légende jusqu'à ce jour. De plus, il aurait été impossible pour le capitaine de s'enfuir du bateau, car toutes les sorties étaient surveillées 24 heures sur 24 : il était clair que les techniciens en construction de l'armée tenaient à lui mettre la main au collet! Le manège a duré au moins trois semaines. En plus de surveiller les entrées et sorties du navire, ils ont fouillé le bâtiment de fond en comble, sans jamais rien trouver. Ils ont donc procédé à la transformation du navire pour combler les besoins militaires. Étrangement, un bon nombre des employés qui avaient travaillé à sa métamorphose ont subitement disparu. Même avant son arrivée au port, d'étranges histoires circulaient déjà à propos de ce paquebot. Et beaucoup d'encre avait coulé concernant la disparition de certains membres de l'équipage.

— Oui, mais ça n'explique pas pourquoi les bollards ont été arrachés! Et, en ce qui concerne les billets, quel est le lien entre tout ça? lança Frédéric.

— On y arrive, soyez patients, dit Antoine, en cherchant dans ses souvenirs de jeunesse. Quelques semaines s'étaient écoulées depuis ces évènements incompréhensibles. En ce qui concernait le capitaine, plus rien ne faisait obstruction aux décisions de la marine et le calme était enfin revenu. Ensuite, comme je vous l'ai expliqué, ils avaient commencé sa transformation depuis quelques semaines déjà. Laissez-moi vous dire, les jeunes, que de toute ma vie, je n'ai jamais vu autant d'accidents sur un chantier naval. Tous les jours, plusieurs travailleurs en ressortaient blessés, d'autres allongés sur des civières, avec des membres en moins. Certains étaient devenus paranoïaques; c'était un véritable carnage. Jusqu'à un certain moment où plus personne ne voulait y travailler, puisque tous ceux qui y avaient mis les pieds en ressortaient avec des histoires de fantômes. D'autres racontaient que ce bateau était vivant. Et, pire encore, un travailleur nous a raconté que certaines cloisons avaient littéralement changé de place! Et que certains des étroits corridors ne s'y trouvaient plus... Pourtant, la plupart des hommes qui y ont travaillé étaient habitués d'assister à des scènes d'horreur : la plupart d'entre eux étaient des militaires... ils en avaient vu d'autres! Les directeurs de chantier s'évertuaient à garder les employés en place : doubler et même tripler les salaires ne suffisaient pas à motiver les travailleurs. Finalement, après quelques mois d'acharnement, ils ont réussi à compléter les changements voulus.

— Quelques jours s'étaient écoulés depuis la fin des travaux, qui avaient été mouvementés, si l'on peut s'exprimer ainsi. Plus personne n'était monté sur le navire depuis quelques jours. Un bon matin, quand je suis arrivé pour débuter ma journée de travail, le bateau n'y était plus! L'emplacement où le bateau avait été mis en chantier était vide, plus rien. Je remarquai un attroupement de badauds. Je croyais que celui-ci avait finalement quitté le port pour sa nouvelle destination. Mais bizarrement, plus je m'approchais, plus il y avait du monde... des gens arrivaient de tous bords et de tous côtés. Trop curieux, je me suis rendu à la course pour voir ce qu'il s'y passait. Plus je m'approchais et plus je me rendais compte qu'une multitude de débris jonchaient le quai. Des morceaux de béton, des bouts de chaîne, du bois. J'étais abasourdi par ce que je voyais! C'est là que j'ai réalisé pourquoi il y avait autant de monde : les bollards avaient été pulvérisés, tout avait été arraché. Il n'y avait pas vraiment de mots pour décrire et comprendre ce qui était arrivé. Les histoires que j'y entendais racontaient que le bateau était subitement parti, sans personne à son bord. Ce qui était impossible, logiquement, car un bateau de cette envergure ne pouvait pas sortir d'un quai sans ses remorqueurs. De plus, des gardes étaient restés postés au port toute la nuit pour surveiller l'endroit et, selon leurs dires, aucun d'eux ne se serait aperçu de son départ. Pourtant les bollards qui le retenaient étaient gigantesques! Beaucoup de gens sont venus ce jour-là afin de comprendre ce qui s'était passé, mais personne n'avait de véritables réponse ou d'explication à ce sujet.

— Et... ont-ils retrouvé le bateau? demanda Edward.

— Ça, c'est la partie la plus étrange, répondit Antoine. Je vous en parle et j'en ai encore des frissons. Des rumeurs disent que personne n'a revu le bateau après cet incident, mais, bizarrement, plein d'autres histoires ont émergé. J'en ai entendu de toutes les sortes! Selon plusieurs légendes, l'armée s'en serait servi pour le transport de troupes, comme il était prévu au départ. Par la suite, ils l'auraient utilisé pour rapporter des objets de grande valeur en provenance de célèbres musées européens. Même que certains de ces objets auraient, selon d'autres légendes, des pouvoirs inimaginables. Mais ce ne sont que des ragots, selon moi. En vérité, j'ai bien davantage l'impression que c'est l'armée qui a causé son départ fracassant. Mais bon... à vous d'en juger...

— Pour ce qui est des billets, quel est le rapport dans toute cette histoire? demanda Paul, très intrigué.

— Ce n'est pas sorcier, poursuivit Antoine : le bateau qui a été transformé, c'est le même qui est représenté sur les billets. Mais encore une fois, ce qui me laisse dans le néant, c'est ça, dit-il, en pointant les billets du doigt. J'ai reçu ces billets voilà fort longtemps et je n'aurais jamais cru en revoir d'autres un jour. En plus, vous me dites que le bateau était amarré au même endroit hier. Et qu'il y a eu une panique sur le pont... un peu comme dans mes souvenirs... vous ne trouvez pas ça un peu ironique? Ajouta-t-il en regardant les jeunes amis toujours sans voix. En plus, à ce moment, je n'avais pas encore reçu les billets. Ils sont arrivés beaucoup plus tard dans ma vie, mais je n'ai jamais revu ce bateau. Quand j'ai reçu ces billets, je me suis présenté sur place à la date prévue, et ce, même si je n'y croyais pas vraiment. Mais comme une date était inscrite sur les billets, je me suis dit « pourquoi pas? ». Évidemment, le bateau ne s'est jamais présenté. Et après tout ce temps, je n'ai jamais eu l'occasion de le revoir. Et vous, ce matin, vous me dites que vous l'avez vu hier! Et pour faire exprès, c'était le seul week-end où j'ai pris congé depuis belle lurette... c'est assez étrange, non?

— Wow! reprit Edward, ça me donne des frissons cette histoire, mais en même temps, ça attise ma curiosité.

— Moi, je trouve que ça donne froid dans le dos, dit Frédéric.

Paul n'ajouta pas un mot, toujours subjugué par l'histoire racontée par le vieil homme, qui tendit la main, pour remettre ses billets à Edward.

— Pour ma part, à l'âge où je suis rendu, ce n'est plus pour moi de chercher à comprendre. Et vous, vous avez encore beaucoup d'années devant vous, alors tout ce que je peux faire, c'est de vous souhaiter de retrouver ce fichu bateau, et d'éclaircir le mystère dont il est entouré. En effectuant quelques recherches, qui sait, peut-être allez-vous le retrouver? Dites-vous bien que rien n'arrive pour rien… Si vous n'avez pas été capables de le visiter hier, c'est sûrement parce qu'il y avait une bonne raison à tout ça. Alors, je vous dis au revoir et bonne chance dans vos recherches. J'ai le fort pressentiment que vous allez réussir, et si tel est le cas, restez prudents, car quelque chose se cache sur ce navire, croyez-moi.

— Bien, monsieur Antoine, je vous dis merci pour votre temps si précieux et, encore une fois, désolé pour le dérangement! dit Edward.

— Cesse d'être désolé et fonce, tu as toute la vie devant toi!

À tour de rôle, les trois amis serrèrent la main de cet homme qui leur semblait d'une époque révolue. Pas seulement par son habillement, mais aussi par les traits de son visage, par sa façon de parler, par son regard qui leur paraissait si familier.

De ce pas, les trois camarades repartirent, saluant une dernière fois le vieil homme d'un signe de la main.

—Alors, les gars, que faisons-nous maintenant? dit Paul.

— Pour l'instant, repartons à la maison, nous verrons bien, sur le chemin du retour, répondit Edward.

— Assez bizarre comme histoire, ajouta Frédéric, vous ne trouvez pas?

— Oui, effectivement, dit Edward, mais il y a une chose qui a retenu mon attention.

— Quoi donc? demanda Paul, toujours curieux.

— Son regard, ses yeux... c'est trop bizarre, j'ai l'impression de l'avoir déjà vu quelque part, mais bon, peu importe...

Maintenant Edward avait les quatre billets en main... mais qu'allait-il en faire? Les chances de revoir ce bateau un jour seraient un véritable miracle en soi. Edward aimait bien garder précieusement tous ces objets qui lui semblaient porter un certain mystère.

Le temps était venu de regagner la voiture et reprendre la route vers la maison.

CHAPITRE 7
SUR LE CHEMIN DU RETOUR

Il était environ 19 h alors que Richard roulait en direction de chez lui. Il était très inquiet pour son fils, suite aux événements récents qui lui étaient arrivés... enfin, il peinait encore à réaliser tout ce qui s'était passé en si peu de temps. Bien sûr, il avait échappé aux griffes de l'ennemi, mais les malfrats connaissaient maintenant son identité. Richard retournait toutes les questions dans son esprit : comment avaient-ils fait pour être au courant qu'une lettre de la réception lui était destinée? Que la lettre venait de Didier? Était-il possible qu'il ait été surveillé depuis longtemps? Lui qui n'était pas habitué à ce genre de problèmes et qui ne cherchait jamais d'histoires à personne, le voilà, bien malgré lui, mêlé à une sordide histoire. Il devait absolument savoir de quoi il en retournait, et quel était le message inscrit sur l'endos de cette lettre? C'était sûrement un message d'importance, pour que celui-ci soit aussi prisé par des malfaiteurs. Une chose était claire à présent, sa vie était désormais en danger. Il roulait depuis deux heures déjà, toujours animé d'une dose d'adrénaline comme il n'avait jamais connu jusqu'à ce jour. Redoutant que quelqu'un le suive, il s'imposa quelques arrêts pour s'assurer que ses poursuivants n'étaient pas à ses trousses. Que devait-il faire pour s'en sortir à partir de maintenant? Il n'était pas habitué à vivre de telles épreuves! Après avoir roulé un bon moment, la tension baissa lentement; l'adrénaline laissa place à la réflexion et à la fatigue. Désormais assuré de ne pas avoir été suivi par les malfaiteurs, il pouvait enfin respirer en paix. En passant devant un motel non loin de Québec, Richard décida de s'y arrêter. Il ne pouvait plus attendre et devait absolument savoir ce qui était inscrit sur cette lettre. Richard prit une chambre et s'y installa rapidement. Le temps était venu de vérifier le contenu caché de la fameuse lettre. Heureusement, il avait gardé les citrons que Jacques lui avait apportés à sa chambre un peu plus tôt. Il retourna la lettre, attrapa les citrons pour les presser au-dessus d'un verre afin de récolter le maximum de jus. N'ayant aucun ustensile à sa disposition, Richard trempa ses doigts dans le verre de jus, pour en badigeonner le papier. Peu à peu, plusieurs phrases apparurent, ainsi qu'un plan détaillé d'un bateau, dessiné à la main par ce cher Didier. Pour capter ces inscriptions éphémères, il prit plusieurs photos à l'aide de son cellulaire.

Richard prit son souffle avant de lire le contenu de la lettre : « *Bonjour, Richard, si vous trouvez cette écriture, c'est signe que vous avez compris mon message caché. Bien, comme je vous ai mentionné sur l'autre partie de la lettre, avant de m'enfuir de la planque de cette firme, j'ai* réussi à subtiliser plusieurs objets qui se trouvaient sur une table. Après avoir vérifié ce que je leur avais soutiré, je suis resté un peu sur ma faim. Aucun objet n'était directement relié à ce plan de bateau et son contenu. Mais pourquoi donc ? Certains de ces documents étaient même rédigés dans un dialecte très ancien... mais toujours aucun rapport avec ce plan de bateau. J'ai alors concentré mes recherches sur le langage peu commun. Puisque très peu de personnes peuvent déchiffrer ce langage (à vrai dire, environ cinq chercheurs en ont la capacité), c'est à partir de ce moment-là que j'ai compris pourquoi ils avaient approché votre femme Rose, ainsi que moimême. Rose faisait partie de ces seules cinq personnes connaissant ce vieux dialecte. Et, heureusement pour nous, j'ai également cette capacité de décryptage. Mais dans les faits les plus étonnants, les documents en question racontent l'existence d'un trésor inestimable aux pouvoirs extraordinaires, inimaginables. Malgré toute l'expertise accumulée tout au long de ma carrière, je n'avais encore jamais trouvé d'objets ayant un quelconque pouvoir. Beaucoup de légendes, beaucoup de rumeurs... mais rien n'a jamais été corroboré. D'un naturel très rationnel, j'ai beaucoup de difficulté à y croire, encore aujourd'hui. Autre fait intéressant : sur les documents que j'ai extirpés, j'ai trouvé plusieurs notes qui étaient inscrites de la main de votre femme, ce qui me fait croire qu'elle est toujours en vie. À mon avis, tant et aussi longtemps qu'ils n'auront pas trouvé le trésor, ils devront la garder en vie. Selon moi, ils ont encore *plusieurs étapes à franchir... c'est la bonne nouvelle! Maintenant, sur la lettre que vous avez en main, je vous ai fait un petit calque des plans que j'ai trouvés concernant ce bateau. Mais comme je ne suis pas architecte, je n'y comprends fichtrement rien. Il n'y a pas à dire, habituellement je sais lire des plans, mais cette fois-ci, je suis dans le néant le plus total. Peut-être serez-vous en mesure d'y trouver quelques réponses? Parmi les objets que je leur ai subtilisés, il y avait aussi un anneau d'une splendeur incroyable. On y voit un visage de dragon tout en or, serti de pierres rouges en guise d'yeux. Mais je ne suis pas en mesure de déterminer de quelle pierre il s'agit. Je n'avais encore jamais vu de pierres précieuses de ce genre. De plus, j'ai trouvé une clef qui, de toute vraisemblance, serait reliée à cet anneau, car on décèle sur ces deux objets des inscriptions écrites dans le même dialecte. Mais je n'arrive toujours pas à les déchiffrer, l'écriture est trop petite pour mes yeux. D'ailleurs, c'est ce qui rend ces objets d'autant plus intéressants; je ne peux pas vous dire de quelle époque ils proviennent. Selon moi, ces objets sont très anciens, datant probablement d'avant notre ère moderne. C'est donc ce qui nous conduit à une rencontre : nous devons absolument nous voir, car vous êtes beaucoup plus expérimenté que moi dans le domaine de la datation et de l'identification d'objets anciens. Aussitôt que vous aurez réussi à lire l'endos de cette lettre, appelez-moi. Et, surtout, restez prudent! Ils vont tout faire pour retrouver ces plans, ainsi que ces objets. Ne faites confiance à personne! Autre chose*

: assurez-vous de détruire cette lettre après avoir pris connaissance de mon message. Elle ne doit en aucun cas tomber entre de mauvaises mains... la vie de votre femme en dépend. »

Didier lui avait redonné espoir en lui disant que sa femme était très probablement encore en vie. Richard devait maintenant tout faire pour qu'elle le reste. Malgré beaucoup d'espérances, il lui restait encore tant à faire pour la retrouver! Toutefois, il avait à présent un allié de taille pour le soutenir dans sa quête. La première chose à faire était de retrouver Didier et d'examiner l'ensemble de tous les objets que ce dernier avait subtilisés. Didier ne pouvait pas tout décrire sur une simple lettre... une rencontre était essentielle, et ce, dans les plus brefs délais! Mais où pourraient-ils se rencontrer sans danger? Alarmé, Richard gardait en tête les événements dramatiques s'étant déroulés à Montréal...

Plusieurs questions lui venaient à l'esprit : qui était donc ce Jacques et quel rôle jouait-il au sein de cette organisation? Comment avait-il fait pour s'intégrer aussi facilement au personnel de l'hôtel? Avait-il eu de l'aide? Si oui, de qui? Comment cela avait-il pu arriver? Ils savaient que Didier avait pris la fuite... mais avait-il réellement réussi à les semer? Cette firme de recherche avait donc plusieurs cordes à son arc, ce qui rendait la tâche de Richard et Didier encore plus périlleuse. Selon l'analyse de Richard, Didier pourrait avoir été repéré depuis un bon moment au cours de cette filature, et même peut-être bien auparavant. La firme pouvait-elle utiliser Didier d'une certaine façon et... dans quel but? Cette firme avait déjà approché Didier dans le passé, mais celui-ci avait refusé de les suivre dans leurs périples. Cette même firme avait finalement amadoué Rose afin qu'elle prenne part à leur projet. De plus, ils devaient sûrement savoir que Didier était un ami proche de Rose et qu'il allait tout faire pour la retrouver! Les malfaiteurs avaient peut-être intentionnellement laissé des objets anciens sur le passage de Didier, afin d'attirer son attention. Ils comptaient donc sur lui pour en assurer le décryptage! Il suffisait de le suivre et de vérifier tout ce qu'il découvrait. Pourtant, Didier était très vif d'esprit, qu'il se fasse duper aussi facilement ne tenait pas la route. Il avait sûrement remarqué qu'il était suivi et c'est pourquoi il aurait pris le temps de codifier la lettre. Mais comment pouvait-il savoir que j'allais m'en sortir? Ça faisait peut-être partie des risques à prendre. Recouvrant lentement ses esprits, Richard décida de laisser tomber ces scénarios inutiles et anxiogènes. Après avoir lu l'endos de la lettre, il était maintenant temps d'examiner plus attentivement le plan du bateau. Richard avait beau tourner la lettre dans tous les sens, mais le plan n'avait aucun sens! Plusieurs portes étaient manquantes pour accéder à plusieurs endroits du bateau... Didier avait-il commis une erreur dans son interprétation? Et pourquoi les plans étaientils aussi si incompréhensibles? De plus, quel était le rapport entre ce plan de bateau et sa femme? Il remarqua un nom dans un des coins du plan. Malheureusement, l'écriture était carrément illisible… ce pourrait être la clef dont il avait besoin! Après avoir vérifié, examiné, cherché des heures durant, le temps était venu de détruire cette lettre. Au bas de la lettre, Didier lui avait laissé un numéro pour le joindre, ainsi qu'une petite note l'enjoignant de se munir d'un téléphone jetable pour éviter tout risque d'être retracé. Richard se devait donc de trouver rapidement un téléphone jetable avant d'appeler Didier. La confidentialité ainsi retrouvée lui éviterait également de mettre inutilement la vie de son fils en danger. Il lui fallait trouver une solution avant de retourner chez lui. Pour l'instant, ce petit motel anonyme et tranquille de la région de Portneuf lui suffisait. Il n'avait pris aucune chance en stationnant son véhicule à l'arrière du bâtiment. Il quitta le motel à pied, souhaitant trouver une petite boutique de téléphonie. L'estomac creux; il devait aussi penser à manger pour reprendre des forces. Il prit le temps de s'arrêter dans un dépanneur, attrapant quelques grignotines au passage avant de revenir au motel. La fatigue commençait également à se faire sentir : dans le miroir, il remarqua ses traits tirés et ses yeux cernés. Avec le stress qu'il venait de vivre, Richard était épuisé; la journée avait été mouvementée! Maintenant à l'abri des regards, il hésita un moment avant d'appeler Didier. Richard décida d'attendre au samedi matin pour fixer un lieu de rendez-vous à son ami. Il avait besoin d'une bonne nuit de sommeil et, comme la nuit porte souvent conseil, ça lui donnerait du temps pour réfléchir à tout ce qui lui était arrivé. Dès le samedi matin, il pourrait retourner chez lui sans s'inquiéter car alors son fils Edward aurait certainement quitté la maison. Il serait alors temps d'appeler Didier pour lui fixer un rendez-vous… avec un peu de repos, il aurait au moins la tête plus tranquille.

Richard se réveilla en sursaut le samedi, un peu plus tard que prévu. Une nuit agitée, tourmentée. Il ne s'était endormi qu'au petit matin. Il était déjà 10 h quand Richard quitta la chambre précipitamment et prit place derrière le volant. Il contacta Didier pour lui fixer un rendez-vous chez lui, même si Didier s'était montré très réticent à cette idée. Mais Richard avait insisté, expliquant qu'aucun autre choix n'était possible en cet instant. De toute façon, il lui fallait ses outils de travail pour procéder à l'analyse des objets subtilisés par Didier.

À cette heure, Edward devrait avoir quitté la maison, se disait Richard. Il était maintenant 10 h 30 et, pour ne prendre aucun risque, Richard alla garer son véhicule dans l'autre entrée, derrière le garage. Jetant un coup d'œil par la fenêtre, il s'aperçut que sa Chevrolet Bel Air y était encore stationnée…

–Hé, merde! se dit-il, pourquoi n'est-il pas encoreparti? Richard repensa à tout ce qu'il lui était arrivé la veille… était-il arrivé malheur à son fils? Il devait vérifier, et vite! Sans se faire remarquer, Richard entra par l'arrière de la maison, le plus discrètement possible. Sous son poids, une latte du plancher émit un craquement. Il entendit alors Edward demander qui était là. Merde! se répéta mentalement Richard. Je dois faire vite, il ne doit pas me voir! Richard se glissa donc dans le placard de l'entrée arrière de la maison. Il entendit son fils appeler de nouveau. Il l'entendit retourner à la bibliothèque, et pendant ce cours délai, Richard sortit du placard sur la pointe des pieds, en direction du sous-sol. En traversant le couloir, il accrocha malencontreusement un bibelot qui tomba lourdement sur le sol. Il le ramassa rapidement et le remis en place en moins de deux, et repris sa course silencieuse vers le sous-sol pour se cacher de nouveau. Encore une fois, il entendit son fils faire le tour de la maison, demandant qui était là. Heureusement, Richard avait aménagé au sous-sol un local sécurisé où il entreposait les objets rares. Un endroit où personne n'avait accès, à part lui. C'était donc l'endroit idéal pour se dissimuler. Après un moment, Richard remarqua qu'Edward avait abandonné ses recherches, qui demeurèrent infructueuses, pour ensuite quitter la maison. Quel soulagement! Richard devait à présent patienter avant l'arrivée de Didier. Il avait très hâte d'examiner les objets que Didier avait en sa possession... peut-être y trouverait-il de nouveaux indices?

Quelques minutes seulement après le départ d'Edward pour la Vieille Capitale, Didier arriva sur les lieux. Richard sortit à l'extérieur pour l'accueillir.

— Bonjour, Didier, comme je suis content de voussavoir encore en vie !

— Moi aussi, mon ami, lança Didier en lui donnantune tape sur l'épaule. Allez, nous devrons faire vite.

–Oui, je comprends, allons dans mon local de re-cherche. Nous y serons mieux installés.

— Dites-moi, Richard, que s'est-il donc passé àMontréal?

—Vous savez, la lettre que vous aviez laissée à laréception? Eh bien, la firme savait déjà qu'elle était y était et que quelqu'un allait venir la chercher un jour ou l'autre. Ne me demandez pas comment ils ont fait, je n'en ai pas la moindre idée. Mais je me demande encore comment ils ont réussi à s'immiscer dans le personnel de l'hôtel.

— Vous comprenez maintenant pourquoi je vousavais mentionné que cette firme était dangereuse?

Ce sont de véritables pieuvres... ajouta Didier. C'est pour cette raison que j'ai crypté mon message. Et... j'espère que vous avez bien détruit cette lettre, n'est-ce pas? demanda-t-il à Richard d'un air sérieux.

— Croyez-moi, je l'ai fait! J'ai bien failli me faire en-lever à cause de cette lettre! J'ai tout de même été très chanceux dans ma malchance. Et ils sont passés très près d'obtenir ce qu'ils voulaient. Mais j'ai réussi à m'en sortir, et heureusement pour moi, leur chef est un imbécile.

Au moment même où il posa le pied dans l'atelier de Richard, Didier poursuivit.

— Alors, dites-moi, Richard, que pensez-vous deces plans de bateau? Moi, je n'y comprends rien du tout. De plus, attendez que je vous montre les objets, c'est encore plus intrigant. Didier sortit la bague et la clef de sa poche et les montra à Richard.

— En fin de compte, avez-vous trouvé quel était lelien avec les plans? demanda Richard en s'attardant sur les deux artéfacts. Et… pendant que j'y pense, je n'ai pas réussi à déchiffrer l'inscription qui était marquée au bas du plan. Elle n'était pas assez claire. Habituellement, c'est l'endroit où l'on retrouve les détails, comme le nom et l'année… Attendez, dit Didier en lui sortant les plans originaux du tube qu'il avait toujours en main. Il les étala sur la table. Les deux amis prirent le temps de lire les informations inscrites dans le losange apparaissant au côté inférieur droit de chaque plan.

— C'est étrange, dit Richard. J'ai déjà vu ou en-tendu ce nom de bateau quelque part, mais je n'arrive pas à me rappeler où.

— Mais… pour les plans, nous sommes d'accordque ce sont bien des plans de bateau!

— Oui, cela ne fait aucun doute, répondit Richard.Mais je ne comprends toujours pas quel est le rapport avec tout ça. De plus, j'ai beau les scruter de long en large, tout ce que je vois, c'est qu'il manque des portes. Il y a des endroits complètement inaccessibles… mais pourquoi? Montrez-moi donc encore les objets que vous avez réussi à leur soutirer? Peut-être allons-nous trouver une réponse ou au moins identifier le lien qui existe entre ces objets.

Didier ressortit le sac contenant la bague et la clef pour les montrer à nouveau à Richard.

— Vous remarquerez qu'il y a des inscriptions àl'intérieur de la bague et de la clef, mais les inscriptions sont tellement minuscules que je ne suis pas en mesure de les lire… à moins d'avoir des yeux bioniques!

— Vous me permettez? relança Richard en prenantles objets, j'ai beaucoup mieux que cela. Voici mon microscope électronique, qui projette l'image sur mon écran d'ordinateur. Quelques minutes seront nécessaires pour enregistrer les données, mais nous aurons toute l'information. Peut-être arriverons-nous à comprendre ce qui relie ces objets les uns aux autres. Je vais commencer par passer la bague dans le système et nous verrons ensuite pour la clef.

— C'est vous l'expert! reconnu Didier, en pointant les autres documents qu'il avait recueillis dans la planque. Vous n'en croirez pas vos yeux, mon ami!

— Dites-moi donc! invita Richard, pressé d'en-tendre ce que Didier aller lui lire.

— On nous parle ici d'objets qui seraient dotés de pouvoirs. Mais de quels objets s'agit-il? Ça, je n'en sais rien.

Richard restait assez perplexe. En homme très terre à terre, il ne croyait pas vraiment à ce genre de fabulations. Didier continuait à lire le document à haute voix.

— Voyez-vous ce qu'ils nous disent ici? en lui mon-trant les inscriptions sur le document qui semblait être déjà traduites. « Seule une personne pure pourra activer les objets en question. »

— Mais de quel objet parle-t-on? demanda Richard, toujours incrédule.

— Peut-être qu'ils parlent de l'anneau... qui sait? renchérit Didier.

Sous l'œil attentif de Richard, Didier poursuivit sa lecture. « Que ces mêmes objets pourraient améliorer le porteur en lui donnant des aptitudes qui lui resteront comme un... ».

— Mais de quelles aptitudes parlent-ils? Et que si-gnifie « une personne pure »? rétorqua Richard. Beaucoup de morceaux du casse-tête manquaient encore. Après un moment, le téléchargement des analyses des deux objets numérisés fut complété. Il remit les deux objets à Didier qui, par réflexe, les glissa de nouveau dans la poche de son veston.

— Oh, mon Dieu! Le bateau! s'écria Richard.

Didier sursauta. Qu'arrivait-il à Richard? Pourquoi ce changement d'attitude? Que venait-il de comprendre? Richard répétait les mots « le bateau » à voix haute, sur un ton de plus en plus fébrile. Le nom du bateau! Je sais où je l'ai entendu! s'exclama Richard.

— Qu'est-ce qui vous met dans tous ces états, mon ami?

— Mon fils doit aller visiter ce bateau aujourd'hui dans le Vieux-Québec! Il vient à peine de quitter la maison, il y a une heure!

Voyant Richard qui paniquait, Didier reprit la parole.

— Restez calme, mon ami, réfléchissons. Vous dites que ça fait une heure qu'il est parti? Était-il censé y aller seul? continua Didier.

— Non, il devait aller chercher ses deux amis avant de

s'y rendre, poursuivit Richard.

— Et à quel endroit allait-il les chercher, ces amis-là? Excusez-moi, Richard... j'ai mal posé ma question : combien de temps est nécessaire pour aller les chercher, selon vous?

— Je vous dirais environ une demi-heure. De plus, ils ne rouleront pas tellement vite, car Edward a pris ma Chevrolet Bel Air 1957 de collection.

— Excellente nouvelle! avança Didier. Cette voiture devrait être facile à retrouver et j'aurai sûrement le temps de les rattraper. J'arriverai peut-être même avant eux dans le Vieux-Québec. Dans le pire des cas, je les attendrai au bateau que je trouverai facilement, annonça-t-il à Richard, qui semblait lui faire une confiance absolue. Ne vous en faites pas, Richard. Poursuivez vos analyses et, durant ce temps, moi, je vais m'occuper de retrouver les jeunes.

Didier partit sans plus attendre. Il prit rapidement la route pour le Vieux-Québec; il n'avait plus une minute à perdre.

CHAPITRE 8
DIRECTION DE LA VIEILLE CAPITALE

Roulant à bonne vitesse sur l'autoroute, Didier se dirigeait vers la Vieille Capitale. Il avait presque atteint sa destination quand il aperçut le vieux modèle de voiture des années 50. Il commença à la suivre de près, tout en gardant une prudente distance. Les deux voitures entraient dans les vieux quartiers de la ville, facilement reconnaissables par leurs rues de pavés cahoteuses. Les vieux bâtiments historiques bordant la voie carrossable ne manquaient pas de rappeler à Didier une tout autre époque.

Les jeunes s'étaient stationnés non loin des festivités qui se tenaient en ce dernier week-end estival de Québec. Par chance, Didier avait réussi à trouver un stationnement non loin d'eux. Curieusement, il avait eu l'impression qu'il était suivi depuis un moment. À quelques reprises sur la route, Didier avait vérifié dans son rétroviseur, car il avait la sensation d'être constamment suivi. Pourtant, il était certain d'avoir réussi à fuir ses poursuivants au moment où il quittait la planque. Alors, pourquoi ressentait-il toujours cette désagréable impression? Ces malfrats pouvaient-ils avoir réussi à dissimuler un traceur dans sa voiture? Avait-il loupé quelque chose d'important en s'échappant de sa cachette?

Didier vit donc que les trois jeunes hommes avaient décidé de luncher dans un petit pub non loin du Vieux-Port. Il n'avait d'autre choix que de continuer à les surveiller... toujours accompagné de ce malaise... cette sensation d'être épié. Observant les commerces environnant le pub, il chercha un petit resto où il pouvait s'arrêter et garder un contact visuel sur les jeunes, ce qui lui donnerait un net avantage. Balayant du regard l'espace public, il vérifia de nouveau s'il n'avait pas été suivi. Pour l'instant, tout lui semblait normal. Peut-être avait-il été trop craintif, ou avait-il eu une simple intuition? Tout était calme. Peut-être trop calme à son goût.

Didier prit le temps de réfléchir à la suite des évènements. Encore beaucoup de questions lui venaient à l'esprit en ce qui concernait le bateau. Les plans avaient-ils vraiment un lien avec le bateaumusée ou tout ça n'était-il qu'une simple coïncidence? Fouillant dans ses poches pour vérifier s'il avait de la monnaie, Didier se rendit compte qu'il était parti avec les deux objets, l'anneau et la clef. Celui-ci s'en voulut un peu. Il aurait peut-être été mieux de les laisser à Richard, mais il était trop tard.

Didier se senti de nouveau épié. Mais, cette fois-ci, il avait raison de s'en faire : il reconnut un type qu'il avait aperçu un peu plus tôt, lors de son arrivée dans le Vieux-Québec. Ce gars-là n'avait définitivement pas la tronche d'un tourisme. Didier se fit discret pour ne pas lui montrer qu'il l'avait remarqué. Pour l'instant, l'homme se tenait appuyé contre un mur et lui jetait des regards suspects. Didier devait réfléchir rapidement, car il avait encore les objets dans sa poche de veste et il ne pouvait pas se permettre de se les faire voler. Ceci pouvant mettre la vie de Rose en danger; une solution rapide s'imposa. Il prit la décision de passer un coup de fil à Richard afin de l'aviser du danger auquel il faisait face. Et lui annoncer, par la même occasion, qu'il y avait de fortes chances pour qu'il ne soit pas en mesure de revenir. Impuissant, Didier laissa le téléphone sonner à plusieurs reprises, sans pouvoir rejoindre Richard.

Didier continua de regarder innocemment autour de lui, feignant de ne pas avoir remarqué son poursuivant, mais il se savait pertinemment toujours observé.

Après une heure passée à attendre que le dîner des jeunes se termine, il les vit finalement qui sortaient du pub. Didier, qui était toujours au petit café de l'autre côté de la rue, laissa de la monnaie sur la table et repartit immédiatement; une bonne idée venait de lui traverser l'esprit. D'un pas décidé, il se leva et se rendit sur le trottoir opposé aux jeunes, en zigzaguant habilement entre les passants et les visiteurs. Après avoir pris une bonne avance sur son poursuivant qui avait recommencé à le suivre, Didier se dit que le temps de se jouer de cet intrus était venu. Didier traversa la rue pour revenir en sens inverse, en croisant les deux amis d'Edward. Il percuta intentionnellement Edward au passage. Pris au dépourvu, son poursuivant dut s'arrêter pour ne pas se faire repérer, mais Didier l'avait déjà localisé. Durant ce temps, Edward s'excusait au vieil homme, croyant que la collision était sa faute. Par erreur, Didier l'appela par son prénom, en lui disant d'aller rejoindre ses amis, que tout était correct pour lui. Didier se rendit compte de son erreur dès qu'il eut prononcé le nom d'Edward. Voyant que celui-ci ne le regardait plus, Didier en profita pour prendre la poudre d'escampette et se cacha dans une ruelle tranquille.

Il repéra un conteneur à ordures derrière lequel il s'accroupit à toute vitesse. Il savait parfaitement que son poursuivant ne le lâcherait pas d'une semelle. Par chance, il vit qu'une porte s'entrouvrait justement dans l'autre bâtiment devant lui. Didier vit avec stupeur que l'homme au teint basané qui le pourchassait avait aussi la porte ouverte comme objectif et qu'il s'y dirigeait spontanément. Sortant un Teaser de sa poche, Didier en profita pour surprendre l'homme qui lui tournait le dos. Vif comme l'éclair, il percuta l'homme avec son arme électrique. Le malfrat s'écroula sur le sol, aussi mou qu'une guenille. Didier l'attrapa par les aisselles, le tira sur le côté du conteneur à ordures et le recouvrit de vieux sacs qui traînaient à proximité.

Il était temps de repartir et vite, avant que quelqu'un ne s'aperçoive de quoi que ce soit. Didier reprit sa marche d'un pas rapide. Malheureusement, Edward et ses amis n'étaient plus en vue; ils avaient quitté cette rue depuis belle lurette. Cependant, l'enjeu avait de nouveau changé : Didier savait à présent qu'il avait été suivi et qu'il ne pouvait plus mettre la vie d'Edward et de ses copains en danger. Didier était persuadé qu'on lui avait collé un traceur quelque part... mais où? Ne voulant pas prendre le risque d'être de nouveau suivi, il se dirigea vers sa voiture pour tenter de trouver ce maudit traceur. Didier composa encore une fois le numéro de Richard. Toujours pas de réponse. De plus en plus inquiet pour son ami, Didier se devait de faire vite. Il continua à marcher en direction de sa voiture et appela Richard à répétition. Le silence de ce dernier n'augurait rien de bon. Une décision devait être prise rapidement. Les jeunes n'étaient pas vraiment en danger à cet instant-même; les chances que le bateau soit le même restaient très minces. Didier décida d'aller rejoindre Richard au plus vite. De toutes façons, il était presque impossible de les retrouver dans toute cette foule. Richard ne répondait toujours pas à son téléphone, ce qui inquiétait Didier au plus haut point.

Didier repris donc la route vers la résidence de Richard. Presque arrivé à destination, il réalisa qu'il avait oublié de vérifier sa voiture pour trouver le fameux traceur. Trop absorbé par le cas de Richard, il avait omis cette vérification. Au tournant d'une rue, il aperçut une station de service. Il freina brusquement pour y accéder. Faisant le tour de son véhicule, il dénicha finalement le traceur sous le pare-chocs arrière. Il arracha le traceur, tout en prenant soin de ne pas attirer l'attention des clients du poste d'essence. Subtilement, il recolla le traceur aimanté sous la carrosserie d'une autre voiture, afin de brouiller la piste que suivaient les criminels. Il pensa ensuite au risque que courait maintenant Richard à cause de ce maudit traceur... était-ce pourquoi Richard ne répondait plus à ses appels?

Didier arriva bientôt chez Richard. Il se stationna un peu plus loin, au cas où il y aurait des visiteurs imprévus. Il se rendit donc à pied chez Richard. Il tenta un dernier appel téléphonique, souhaitant ardemment qu'il décroche, mais toujours sans résultat. Il devait absolument aller voir sur place, aucune autre alternative ne s'offrait à lui.

Didier ne remarqua rien de suspect au premier coup d'œil. Il fit le tour de la maison avant d'y pénétrer. Tout semblait normal, aucune serrure forcée, aucune fenêtre brisée. Il vérifia la poignée de porte, qui était restée déverrouillée, comme à son départ pour le Vieux-Québec. Didier prit la chance d'entrer tout en gardant un œil bien ouvert. Il avançait d'un pas feutré, toujours le plus silencieusement possible. Il continua directement vers le sous-sol. Toujours personne en vue. Après avoir descendu les marches en silence, il jeta un regard craintif dans le local qui était vide. Vide, mais complètement sens dessus dessous. Visiblement, d'autres personnes y étaient passées avant lui. Complètement abasourdi par ce désordre, Didier ressortit son téléphone pour rappeler Richard. Très nerveux, la sueur au front, il parcourut la pièce, redoutant de retrouver Richard mort dans un coin. Tout à coup, le cellulaire de celui-ci commença à sonner. Didier fut surpris de l'entendre sonner, comme s'il était tout près de lui. Il fit un tour d'horizon du local, mais toujours aucun téléphone en vue. Il ouvrit les tiroirs, les armoires, mais toujours pas de téléphone. Il le faisait sonner à répétition pour le retrouver; la sonnerie lui semblait de plus en plus proche. Didier eut la soudaine impression que le téléphone de Richard était encastré dans le mur! Il fit glisser sa main sur toute la surface du mur. Surpris par un joint pratiquement invisible à l'œil nu, il exerça une légère pression de la main, puis un tiroir s'ouvrit. Il regarda attentivement le contenu du tiroir : il y trouva le téléphone et les autres documents. Richard y avait aussi laissé d'autres notes visiblement griffonnées à la hâte. Il prit les notes pour les regarder et, à sa grande surprise, un message lui était adressé. Heureusement, puisque Richard travaillait souvent sur des objets de grande valeur, il avait aussi eu la brillante idée de faire installer un système de caméra de surveillance à l'extérieur et à l'intérieur de son local, en plus d'y ajouter un système enregistreur. Ce système servait surtout en cas de vols et, à tout moment, il pouvait visionner les allées et venues de l'extérieur de sa maison. Mais cette fois-ci, Richard, trop absorbé par les documents qu'il avait en main, avait oublié de se méfier. C'est en levant la tête qu'il réalisa l'ampleur de sa gaffe, quand il s'aperçut que des hommes s'étaient déjà introduits dans sa résidence. Il était déjà trop tard. C'est alors que Didier comprit que l'absence de Richard était peut-être de sa faute.

« Didier, si vous trouvez cette note, c'est malheureusement parce que j'ai été enlevé. Des intrus ont réussi à pénétrer dans ma maison, mais s'ils ne m'ont pas encore trouvé, ce n'est qu'une question de temps. Je ne sais pas comment ils ont fait, mais la bonne nouvelle c'est que vous n'étiez pas présent. J'ai un système de surveillance relié à un serveur. En visionnant les enregistrements, vous devriez être en mesure d'identifier leur plaque d'immatriculation, ainsi que leurs visages. S'il vous plaît, retrouvez-moi, et surtout quoiqu'il arrive, **PROTÉGEZ MON FILS.** *»*

L'écriture étant presque illisible, Didier avait eu beaucoup de difficulté à lire la note laissée par Richard. Mais il comprit la situation d'urgence. Avant de donner suite au visionnement des vidéos, Didier s'assit un moment pour se calmer et réfléchir. Il devait penser à la suite des évènements : comment allait-il faire pour retrouver Richard? De plus, il se devait de retrouver et protéger son fils Edward. La jouant en boucle dans sa tête, Didier se remémorait la séquence des évènements pour y déceler la moindre faille. Il comprenait parfaitement maintenant comment il s'était fait retracer à partir de la firme. Mais il se demandait pourquoi les malfaiteurs ne l'avaientils pas intercepté avant. Se pourrait-il que le traceur ait arrêté de fonctionner pendant un certain temps, pour reprendre par la suite? À partir du dépôt de la lettre et jusqu'à la personne qui est venue la cueillir, la firme avait dû établir le lien entre Richard et Rose. À présent, ils savaient qu'ils étaient mari et femme. Mais ces malfrats ne connaissaient pas encore le fils, selon Didier. Ils n'avaient pas réussi à capturer Richard du premier coup; ce n'avait donc été que partie remise. La firme savait pertinemment que Richard et moi allions nous organiser pour nous revoir un jour ou l'autre, se dit-il. Attendaient-ils le bon moment pour nous capturer tous les deux en même temps? Se pouvait-il que, par chance, leur traceur soit reparti au moment où Richard et moi avions programmé une rencontre? Les gens de la firme feraient tout pour arriver à leurs fins. Puisqu'ils étaient entrés dans la maison, avaient-ils remarqué sur les photos garnissant les murs que Richard et Rose avaient un fils? Il n'y aurait pas mieux comme moyen de pression sur Rose pour l'obliger à traduire le dialecte. Ce qui signifiait qu'Edward était désormais réellement en danger.

Avec un peu de recul, Didier se demandait maintenant comment il allait faire pour approcher Edward. Dans le Vieux-Québec, il avait réussi à bousculer Edward, assez habilement pour pouvoir glisser la bague et la clef dans la poche de la veste du jeune homme. Comment Edward allait-il réagir en découvrant Didier chez lui? En y repensant, ce n'avait peut-être pas été une si bonne idée de remettre subtilement les objets précieux à Edward. Mais il était déjà trop tard, le mal était fait. Réfléchissant à ce fameux trésor, Didier se dit qu'il devait être d'une importance capitale pour que cette firme déploie autant d'efforts. Mais ces objets avaient-ils réellement des pouvoirs et, si oui, de quel genre de pouvoir s'agissait-il? Ce Yuri, le boss de la mafia qui était à la tête de cette firme, avait-il d'autres objets en sa possession? Car les seuls objets qui se trouvaient sur cette table, c'était ceux que Didier avait ramassés avant de s'enfuir. Il commençait à regretter amèrement son geste. Tout doucement, le casse-tête commençait à se mettre en place, mais pour l'instant, la priorité, c'était Edward. À vrai dire, il n'était pas encore en danger, mais il allait revenir au bercail d'ici peu. Comme Didier ne savait pas quand exactement, il devait l'attendre. Didier ne savait plus quoi penser, mais il valait mieux attendre le retour du jeune homme. De plus, ça lui donnerait un peu de temps pour mettre en place un plan et réfléchir à la meilleure manière de raconter à Edward ce qui c'était passé, en lui montrant la vidéo. Ceci prouverait ce que Didier venait de découvrir. Prenant son mal en patience, Didier examina les documents que Richard avait pu cacher. Il réalisa que Richard avait eu le temps de compléter le grossissement de l'inscription apparaissant sur la bague et la clef. Et le bon côté des choses, c'est qu'il avait eu assez de temps pour effectuer le décryptage total. D'un autre côté, ni Didier, ni Richard n'avait la bague et la clef en leur possession. C'était Edward qui les avait maintenant, sans en être conscient. Didier se concentra donc immédiatement sur le décryptage, tout en gardant un œil sur les caméras. Pas question de répéter l'erreur fatale de Richard.

CHAPITRE 9
RETOUR AU BERCAIL

Ce dimanche avant-midi, autour de 11 h, les trois compères marchaient en direction de la voiture et discutaient de leur week-end.

— Très étrange, ce week-end, vous ne trouvez pas? dit Paul.

— J'avoue, dit Frédéric, mais pour notre ami Edward, c'était l'apogée. Il a fait une nouvelle rencontre, il s'est découvert de nouveaux talents, comme d'ailleurs ces surprenantes aptitudes aux jeux d'adresse. Ces habiletés, avouons-le, étaient complètement inexistantes dans son cas, ajouta-t-il sur un ton sarcastique.

Edward donna une poussée sur l'épaule de Frédéric. « Vous n'êtes pas obligés d'en rajouter, les gars! », critiqua-t-il, avec un sourire fendu jusqu'aux oreilles.

— Revenons sur un autre sujet, avança Paul. Tu as dit plus tôt que tu avais obtenu ces billets dans le *Journal de Québec*.

— Oui, dit Edward, ça fait environ une semaine, si je ne me trompe pas.

— Je trouve ça assez bizarre, parce que nous recevons le Journal de Québec chez moi, mais je n'ai jamais vu ces billets. Et, pourtant, je suis le premier à le feuilleter le matin.

— Bien honnêtement, je ne sais pas quoi te répondre, car ce qui me trouble le plus, ce sont ceux que j'ai reçus d'Antoine. Ils sont complètement identiques aux miens et datent de tellement d'années avant ma naissance! J'en ai encore la chair de poule juste à y penser!

— C'est complètement fou, ajouta Frédéric, et même incompréhensible, cette histoire.

— Il y a sûrement une explication logique, tenta Edward. Je dois absolument raconter ça à mon père pour savoir ce qu'il en pense.

En fait, Edward n'avait aucune idée de ce qui l'attendait à son retour à la maison… le pire restait à venir. En route vers la maison, les conversations des jeunes reprirent de plus belle. Les copains d'Edward le taquinaient à propos de Sarah, cette belle jeune femme qu'il venait de rencontrer. Une fois arrivés à destination, Edward proposa à ses amis un bon repas sur le barbecue pour terminer ce week-end en beauté. Personne ne pouvait décliner une si appétissante invitation! Surtout Frédéric et son appétit démesuré... Edward croyait que son père serait alors revenu de Montréal, et qu'il pourrait lui raconter leur mésaventure du week-end. Il fut surpris de constater que la voiture de son père n'était pas dans le stationnement. Pourtant, il aurait dû être de retour...

— Qu'y a-t-il? questionna Paul, remarquant l'inquiétude sur le visage de son ami. Edward pouvait parfois se montrer surprotecteur envers son père, surtout depuis la disparition de sa mère. Il craignait que l'histoire ne se répète...

— Normalement, mon père devrait déjà être revenu à cette heure-ci.

— Il a peut-être un peu de retard? Ça peut arriver, dit Frédéric.

— Vous connaissez mon père presque autant que moi, les gars. Vous savez qu'il est aussi précis qu'une montre suisse. Quand il dit qu'il arrive à une heure précise, ce n'est pas quinze minutes plus tard.

— Effectivement, dit Paul, tu as bien raison, je ne l'ai jamais vu arriver en retard.

Edward prit le temps de stationner la Chevrolet Bel Air dans l'entrepôt. Il en referma soigneusement l'accès et, toujours suivi de ses amis, se dirigea vers la porte d'entrée de la maison. Ayant à peine touché la poignée, c'est avec stupéfaction qu'il vit la porte s'entrouvrir! Plus inquiet que jamais, il recula d'un pas.

— La porte n'est pas verrouillée! Ce n'est pas normal. Pourtant, je me suis bien assuré qu'elle le soit avant mon départ je pourrais y mettre ma main au feu.

— Oui, mais n'oublie pas : tu nous as mentionné avoir entendu des bruits de pas dans la maison et quelque chose était tombé sur le sol avant ton départ, avança Frédéric.

— Je sais bien, mais… j'ai fait le tour au moins trois fois avant mon départ. Si quelqu'un était entré, je l'aurais bien vu…

— Ou… peut-être pas, le relança Frédéric, inquiet.

— Vous vous êtes peut-être fait cambrioler, renchérit Paul, on ne sait jamais.

L'ambiance s'était radicalement refroidie. Soudainement, le barbecue ne faisait plus partie de leurs préoccupations.

— Attends avant d'entrer, chuchota Frédéric. As-tu un bâton ou quelque chose que nous pourrions utiliser... au cas où il y aurait encore quelqu'un à l'intérieur?

Sans avertissement, la porte s'ouvrit complètement. Pris par surprise, les trois jeunes hommes lâchèrent un cri et firent un pas de côté, le cœur battant la chamade. Un homme se tenait devant eux, dans l'embrasure de la porte. Il paraissait très calme, les regardant tour à tour sans un mot. Le souffle court, Edward le fixait, scrutant sa mémoire. En une fraction de seconde, une image lui revint en tête. Oui, il se souvenait avoir déjà vu cet homme... mais où? Un déclic se produisit soudain dans sa tête : c'était l'homme qu'il avait percuté en marchant sur le trottoir dans le Vieux-Québec! Et voilà qu'il était entré par effraction chez lui!

— Bonjour Edward, commença Didier d'un ton très sérieux, je t'attendais.

— Mais... qui êtes-vous? Et que faites-vous chez moi? lança Edward sur un ton moins amical.

— Restez calme, jeune homme, je ne suis pas votre ennemi. Dépêchez-vous d'entrer et je pourrai tout vous expliquer en détail.

Didier laissa passer Edward et ses deux compères. Il jeta un rapide coup d'œil à l'extérieur et referma la porte derrière lui, en prenant bien soin de la verrouiller. Se tournant vers les jeunes, Didier reprit aussitôt la parole pour justifier sa présence.

— Pour commencer, je vais me présenter à vous. Mon nom est Didier et je suis un Français de souche, comme vous l'aurez sûrement remarqué à mon accent prononcé. Je suis aussi un ami de votre mère depuis plusieurs années déjà. J'ai travaillé avec elle à plusieurs reprises dans le passé; on a fait plusieurs excursions ensemble. Mais pour l'instant, ceci n'explique pas ma présence ici. C'est plutôt de votre père dont nous devons discuter.

Dérouté, Edward reprit la parole sur un ton plus agressif.

— Pourquoi je ne vous ai jamais vu avant? Et où est mon père?

— Comme je viens de te le dire, c'est exactement de lui que nous devons discuter. Le temps presse. Suivez-moi, nous allons au sous-sol, à son local de travail. Je dois te raconter certaines choses et ce ne sera pas facile à entendre. Suivez-moi, nous devons faire vite!

Encore sous le choc, Edward ne disait plus un mot. En marchant vers le sous-sol, Didier commença à lui raconter tout ce qui s'était passé depuis le début de cette histoire, question de mettre cartes sur table.

— Voilà quelques mois, ton père m'a rejoint pour m'annoncer la disparition de ta mère. Il savait que j'avais travaillé très souvent avec elle, il a donc automatiquement pensé à moi. D'entrée de jeu, je dois dire que j'ai été très surpris que Rose ait accepté ce contrat, surtout un contrat offert par cette firme! Suite à sa disparition, ton père et moi avons commencé à travailler de concert pour retrouver ta mère.

Edward et ses copains écoutaient toujours Didier. Ils restaient sur leur garde. Ils ne connaissaient pas cet homme. Pouvaient-ils vraiment lui faire confiance?

— En ce qui concerne ma mère, elle a disparu il y plus d'un an dans une de ses excursions, dit Edward. Aux dernières nouvelles, elle ne serait plus de ce monde. Même les équipes d'urgence n'ont pas été en mesure d'aller la secourir où elle serait allée…

— Je ne veux pas vous brusquer, Edward, mais tout ceci est faux. Ce que tu me racontes est la version qu'ils ont bien voulu vous faire croire. C'est la version officieuse qu'ils vous ont racontée. Cette version vient de cette firme pour qui je n'ai jamais voulu travailler. Comment l'ont-ils convaincue de signer un contrat avec eux? Je n'en sais rien; tout ceci reste très nébuleux. Et je suis certain qu'ils vous on dit ne jamais avoir retrouvé son corps.

Edward, sans dire un mot, hochait de la tête en signe

d'approbation. Il sentait bien que Didier pouvait avoir raison, mais il restait sceptique. Conscient de la singularité de la situation, Didier continua d'alimenter Edward sur tout ce qu'il savait.

— Selon les renseignements que ton père et moi avons réussi à récolter, je peux te confirmer à 99 % que ta mère est encore en vie. Et moi, ce que je crois, c'est qu'elle serait retenue contre son gré par cette firme avec qui elle a signé ce contrat. La firme en question, c'est le Wiki Horse et, toujours selon mes sources, cette même firme aurait été créée de toute pièce par la mafia russe.

Edward avait peine à encaisser toutes les informations partagées par Didier. Encore perturbé par les affirmations de cet homme, il ne savait quoi en penser. Mais Didier était très convaincant; il n'avait pas le temps de faire dans la dentelle, car le temps leur était compté et Didier devait agir très rapidement. Il n'avait plus le droit à l'erreur. Arrivant à l'atelier de travail de Richard, Edward et ses compagnons sur les talons, Didier descendit les marches à la volée. D'un signe de la main, il fit signe à Edward de s'asseoir.

—Vous devez vous asseoir, Edward. Il faut que je te montre quelque chose.

— J'ai d'abord une question pour vous, se risqua Edward.

— Allez, je vous écoute, jeune homme.

— Quand on était dans le Vieux-Québec, ce n'est pas moi qui vous ai percuté sur le trottoir... c'était plutôt intentionnel de votre part! J'aimerais bien comprendre pourquoi.

— Regarde dans les poches de ta veste, j'y ai glissé une enveloppe contenant deux petits objets.

Par réflexe, Edward tapota ses poches. Comme l'avait prédit Didier, il y découvrit la minuscule enveloppe. Interloqué, Edward relança Didier.

— Mais qu'y a-t-il dans cette enveloppe?

— Il y a une bague et une clef, deux des objets que j'ai réussi à soutirer aux bandits de cette firme, qui, selon moi, retiennent ta mère en otage.

— Et pour quelle raison avez-vous mis cette enveloppe dans mes poches? Alors qu'Edward se préparait à vider le contenu de l'enveloppe sur une table, une drôle de sensation se fit sentir... mais, trop stressé, il n'attacha pas d'importance à ce léger vertige. Comme annoncé par Didier, Edward en sortit une bague et une clef. En y posant les doigts, Edward ressentit de nouveau une étrange énergie, encore plus intense cette fois-ci. Un peu gêné, encore une fois, il n'y porta pas trop d'attention. Il se dit que la petite cuite de la vieille l'avait probablement davantage affecté que prévu... ce n'était qu'un coup de fatigue, se convainquit-il. Ignorant tout des sensations que ressentait Edward, Didier reprit la discussion sans perdre une minute.

— Je poursuis mon histoire : au moment où j'allais à votre rencontre, j'ai réalisé que j'étais poursuivi. Pour ne pas vous compromettre et protéger les objets, j'ai dû improviser! Et c'est à ce moment-là que j'ai dû te bousculer, profitant de l'occasion pour glisser les objets dans ta veste. Je ne pouvais pas me permettre de perdre ces objets, qui semblent avoir une valeur inestimable à leurs yeux. De plus, ces mêmes objets auraient des pouvoirs surnaturels, selon eux. Je me devais d'agir très rapidement.

— Des pouvoirs, vous dites! rétorqua Paul d'un rire moqueur.

— Mais par qui étiez-vous poursuivi? ajouta Frédéric, pas du tout convaincu.

— Ça ne peut être que les bandits de la firme pour qui sa mère a travaillé, répondit Didier, en jetant un œil à Edward.

Didier continua ses efforts pour les convaincre. Bien sûr, il était toujours un étranger à leurs yeux.

Toutes ces confidences... ça faisait beaucoup à absorber en même temps pour Edward et ses camarades. Certes, ils étaient captivés par l'histoire racontée par cet homme, mais d'un autre côté, ils n'étaient pas encore tout à fait convaincus des véritables raisons de sa présence dans la maison de Richard. Quant à Edward, il se souvenait bien avoir vu la lettre oubliée par son père sur son bureau, ainsi que le nom de cette firme. Il se doutait bien que son père menait sa propre enquête pour retrouver sa femme... et qu'il n'avait jamais cessé ses efforts en ce sens. Aux yeux d'Edward, son père refusait tout simplement de faire le deuil de son épouse. Cependant, par sa présence pour le moins inattendue, Didier apportait plusieurs points qui lui revenaient peu à peu en mémoire.

— Revenons à nos moutons, continua Edward. Vous ne m'avez toujours pas dit où était mon père.

— On y arrive, jeune homme... laissez-moi finir de vous raconter toute l'histoire. Vous voyez, quand je suis parti pour le Vieux-Québec pour vous retrouver, ton père et moi étions déjà ici. Ton père t'a même entendu partir le samedi matin. Il ne voulait pas te mettre au courant de ce qu'il faisait ici et pourquoi il était revenu plus rapidement. Tu devais absolument partir pour Québec avec tes amis. Selon ton père, il n'était pas question que tu changes tes plans et... je crois qu'il avait parfaitement raison d'agir ainsi. Moi, je suis arrivé environ 15 minutes après ton départ.

Figé de surprise, Edward fini par comprendre.

— Ah! donc, les bruits que j'ai entendus dans la maison hier, c'était mon père! Mais je ne comprends toujours pas pourquoi vous êtes venus pour nous rejoindre dans le Vieux-Québec!

— C'était pour vous protéger!

— Mais nous protéger de quoi? repris Edward, incrédule.

— Parmi les objets que j'ai soutirés à cette firme, il y avait des plans de bateau. D'un simple geste, Didier leur montra les plans. Regardez-les attentivement et vous comprendrez.

Edward, Frédéric et Paul se penchèrent pour regarder les plans posés sur la table, mais n'arrivaient pas encore à faire le lien.

— Regardez le nom au bas du plan, juste ici, à votre droite. Lisant d'un même souffle le nom apparaissant sur le plan, Edward et ses deux acolytes relevèrent la tête d'un seul mouvement. Perplexes, ils se demandaient pourquoi Didier avait les plans de ce bateau en sa possession.

— C'est à ce moment-là, alors que je lui ai montré les plans, que votre père s'est demandé où il avait vu ou entendu ce nom de bateau. Après un certain moment, il s'est souvenu de votre visite au bateau-musée. Il portait le même nom que sur les plans! À mon avis, il ne s'agissait que d'une simple coïncidence. Mais votre père a craint pour votre sécurité. C'est ainsi que je me suis rendu dans le Vieux-Québec. Je n'ai pas été en mesure de vous approcher à cause de cette poursuite... heureusement, vous êtes revenus sains et saufs.

— On n'a pas pu le visiter, ce bateau! ajouta Edward. Ça a été un week-end assez bizarre; beaucoup de choses étranges sont arrivées. Par exemple, quand nous avons voulu visiter ce bateau, l'équipage courait dans tous les sens sur le pont. Nous n'avons jamais eu de véritable explication en regard de ce qui se passait. Nous avons demandé au gars qui s'occupait de l'entrée des visiteurs, mais il n'a jamais voulu nous laisser y avoir accès. Il y avait, disait-il, une urgence sur le pont... Pourtant, ce gardien paraissait très calme en comparaison aux marins s'activant frénétiquement sur le pont... c'était vraiment trop bizarre! Par la suite, il nous a dit de revenir le lendemain, en parlant d'aujourd'hui, car pour l'instant, les visites n'étaient pas autorisées.

Soudainement, Edward pris une pause de son récit, stoppant net la conversation. Didier et les autres le regardaient, tentant de comprendre ce qui se passait dans sa tête.

— Ça va, Edward? demanda Frédéric, qui voyait son ami

profondément perdu dans ses pensées.

— Oui, désolé, j'ai juste eu un flash, mais c'est sans importance, répondit Edward en reprenant le fil de la conversation.

— Donc, ce matin, nous nous sommes présentés au quai où devait se tenir la visite du bateau. Mais quand nous sommes arrivées sur place, le bateau avait disparu… comme par magie! Nous avons questionné un des employés du port qui travaillait à l'endroit même où on avait vu le bateau la veille. Étrangement, il nous a dit qu'il n'avait jamais vu ce bateau ou même jamais eu connaissance qu'un bateau-musée visitait le port. Selon lui, cet emplacement n'avait pas été utilisé depuis plusieurs années. Il nous a envoyés consulter l'archiviste du port, car cet homme travaille au port depuis des lustres. Si quelqu'un pouvait nous renseigner, ce serait lui à coup sûr. Nous sommes donc immédiatement allés le rencontrer.

— Je vais dire comme vous, c'est assez étrange cette situation! intervint Didier. Mais il y a une chose qui me chicote dans ton récit : tu parles d'un archiviste travaillant au port… mais ça n'existe plus, pas depuis la fin de la guerre.

— Je ne sais pas ce qu'il y fait comme travail, mais on a bien été dans son bureau, s'obstina Paul.

— Attendez, vous n'avez rien vu! lança soudain Frédéric. Montre-lui les billets, Edward!

Sortant les billets de sa poche, Edward les tendit à Didier : regardez-les bien, ils sont tous identiques!

Didier prit les billets pour les regarder de plus près, sans trop comprendre où les jeunes voulaient en venir.

— Voyez-vous une différence entre cette paire et l'autre? demanda Edward.

— Non, mais vous allez sûrement me dire pourquoi vous posez cette question.

— Eh bien, il y a ici une paire de billets que j'ai trouvés dans le Journal de Québec la semaine dernière. La deuxième paire vient de ce vieil homme du port, Monsieur Antoine. Il avait ces billets en sa possession depuis environ 65 ans!

— Oh, nom de Dieu! s'écria Didier, stupéfait. Mais comment est-il possible qu'une telle chose se produise, surtout après autant d'années?

Déconcerté, Didier examina les billets de plus près. Subitement, un détail attira son attention… il se mit alors à regarder les plans d'encore plus près.

—MERDE! s'exclama-t-il. Non, c'est impossible! Regardez le dessin sur le coin supérieur des plans! Comparez avec les billets!

Didier se tenait la tête à deux mains, complètement abasourdi par ce qu'il venait de découvrir. Il tentait de démêler tout ce mystère : ce qui arrivait en ce moment n'était pas le fruit du hasard. À leur tour, les trois amis regardèrent attentivement les billets, puis les plans. Ils étaient tous sous le choc.

— Mais quel est donc le rapport avec la bague et la clef? demanda Paul, tout aussi surpris que les autres.

— C'est ce que son père et moi étions en train d'étudier, au moment où j'ai dû quitter précipitamment pour aller vous rejoindre à Québec, répondit Didier. Maintenant, Edward, je dois en venir au plus difficile à annoncer, déclara-t-il en reprenant ses esprits. Cela concerne ton père. Je dois te montrer la vidéo de surveillance. Didier passa la vidéo, tout en s'assurant qu'Edward était bien assis. Le jeune commença à regarder le film; il allait être témoin de ce qui s'était passé dans sa propre maison. Edward réalisa alors brutalement l'ampleur de toute cette histoire quand il comprit que son père avait été enlevé par ces types. Les expressions sur les visages des jeunes en disaient long. Edward était anéanti. Il lui semblait qu'un rouleau compresseur lui roulait sur le corps; des larmes coulaient sur ses joues. Edward ne savait plus comment agir ou... réagir. Il venait de perdre toute assurance en ses capacités et, heureusement qu'il était assis, car il se serait effondré au sol à coup sûr. Par chance, ses deux amis étaient à ses côtés pour le soutenir dans cette épreuve difficile. Mais que pouvait-ils faire devant l'inéluctable ? Aucun d'eux ne connaissait Didier, mais en peu de temps l'homme âgé avait malgré tout su les mettre en confiance. Et la vidéo de surveillance ne pouvait pas mentir.

— Tu dois te ressaisir, dit Didier. Je sais que c'est dur à digérer, mais tu dois rester fort. Ces hommes détiennent ta mère... et probablement aussi ton père en cet instant. Et si j'ai bien compris leur stratagème, ils cherchent peut-être un moyen de pression pour forcer ta mère à décrypter les inscriptions que portent ces objets précieux. J'ose espérer que je me trompe.

— Mais... que nous veulent-ils, à la fin ? ragea Edward, la voix enrouée par la peine. Où allait-il trouver la force de surmonter cette épreuve douloureuse ?

— La seule explication que je vois, c'est que ta mère est une experte reconnue mondialement dans le décryptage de vieux dialectes, tout comme moi d'ailleurs. Et nous sommes très peu de chercheurs à détenir cette expertise. En effet, je peux les compter sur les doigts d'une main. Si j'ai bien compris, ta mère doit refuser de les aider. Ce qui signifie que leurs plans ne se déroulent pas comme prévu. Ils se trouvent dans une impasse.

— Mais pour mon père... pourquoi sont-ils venus le chercher? s'inquiéta Edward.

— J'ai bien quelques hypothèses en tête, mais il est toujours possible que je sois dans l'erreur. Selon moi, c'est parce que je lui ai laissé une lettre à la réception de l'hôtel. J'ai compris par la suite qu'ils ont réussi à me retracer jusqu'à cet endroit. Mon autre hypothèse, c'est qu'ils sont convaincus que nous avons trouvé certains indices gravés sur les objets que je leur ai dérobés. Et enfin, une dernière possibilité, c'est qu'ils ont compris qui était ton père... « le mari de Rose ». Il devient donc un excellent moyen de pression contre votre mère.

— Mais pourquoi ont-ils attendu aussi longtemps? demanda Edward, fâché de cette situation.

— D'après moi, ta mère a exécuté une partie du travail. Lorsqu'elle s'est rendu compte que sa vie était en danger, elle a sûrement refusé de poursuivre. Et dis-toi que tant et aussi longtemps qu'ils n'arriveront pas à trouver une autre personne pour le décryptage, il n'arrivera rien à ta mère. Mais à l'instant où l'on se parle, ils détiennent également ton père. Et j'ai bien l'impression que si nous n'agissons pas assez rapidement, celui-ci subira des pressions de plus en plus violentes pour obliger ta mère à accomplir leur sale boulot. C'est pourquoi nous devons agir plus rapidement qu'eux! Si je me fie à une certaine logique, c'est le bateau que nous devons impérativement retrouver avant eux! Nous devons savoir ce qui s'y cache, pour comprendre le lien qui les relie l'un à l'autre.

— Un peu plus tôt, vous avez mentionné que vous et Richard étiez à travailler sur les objets et les plans. Avez-vous réussi à trouver quelque chose d'intéressant à ce sujet? demanda Frédéric.

— Non, mais, juste avant que je parte pour Québec, Richard avait passé la bague et la clef dans son microscope électronique pour y observer les inscriptions. Pendant que j'étais à Québec, il a eu le temps de sortir les documents et de les mettre sur papier. En homme d'extrême prudence, il a réussi à cacher les papiers avant d'être enlevé. Pour ma part, je n'avais aucune idée du moment où vous alliez revenir ici. J'ai donc décidé de vous attendre, ce qui m'a donné le temps de décrypter ce vieux dialecte, grâce aux notes laissées par Richard. Toutefois, je ne comprends toujours pas le lien entre les deux objets. Je crois que la seule façon de trouver le lien, c'est d'aller inspecter ce fameux bateau.

— Dans ce cas, nous avons un autre très grand problème à résoudre, intervint Edward. Comme je vous l'ai mentionné plus tôt, le bateau n'est plus au Vieux-Port. Antoine nous a fait savoir que ça lui est déjà arrivé dans le passé et, je crois…

Une nouvelle fois, Edward cessa de parler. Il paraissait

étonné, comme s'il venait d'apercevoir un fantôme... ou de saisir l'explication d'une incompréhensible énigme.

— Ce n'est pas une simple coïncidence! s'écria Edward... MERDE, MERDE! Je viens de comprendre! Mais ça ne fait aucun sens!

— De quoi parles-tu? demanda Frédéric. Que t'arrive-t-il?

— L'homme qui m'a appelé par mon nom, samedi, lorsque nous sommes allées pour visiter le bateau la première fois... c'était Antoine quand il était jeune! dit Edward. Je savais bien que j'avais déjà vu cet homme! Il avait le même regard que le jeune homme qui travaillait au port. Quand nous lui avons parlé ce matin, il nous a dit avoir déjà vu ce bateau dans un passé lointain, bien avant sa transformation en bateau-musée. Mais quand il a obtenu ces fameux billets pour le bateau-musée, c'est parce qu'il y a travaillé quand il était plus jeune!

— Attends un instant, dit Frédéric, complètement déboussolé par ces évènements irrationnels. Didier a dit qu'il n'y a plus d'archivistes depuis le temps de la guerre. Là, tu me racontes qu'Antoine était le même homme que celui qui réparait les bollards au bord du quai? Et ce bateau aurait disparu au temps de la guerre, selon Antoine. C'est ce même bateau qui aurait arraché les bollards. Donc... c'est moi qui deviens fou ou bien ce matin nous aurions vu un fantôme? Un revenant qui nous a donné deux autres billets identiques aux tiens, pour visiter un navire qui aurait disparu durant la guerre? Et hier, nous aurions voyagé dans le temps, pour visiter ce même bateau... que nous n'avons pas été capables de visiter... Parce que le jeune Antoine nous a refusé l'accès? WOW! J'en reviens pas...

— Alors, comment va-t-on faire pour le retrouver? ajouta Frédéric, abasourdi.

— Je ne sais pas, murmura Edward, aussi perdu que son ami. Je tente de faire des liens pour comprendre ce qui arrive.

— Dites-moi donc, Didier : le message que vous avez décrypté, de quoi parle-t-il?

Didier écoutait Edward, mais ne lâchait pas des yeux les écrans de surveillance. Sans avoir eu le temps de répondre, il aperçut deux véhicules qui entraient précipitamment dans la cour, avec plusieurs hommes à leur bord. Edward comprit immédiatement qu'ils étaient en danger imminent et qu'ils devaient quitter les lieux sur-le-champ. Maintenant, il voyait pourquoi Didier répétait constamment que le temps pressait.

— Dis-moi Edward, existe-t-il une autre sortie pour s'enfuir d'ici sans passer par la porte avant?

— Oui, dit-il. Avez-vous verrouillé la porte avant que nous descendions ici?

— Oui, absolument! répondit Didier.

À toute vitesse, Didier rassembla les plans étalés sur la table.

— Suivez-moi, dit Edward, en glissant d'un geste vif la bague et la clef dans ses poches. Le plus discrètement possible, ils sortirent en courant par la porte arrière de la résidence. Un bruit sourd retentit à travers les haies de la cour arrière. Mais où allons-nous maintenant? demanda Edward, toujours sur le qui-vive. Didier leur annonça que sa voiture étant garée plus haut sur la rue. Ils pourraient donc s'y rendre en catimini. Mais à peine avaient-ils eu le temps de s'engouffrer dans le véhicule de Didier que le téléphone d'Edward sonnait. Jetant un regard à son écran, Edward vit que c'était Sarah, la belle Sarah.

CHAPITRE 10
LA DÉCOUVERTE

C'était voilà quelques années, au Mexique, dans un petit village niché haut en montagne, aux confins de la jungle. Très loin des grandes cités. Les rues poussiéreuses étaient constamment balayées par les vents, qui les recouvrait de broussailles. Tout au plus quelques centaines de paysans habitaient ce village. Très pauvres, ils survivaient dans des maisons en décrépitude. Bon nombre de ces habitations n'avaient même pas de toiture. Au fil des ans, certaines d'entre elles avaient été repeintes de toutes les couleurs, alors que d'autres semblaient tout simplement abandonnés. Les paysans se débrouillaient avec tout ce qu'ils trouvaient de suffisamment potable, créant ainsi un peu d'espoir dans ce village sans ressources. Ces habitants tentaient l'impossible pour survivre sous cette chaleur insupportable, à la limite du tolérable.

Ce jour-là, malgré la chaleur intense, quatre jeunes garçons tapaient dans un vieux ballon. Par accident, l'un d'entre eux frappa le ballon trop fort et il dévala la montagne, se perdant dans cette jungle dense. À la surprise générale, le ballon réussit à éviter tous les arbres qui se dressaient devant lui. Ne pouvant pas freiner sa course, il finit par se loger dans une faille très profonde d'un immense rocher. Le village étant situé à très haute altitude, il n'était pas rare de perdre des objets dans la jungle. La plupart du temps, ces mêmes objets restaient fâcheusement introuvables. En effet, le village était bordé d'un immense précipice, ce qui compliquait souvent les choses. Tenant énormément à leur jouet, qui était pour ces villageois une denrée rare, les jeunes partirent obstinément à sa recherche.

Tous connaissaient pertinemment les dangers qu'ils couraient en partant à la recherche de ce vieux ballon élimé. Les risques de chute grave, ou même de mort, étaient réels au cœur de ces montagnes escarpées. Aucun effort ne leur serait épargné! Effectivement, il arrivait assez fréquemment qu'un des villageois les plus téméraires disparaisse dans ce genre de randonnées. Ils s'aventuraient beaucoup trop loin en montagne, ce qui causait leur perte. La vie ne les ménageait pas. Mais pour certains, plus téméraires, le jeu en valait la chandelle.

Les quatre amis commencèrent donc à descendre dans la montagne, au péril de leur vie. Refusant de considérer les avertissements de leurs aînés, ils avançaient d'un pas assuré. Ils scrutaient les alentours, dans l'espoir de retrouver le fameux ballon. Tout à coup, par un simple hasard, ils finirent par trouver un petit sentier en partie recouvert par les arbres. C'était un sentier fait de pierres recouvertes d'une mince couche de mousse. Pour avoir descendu ces montagnes à plusieurs reprises, les garçons furent bien surpris, car c'était la première fois qu'ils y remarquaient un sentier. Ceux-ci commencèrent à discuter ensemble au sujet de ce sentier; effectivement, aucun d'entre eux ne l'avait jamais vu. Ils prirent ensemble la décision de suivre ce petit sentier, repoussant les nombreuses branches qui leur obstruaient le chemin. Le sentier semblait suivre les abords d'une immense falaise haute à en donner des vertiges. Curieux, ils continuèrent à parcourir ce petit sentier d'un pas incertain. Aucun ballon n'était en vue pour l'instant. Après un moment, ils aperçurent une faille dans un rocher. Bizarrement, elle semblait creusée par des mains d'homme! De plus en plus intrigués, les jeunes adolescents continuèrent de s'y enfoncer, de plus en plus profondément, pour enfin y découvrir des murets de pierres datant d'une autre époque.

Tout à coup, ils aperçurent leur ballon, qui semblait les narguer, quelques centaines de pieds plus loin. Au point où ils en étaient, la curiosité les emporta et, incapables de s'arrêter, ils descendirent encore plus profondément dans l'antre rocheuse. Ils devaient absolument découvrir où ce chemin allait les mener! Ils s'enfoncèrent ainsi dans cette jungle compacte où régnait une chaleur accablante.

Ils débouchèrent enfin devant une immense pierre portant des symboles sculptés... dans un dialecte étranger. Trop captivés par cette chose étrange qui s'étalait sous leurs yeux, les jeunes n'avaient pas vu le temps passer. Ce gigantesque mur de pierre avait étonnamment l'apparence d'une porte, mais ne semblait comporter aucune poignée. Après s'être arrêtés un bon moment pour admirer et examiner ce monument, ils reprirent leur marche, car ils devaient rentrer au bercail avant que l'obscurité n'arrive. Pas question pour eux de rester coincés dans cette jungle en pleine nuit, car elle n'était pas très accueillante une fois le soleil couché. Ils avaient déjà risqué gros pour un simple ballon...

Les quatre amis commencèrent à rebrousser chemin avec la satisfaction, non seulement d'avoir retrouvé leur précieux ballon, mais aussi d'avoir fait cette découverte d'autant plus étonnante, par ce sentier qui menait à une pierre gravée. Elle venait peut-être d'un autre monde? Comme ces villages étaient très éloignés du monde moderne, personne n'avait accès à un enseignement scolaire conventionnel. L'apprentissage de la vie de ces habitants se réalisait uniquement par la transmission orale des connaissances. À leurs yeux, tout ce qu'ils ne connaissaient pas ou qui leur semblait surréaliste venait nécessairement d'un autre monde.

De retour au village, les quatre amis racontèrent leur trouvaille aux autres villageois. Les rumeurs allèrent bon train : de village en village, on ne parlait plus que de cette étonnante découverte. Certains villageois refusaient de croire en l'histoire des jeunes, tandis que d'autres, plus curieux, avaient tenté leur chance en s'y rendant. Mais tous revenaient bredouille ou... revenaient après s'être perdus, blessés, estropiés même, car ces montagnes escarpées étaient sans pitié. Au fil du temps, ce mur de pierre gravé de symboles étranges est devenu synonyme de catastrophes. Plusieurs rumeurs et histoires différentes ont été racontées au sujet de cette pierre gravée. L'expédition des jeunes est donc passée à l'état de légende. La légende que racontent les vieillards aux plus jeunes enfants, car personne n'avait jamais pu retrouver ce sentier. Les années s'écoulant, les jeunes adolescents étaient devenus des hommes. Ils avaient évolué. Ils étaient, eux aussi, passés à autres choses.

Pourtant, comme le temps fait si bien les choses, les légendes perdurent et continuent de circuler. Cette histoire est donc parvenue aux oreilles de chasseurs de trésors et d'archéologues, mais l'information restait toujours à vérifier. La plupart du temps, ces légendes n'étaient que des histoires sans fondement. Mais comme dans chaque région du monde, dans chaque ville et chaque village se trouvait toujours quelqu'un pour consigner par écrit le contenu des légendes locales. Quelque part, on racontait toujours les bonnes vieilles histoires de trésors enfouis. Normalement, les explorateurs faisaient de sérieuses recherches avant de se rendre sur le terrain. En archéologie, les coûts pour déplacer une équipe d'explorateurs sont astronomiques! Pourquoi dépenser des centaines de milliers de dollars pour de simples racontars? Ce genre d'histoire devait être validée avant tout par des chercheurs d'expérience, qui se rendaient habituellement sur les lieux pour valider certains faits. Plus souvent qu'autrement, ces recherches se révélaient infructueuses, même en fouillant en profondeur les livres spécialisés et les archives précieusement préservées. Si le site était trop ancien, s'il n'avait jamais été répertorié, le tout restait un mystère. C'est ainsi qu'après plusieurs années de recherches, les explorateurs avaient lâché prise : l'endroit n'avait jamais été retrouvé. Le récit des jeunes avait tellement changé au fil du temps, que la plupart des experts en étaient venus à croire qu'il ne s'agissait en fait que de rumeurs inventées par quatre jeunes écervelés.

Par hasard, cette information était venue aux oreilles des jeunes hommes qui avaient trouvé cet endroit quelques décennies auparavant. Maintenant adultes, ils avaient décidé d'y retourner dans le but de prouver que leur découverte n'était pas que mensonges. Les quatre amis avaient fini par retrouver le petit sentier, mais cette fois-ci, c'est la technologie qui leur vint en aide. Cellulaires en main, ils immortalisèrent ce moment en prenant de nombreuses photos. Ils se disaient qu'avec un peu de chance, ils pourraient en tirer profit cette fois-ci. Ainsi, après avoir retrouvé l'endroit où se trouvait la pierre gravée, ils avaient pris des photos de celle-ci, pour ensuite partager le tout sur les réseaux sociaux. À la vitesse de l'éclair, l'information avait fait le tour du monde. Par malchance, une guerre entre cartels avait éclaté au Mexique. Plusieurs villages avaient été ravagés par ces attaques sauvages, dont le petit village de naissance de ces jeunes hommes. En effet, ces petits villages éloignés étaient souvent convoités par les bandits qui voulaient profiter de l'éloignement pour y transformer leurs produits illicites. Les villageois, trop souvent appauvris par le manque de ressources à leur disposition, n'avaient guère le choix que de se plier aux lois des cartels. Ces villageois étaient désormais considérés par les producteurs de drogues comme de la main-d'œuvre bon marché... sinon carrément gratuite. Seule la mort pouvait libérer ces misérables de la pauvreté et l'esclavage dans lesquels ils avaient vécu toute leur vie. Tentant de résister aux attaques des contrebandiers et des producteurs de drogues, les quatre jeunes hommes avaient été foudroyés par les malfaiteurs. C'est ainsi que la mort avait eu raison d'eux. Ainsi, ils n'auront jamais eu la chance d'élucider le mystère entourant cette fameuse pierre.

D'autre part, les photos des symboles gravés dans la pierre avaient réussi à faire leur chemin sur les réseaux sociaux, juste avant que cette guerre de cartels n'éclate. Des archéologues chevronnés avaient commencé à les étudier de près pour tenter de déchiffrer ce langage inconnu. Plusieurs autres recherches avaient été menées au fil des années, au cœur de vieilles archives conservées dans d'archaïques collections d'ouvrages portant sur l'archéologie. Tous se demandaient pourquoi ces missives avaient été gravées dans un emplacement aussi difficile d'accès... et dans quel but? De quel peuple s'agissait-il? Comment avaient-ils fait pour inscrire ce dialecte sur cette pierre d'une façon aussi précise? On aurait dit une écriture gravée à la machine, trop parfaite pour cette époque. Ces inscriptions ressemblaient étrangement aux hiéroglyphes égyptiens, sans pour autant en être. Toutefois, après plusieurs années de recherche, un indice avait finalement été découvert. Il mena les chercheurs à un vieux manuscrit datant de près de 2 000 ans. Très peu d'experts en archéologie avaient été en mesure de décrypter ce langage inconnu; le manuscrit avait donc été préservé dans des archives spécialisées pour éviter qu'il ne soit endommagé. Il se révéla effectivement très compliqué de décrypter un document tel que celui-ci. Mis à part quelques éminents spécialistes hautement qualifiés en langues ancestrales qui croyaient avoir réussi à en comprendre la signification... Pourtant, les uns après les autres, ils se retrouvaient tous dans une impasse, et, c'était le retour au point de départ. Comment pouvoir étudier un langage auquel presque personne n'a accès? Avec l'évolution des technologies, les spécialistes avaient cru bon de partager certains de ces documents dans le domaine public, où un plus grand nombre d'archéologues pourraient y avoir accès. Peut-être qu'avec de la chance on pourrait trouver quelqu'un qui connaissait ce vieux dialecte? Après plusieurs semaines de partages sur les réseaux sociaux, un spécialiste se manifesta. Il était presque certain de pouvoir déchiffrer une partie de ces documents. Certaines des pages de ce manuscrit parlaient d'objets dotés de pouvoirs particuliers, ainsi que de trésors cachés, mais le tout restait un décryptage très vague. Selon ses dires, certaines écritures annonçaient des dangers imminents. Cet expert était également d'avis que si ces objets tombaient entre de mauvaises mains, il y aurait des conséquences irréversibles sur le monde.

Finalement, la guerre des cartels prit fin, pour laisser place au calme. Tout danger étant désormais écarté, les explorateurs se mirent en tête d'organiser des expéditions pour retrouver cet endroit, niché au beau milieu de la jungle mexicaine. Plusieurs groupes y avaient été envoyés et les expéditions s'enchaînaient les unes après les autres. Beaucoup de ces groupes n'en étaient jamais revenus, et ce, jusqu'au jour où des chercheurs aguerris avaient finalement réussi à retrouver le site en question. On réalisait qu'énormément de matériel et d'équipement serait nécessaire et que la tâche serait colossale, en plus des coûts astronomiques à y engager! Il fallait aménager le site pour permettre ces recherches, donc y installer un campement de fortune, déposer les demandes de permis... des semaines, des mois de préparation à venir. En plus de trouver du financement! Plusieurs archéologues et chercheurs de trésors s'étaient entendus pour conclure un marché équitable pour tous et enfin pouvoir débuter les recherches.

Après de nombreuses semaines d'attente interminable, les recherches allaient enfin pouvoir commencer. Durant cette période, les archéologues et chercheurs de trésors avaient fait le tour du site à plusieurs reprises dans le but de repérer d'autres vestiges, mais ils étaient restés sur leur appétit. Aucune autre découverte n'avait été faite depuis le Jour 1. La pierre restait la seule découverte. Son aspect de « porte » représentait à leurs yeux la seule entrée pour explorer le cœur de la montagne. Mais comment allaient-ils l'ouvrir? Il n'y avait aucune poignée, aucun joint apparent. Beaucoup d'argent avait été consacré à l'établissement du camp de travail et aux fouilles exécutées aux pourtours du site de prédilection. Les chercheurs présents sur place ne voulaient pas endommager le seul vestige qu'ils avaient retrouvé. À partir de ce moment, beaucoup moins d'options s'offraient à eux, et ce, malgré leur travail acharné. Comme ils n'avaient réussi à décrypter, à ce jour, que la moitié du dialecte, les chercheurs et archéologues restaient vigilants. Ce qu'on en savait, pour le moment, se résumait à : « À qui ouvrira ce passage, entre mauvaises mains, ne vous tuera point. » Le danger semblait bien réel... mais jusqu'à quel point? Quel prix étaient-ils prêts à payer pour accéder u reste du message? Les chercheurs avaient établi un nouveau plan, question de contourner cet obstacle. L'idée générale était de creuser un puits, un peu plus loin sur la montagne, juste audessus de cette pierre. Peut-être allaient-ils réussir à ménager un tunnel derrière la pierre, ce tunnel les menant à un autre passage? Les chercheurs y croyaient fermement; ils pensaient avoir identifié un indice sur la direction idéale du passage intérieur. Sinon… où devaient-ils creuser?

Par miracle, ces mêmes hommes avaient réussi faire monter une petite pelle excavatrice sur place, créant un grand décaissé dans le budget global des recherches. Option très coûteuse, mais essentielle à la poursuite des travaux. Sans perdre de temps, l'équipe avait commencé à creuser audessus de la crête, à l'endroit même où ils croyaient trouver un tunnel. L'endroit choisi se trouvait à environ une centaine de pieds de la pierre gravée. À un certain moment, ils avaient songé à utiliser de la dynamite, mais en raison du risque d'éboulement, l'idée avait été abandonnée rapidement. Ils commencèrent donc à excaver le sol couche par couche et, après quelques jours de travail acharné, ils avaient réussi à atteindre une certaine profondeur. Mais jusqu'où devraient-ils se rendre? Le temps leur était compté, car la saison des pluies allait bientôt débuter. Après quelques jours d'excavation, l'équipe finit par atteindre quelque chose qui ressemblait étrangement à un passage, à environ 15 pieds de profondeur. Malheureusement, ils durent mettre fin à leur expédition, car les pluies torrentielles commencèrent à tomber sur le pays, ce qui rendit les sols montagneux très instables. Grâce à leurs caméras, les explorateurs savaient que des galeries s'étaient déjà effondrées à l'intérieur de ce qu'ils croyaient être un tunnel. Faute de budget, tous les travaux avaient été mis à l'arrêt, et le site était devenu trop dangereux pour y risquer leur vie. C'est ainsi que ce site archéologique est resté à l'abandon pendant une période indéterminée.

Cette histoire fit la une des journaux mexicains. Tous les travaux avaient été mis sur pause en raison du trop grand risque de perte de vie humaine. Ayant largement dépassé le budget imparti pour les fouilles de ce site, les archéologues avaient dû laisser sur place tout leur équipement. Impossible également de payer des employés pour assurer la surveillance du site. De ce fait, la prochaine étape restait incertaine. Allaient-ils pouvoir y retourner un jour? Désormais, l'avenir de ce site de fouilles était pour le moins incertain.

CHAPITRE 11
LE VILLAGE

Montréal, environ deux ans plus tôt. Dans un bar portant le nom de « Petit Moscou , est assis un homme de bonne corpulence dénommé Yuri. Un visage de type slave, un regard pur, de hautes pommettes, un petit nez retroussé, sous une masse de cheveux noirs. Partant du front jusqu'à sa joue gauche, une mince cicatrice lui barre le visage, ce qui lui donne un certain charme. Mais avant tout, Yuri est un homme d'affaires respecté. Seulement, il préfère jouer « du côté obscur ». En Russie, son pays d'origine, Yuri a la réputation de faire partie de la mafia. Il se présente toujours bien vêtu d'un complet très haut de gamme. Prenant place dans le petit salon privé de ce bar, il lit un article dans la rubrique *Monde du Journal de Montréal*. Cet article a attiré son attention. On y relate un évènement s'étant produit sur un site archéologique, concernant la recherche d'un trésor unique, d'une valeur inestimable. La rumeur voulait que certains de ces objets aient des pouvoirs particuliers. Yuri a immédiatement remarqué les mots « objets de pouvoirs », des mots magiques pouvant facilement capter sont attention. Yuri est un homme raffiné, avec des goûts de luxe, ainsi que grand amateur d'objets uniques auxquels il s'intéresse depuis son tout jeune âge. Il poursuit donc sa lecture. On y parle d'un incident survenu durant des travaux d'excavation visant à trouver un tunnel caché. Selon des sources sûres sur place, un travailleur y aurait perdu la vie; plusieurs galeries intérieures se seraient même écroulées. Comme l'endroit n'était pas sécuritaire en raison du trop grand risque d'effondrement, les travaux de recherches archéologiques avaient été suspendus pour une période indéterminée. Du moins, pour le temps qu'on trouve une solution.

Yuri avait à peine terminé de lire l'article en question, qu'il voulut en apprendre davantage sur ce trésor. De quoi voulait-on parler quand on lui accordait le titre de « objets de pouvoirs »? Il commença à prendre des renseignements, à recueillir des articles de part et d'autre, afin d'approfondir ses connaissances. Après plusieurs semaines à s'investir à fond, Yuri avait réussi à recueillir énormément d'informations à ce sujet. Instinctivement, il savait qu'il ne pouvait pas laisser passer cette chance. Il devait la saisir par tous les moyens. Yuri était un homme d'influence qui embauchait beaucoup de personnel dévoué, des gens à qui il accordait toute sa confiance. C'est pourquoi il prit la décision d'envoyer ses hommes de main pour fouiner quelque peu, question d'en apprendre un peu plus sur ce site de recherches. Il poursuivit ses efforts pour en savoir davantage à propos de ce site. L'endroit était-il clôturé, protégé par des gardes? Ce site se trouvait dans une région très éloignée de la vie citadine. Très peu de gens osaient s'y aventurer, car ce genre d'endroit était très peu accessible. Seule une poignée de riches pouvaient s'y rendre, en finançant une expédition. Pour Yuri, l'argent n'était pas un problème. Il lui suffisait de choisir les bonnes personnes pour y faire un premier tour de piste. C'est ainsi que Yuri avait demandé à Nikolaï et Dimitri, deux de ses meilleurs hommes de main, de s'acquitter de cette tâche assez complexe. Leur mandat était tout de même assez simple, pour le moment : se rendre sur place et identifier les failles permettant d'accéder au site, tout en agissant dans la plus grande discrétion.

Les deux hommes avaient donc pris un vol direct en direction du Mexique. Pendant le vol, ils discutèrent de la façon de procéder. Très perspicace, Yuri avait trouvé un guide qui les attendrait à l'aéroport, pour ensuite les conduire directement au village le plus prêt du site. Sur place, les deux hommes furent témoins des ravages causés par la guerre des cartels. Plusieurs maisons étaient démolies ou criblées de balles. Des débris jonchaient le sol. Les autorités mexicaines n'avaient pas cru bon dépenser des fortunes à rebâtir ces petits villages éloignés, car la plupart du temps, ils servaient de planques pour les cartels. Et puisque les habitants étaient fort peu nombreux, personne ne s'en préoccupait.

Le guide avait terminé son travail. Il avait conduit les deux hommes de l'aéroport jusqu'au petit village, comme demandé par Yuri. À partir de ce moment, les deux gaillards devraient se débrouiller seuls. Heureusement, Yuri leur avait déniché de nouvelles identités pour qu'ils se fondent dans la masse. Yuri avait pensé à presque tout, même à leur fournir des habits d'archéologues. Il avait suffi à Yuri quelques moyens de pression et quelques billets verts pour leur dénicher une carte de l'endroit. Trop fragmentaire, cette carte avait obligé les deux hommes à questionner les villageois, pour connaître au moins la direction à prendre. Nikolaï et Dimitri n'avaient qu'à agiter quelques billets sous les yeux ébahis des habitants pour obtenir les informations désirées. De jeunes enfants couraient autour d'eux et leur faisaient la quête. Tout à coup, un vieil homme se tenant au milieu de la rue leur fit signe de la main pour les inviter à le rejoindre. Envahis par les enfants, Nikolaï et Dimitri leur jetèrent quelques pièces de monnaie pour les éloigner, sans trop de succès. Curieux, les deux brigands se rapprochèrent du vieillard. Ils s'aperçurent des souffrances endurées par cet homme : rides creuses au visage, cicatrices, cheveux gris, quelques doigts manquants, le dos courbé par le temps. Il avançait à l'aide d'une branche solide faisant office de canne.

D'une voix puissante, le vieil homme leva le ton pour demander aux enfants de s'éloigner. Obéissant au patriarche du village, les gamins prirent aussitôt la fuite, laissant les deux étrangers tranquilles.

Le calme put enfin revenir.

D'un hochement de tête, Nikolaï remercia le vieil homme pour son geste. Avec un regard perçant, le vieil homme prit la parole.

— J'ai entendu dire que vous cherchez le site de Tibias, dit le vieil homme.

Nikolaï dévisagea le vieil homme, incertain d'avoir bien compris. Pris au dépourvu, Nikolaï venait d'apprendre que le site avait un nom! Dimitri comprit rapidement qu'il parlait bien du site de recherches. Il reprit immédiatement la parole afin de ne pas semer le doute dans l'esprit du vieillard, qui lui paraissait être le chef du village. D'une voix imposante, Dimitri s'exprima haut et fort.

— OUI! OUI! s'exclama-t-il, c'est nous qui avons été envoyés pour reprendre le travail. Malgré son accent mexicain, le vieil homme parlait bien le français… à la grande surprise des brigands. Le vieillard examina les deux étrangers de la tête au pied, les fixant droit dans les yeux.

— Vous ne ressemblez pas du tout aux autres types qui sont venus ici avant vous. Comment puis-je être sûr que vous êtes bien ceux que vous prétendez être?

— Nous sommes des inspecteurs en archéologie

préventive, déclara Dimitri. Nous avons été mandatés pour inspecter les dégâts qui ont été causés et évaluer les risques, afin de déterminer si les chercheurs peuvent recommencer leurs travaux. Ils veulent connaître le degré de stabilité des sols qu'ils ont excavés et savoir s'ils peuvent reprendre le travail.

Le vieil homme les fixait encore, toujours d'un œil suspicieux. Visiblement, un doute subsistait dans son esprit.

Méfiant, le vieil homme reprit la parole à nouveau.

— Aux dernières nouvelles, je croyais qu'ils avaient été obligés de tout abandonner faute de budget. Vous savez, il y a des rumeurs qui circulent depuis un bon moment, ici au village, concernant ce site. Plus personne n'est revenu ici depuis un bon moment. Tout leur équipement est resté à l'abandon, sans surveillance.

Question d'influencer davantage le vieil homme, Dimitri répliqua aussitôt.

— Je ne comprends pas. Pourtant, ils nous ont bien mentionné qu'ils avaient laissés deux hommes en permanence sur le site, pour surveiller l'équipement et protéger les lieux. Jouant le jeu, Nikolaï relança le vieil homme avec quelques questions.

— Depuis combien de temps ont-ils quitté, selon vous? Un mois ou deux?

— On vous a mal renseignés, leur avoua le vieil homme. Ça fait plus de six mois déjà qu'il n'y a plus personne. De plus, s'installer à long terme dans cette forêt n'est pas chose facile. Vous savez, cet endroit est très dangereux. Et, selon les rumeurs, plusieurs personnes qui se sont rendues sur ce site n'en sont jamais revenues. C'est peutêtre pour ça qu'ils sont partis en laissant tout derrière eux, mais bon... je ne suis pas devin. Je veux bien vous aider et vous montrer le bon chemin à prendre, mais je n'irai pas avec vous, malheureusement; je suis trop vieux. Mes os me font un mal de chien et, de toute façon, et ce n'est plus de mon âge. D'ailleurs, à voir l'heure tardive, je vous conseille de ne pas y aller maintenant. Il fera bientôt nuit et vous n'aurez jamais le temps de vous rendre sur place. Montez donc votre campement ici pour la nuit. Je reviendrai demain matin avec quelques hommes qui pourront vous aider à porter votre matériel. Bien sûr, moyennant quelques petites offrandes, on pourra bien s'entendre, ajouta le vieil homme. Nikolaï comprit immédiatement la subtile allusion : il glissa la main dans ses poches pour en sortir quelques billets et les remettre au vieil homme, le tout assorti d'un clin d'œil complice. La première étape de leur voyage s'était complétée avec succès. Les deux hommes étaient satisfaits d'avoir réussi à convaincre leur nouvel ami. À présent, ils avaient un contact sur place, un point de départ essentiel pour réussir leur mission. Ainsi, les deux hommes prirent la sage décision d'écouter le vieil homme, et s'installèrent au village pour la nuit.

Nikolaï et Dimitri commencèrent à monter leur campement à l'endroit désigné par l'aîné du village. Effectivement, le soleil descendait à l'horizon à une vitesse incroyable. Il était dans leur meilleur intérêt d'accepter les conseils du vieil homme. Quelques villageois les regardaient faire, tandis que d'autres leur offraient leur aide pour monter leur campement. Après avoir passé une bonne heure à préparer leur camp de fortune, ils virent que la noirceur prenait place. Le crépuscule laissait dans le ciel bariolé des lames d'une couleur extraordinaire. Étant déjà à bonne altitude, ils pouvaient admirer les montagnes de la jungle à perte de vue. Doucement, les villageois regagnaient leurs cabanes pour la nuit. Les deux hommes de main de Yuri comprirent qu'il était temps pour eux aussi d'aller se coucher.

Il était près de cinq heures du matin. Le soleil commençait à peine à monter dans le ciel. Le foutu coq du village se mis à chanter. Nikolaï et Dimitri venaient à peine de s'endormir, et il était déjà l'heure de se lever? Les deux gaillards préféraient de loin leur lit douillet au campement de fortune établi au milieu de ce minuscule village mexicain qu'on appelait « le trou de cul du monde ». Les bruits de la jungle, la chaleur intense et les moustiques de la taille de rongeurs, tout les avait empêchés de fermer l'œil. Nikolaï et Dimitri espéraient que le campement serait plus confortable! La chaleur était déjà épuisante et la journée ne faisait que commencer. Juste avant de démonter leur campement de fortune, les deux hommes prirent un solide petit déjeuner, et ce, au regard consterné des habitants qui les regardaient, avec l'estomac vide. Au loin, on apercevait déjà le vieil homme qui se rapprochait d'un bon pas, soutenu par sa branche en guise de canne. Il était accompagné des quelques hommes qu'il avait recrutés pour aider ses deux nouveaux amis dans leur périple.

— Il faudrait y aller, mes amis, car la marche est très longue pour se rendre, annonça le vieil homme.

— J'espère que vous êtes en forme, messieurs, le chemin ne sera pas de tout repos. Il prit le temps de présenter les hommes qu'il avait convaincus de les suivre. Mes hommes connaissent bien cette jungle. Il est très important de ne jamais les quitter des yeux. Assurez-vous de suivre les sentiers, car si vous ne respectez pas leurs consignes à la lettre, je ne donne pas cher de votre peau. La bonne nouvelle, c'est qu'ils pourront rester avec vous pendant le temps de vos expertises et ils pourront vous protéger.

Les deux hommes de main de Yuri venaient de comprendre qu'ils ne seraient jamais vraiment seuls; le vieil homme rusé s'était donc assuré d'avoir des yeux sur place! Nikolaï et Dimitri avaient bien compris qu'ils devaient surveiller leurs moindres gestes. Ils se demandèrent qui était véritablement le vieil homme au regard profond et aux rides creuses. Aussi surprenant qu'il en soit, c'était peut-être lui qui avait fait disparaître les gardes, bien sûr, s'il y en avait. Les deux employés de Yuri se regardaient en silence. Tout était un peu plus clair dans leur esprit; ils devaient se méfier du vieillard et de ses compagnons.

C'était le départ : Nikolaï et Dimitri suivirent les hommes désignés pour les accompagner jusqu'à leur destination. D'un bon pas derrière eux, ils empruntèrent un sentier très abrupt et sinueux. Après un petit moment, ils atteignirent un autre petit sentier, celui-ci beaucoup plus refermé, à couvert sous le feuillage des arbres. Ils suivirent toujours les hommes de près et bien qu'ils soient en bonne forme physique, ils n'auraient jamais imaginé que l'ascension serait aussi ardue. Pas facile de suivre ces hommes qui faisaient à peine la moitié de leur gabarit! Chemin faisant, Nikolaï et Dimitri se faisaient littéralement dévorer par les moustiques et enduraient difficilement l'humidité ambiante, de plus en plus accablante au fur et à mesure qu'ils s'enfonçaient plus au cœur de la jungle. Par moment, on aurait dit qu'il n'y avait plus de piste à suivre. À quelques reprises, les deux hommes demandèrent à leurs guides de prendre une pause afin de bien identifier certains points précis sur leur carte, tel que demandé par Yuri. Après de longues heures de marche, ils arrivèrent finalement à cette fameuse faille, l'endroit que les quatre jeunes avaient repéré voilà plusieurs décennies. On pouvait apercevoir au loin une petite éclaircie qui abritait le campement laissé à l'abandon par les chercheurs.

Les deux hommes de main de Yuri venaient tout juste d'apercevoir la pierre qui avait déjà fait couler beaucoup d'encre. Curieux, ils s'en approchèrent. Elle ressemblait étrangement à une porte gravée d'inscriptions d'un langage inconnu. Puisque les archéologues avant eux n'avaient pas été en mesure d'en trouver une quelconque utilité, croyant au début que celle-ci était une porte, rien n'avait été déplacé afin d'éviter d'endommager quoi que ce soit. Les deux hommes prirent le temps de visiter le campement laissé par leurs prédécesseurs; ils le trouvèrent dans un état lamentable... mais aucun autre choix ne s'offrait à eux. C'était le seul endroit où ils pouvaient enfin déposer leurs bagages, question de reprendre leur souffle après cette marche épuisante.

Un des hommes de tête leur demanda de les suivre pour leur montrer le trou qui avait été creusé par les autres expéditeurs. La communication entre eux n'était pas facile, mais le langage des signes se révéla suffisamment efficace. Nikolaï et Dimitri comprenaient que les hommes voulaient leur raconter ce qui s'était passé lors de l'excavation et ce qui avait mis fin aux travaux. Ils s'approchèrent du trou qui avait été fait par ces chercheurs, mais les deux guides ne prirent aucun risque : le sol leur semblait beaucoup trop instable. Après toutes ces années, l'excavatrice qui avait été apportée sur place portait maintenant d'importantes traces de rouille... mais elle était toujours parquée près du trou. Dimitri regarda quand même si les clefs se trouvaient encore sur le contact mais, malheureusement, ce n'était pas le cas. Les deux hommes commencèrent donc à faire l'inventaire de ce qui était resté sur place, comme demandé par Yuri. Mais puisque le campement n'était pas gardé depuis six mois, beaucoup de matériel avait disparu. es pilleurs étaient passés avant eux; entre autres choses, ils avaient ramassé tous les cordages, ce qui compliquait beaucoup les choses. En effet, Yuri avait demandé à ses hommes non seulement de trouver l'excavation, mais surtout d'y descendre pour explorer l'intérieur. Mais sans le matériel nécessaire, comment faire? C'était impossible, ils devaient réfléchir à une autre façon d'accéder à ce trou.

Les guides avaient monté leur campement non loin du site de fouilles, tandis que Nikolaï et Dimitri, eux, avaient choisi le camp de fortune laissé par les archéologues. Maintenant qu'ils étaient éloignés des guides, ils pouvaient faire leur rapport d'état des lieux à Yuri, ce qui lui permettrait de passer à la deuxième étape de son plan.

— Donne-moi de bonnes nouvelles! exigea Yuri.

— Il y a de bonnes et de mauvaises nouvelles, répondit Nikolaï, mais vous serez plus que satisfait, d'une certaine façon.

— Alors, allez-y, je vous écoute.

— Eh bien, le site a été abandonné il y a déjà plus de six mois. Il n'y a aucun garde et, de plus, maintenant nous avons un contact sur place.

— Alors... il n'y a aucune mauvaise nouvelle, dans ce cas?

— Deux choses, dit Nikolaï, nous ne sommes pas certains de pouvoir faire confiance au contact sur place : bien sûr, il nous a fourni des hommes pour nous servir de guides, mais ils sont restés au campement, ce qui me semble un peu louche, dit Dimitri. De plus, nous avons un autre problème : nous ne pouvons pas accéder au trou qu'ils ont excavé. Il n'y a presque plus d'équipement sur place. Il semble que le matériel restant ait été pillé. Et les hommes ne parlent pas très bien notre langue, ce qui rend la communication très difficile. Donc, pour l'instant, nous ne sommes pas en mesure de descendre pour aller examiner le fond du trou.

— OK, laissez-moi faire quelques appels pour voir ce que je peux faire. Je vous rappellerai demain en matinée. Pour le moment, préparez la liste des objets dont vous avez besoin. Je vais demander à Nathalia de s'occuper de vous procurer le matériel requis.

— Et que faisons-nous des hommes fournis pas ce

contact? demanda Nikolaï.

— Vous avez juste à leur donner la sale besogne pour l'instant. Nous aurons peut-être besoin d'eux plus tard. Ne faites rien de stupide pour l'instant. Attendez mon appel.

CHAPITRE 12
CRÉATION D'UNE FIRME BIDON

Toujours à Montréal, Yuri venait de recevoir des informations de ses hommes de main. Il réalisa que les négociations pour la récupération du site seraient beaucoup moins difficiles que prévu. Il savait pertinemment que ces chercheurs avaient sûrement obtenu les permis nécessaires, ainsi que tous les droits leur permettant d'effectuer des fouilles archéologiques à cet endroit. Pour arriver à ses fins, Yuri commença déjà à préparer la deuxième étape de son plan. Il s'agissait de créer une fausse firme d'archéologie. Et il devait agir assez rapidement, sachant que d'autres équipes allaient sans doute tenter de s'approprier l'endroit dans le but de mettre la main sur les artefacts. Le temps était venu d'appeler Nathalia pour quelle s'occupe du ravitaillement de Nikolaï et Dimitri.

Nathalia était une femme d'un charisme fou et d'une beauté à couper le souffle. Partout où elle passait, elle faisait tourner les têtes... et elle obtenait toujours tout ce qu'elle voulait. Cheveux brun-châtains, yeux marron clair, stature moyenne, c'était une femme fatale, aussi dangereuse et imprévisible qu'un serpent à sonnette. Elle travaillait depuis plusieurs années pour le compte de Yuri; elle agissait en quelque sorte comme son bras droit. Elle était très proche de celui-ci, sans entrer dans les détails de leur relation... Son rôle était de veiller sur le personnel et de s'assurer que tous suivaient à la lettre les ordres de Yuri.

En moins d'une semaine, Yuri et ses avocats véreux avaient fait falsifier plusieurs documents pour monter une firme bidon, apparemment spécialisée en recherches archéologiques. Il pouvait maintenant aller de l'avant et commencer à prendre contact avec les chercheurs à qui appartenait le site. Il devait savoir de quoi il en retournait. Il pourrait ensuite prendre position et agir en conséquence. Il devait s'informer pour savoir si d'autres firmes d'archéologie les avaient déjà approchés pour une éventuelle collaboration. Yuri comprenait parfaitement ce qu'il devait faire pour récupérer le tout; son argent lui ouvrirait bien des portes et délierait bien des langues! Le but n'était pas de prendre le site et de faire disparaître les anciens chercheurs et archéologues, mais, bien mieux... de les utiliser pour arriver à ses fins. Les chercheurs qui avaient entrepris cette quête connaissaient les rouages de ce métier, en plus d'avoir l'expérience du terrain. Ils connaissaient les dangers auxquels ils devaient faire face. Par chance, Yuri avait gardé la coupure du journal qui mentionnait le nom de la compagnie de recherches ayant œuvré sur ce site.

Les avocats de Yuri avaient commencé à tâter le terrain en approchant les archéologues et les chercheurs de trésors. Ensuite, suivirent quelques petits rendez-vous pour les amadouer avec des appâts irrésistibles : d'abord une somme d'argent appréciable; ensuite, de belles promesses pour les soutenir dans leurs recherches. Et l'assurance d'avoir tout le matériel désiré disponible sur place, en plus de la main-d'œuvre nécessaire pour la préparation du terrain. Pour en rajouter encore un peu, les avocats avaient vanté leur client, comme quoi il avait accès à des experts en décryptage de dialectes anciens. Après quelques semaines de rencontres non officielles, il était maintenant temps d'organiser un véritable rendez-vous qui devrait se conclure par un engagement officiel. Puisque Yuri ne jouissait définitivement pas d'une bonne réputation, il envoya ses avocats pour officier à ces rencontres de signature. Ceux-ci avaient fait croire aux archéologues que leur client était en déplacement d'urgence à l'étranger, mais qu'il avait été en mesure de signer les documents tout juste avant son départ. En somme, ces chercheurs, trop heureux d'avoir enfin réussi à trouver du financement, n'avaient pas porté une attention particulière à certaines mentions indiquées au contrat…

tous avaient signé, sans exception. Leur première erreur venait d'être commise. La deuxième étant de n'avoir jamais vu le visage de leurs nouveaux associés. Faute de ressources monétaires, la petite équipe d'archéologues n'avaient pas embauché d'avocat pour vérifier les contrats avant de signer. Ainsi, la prise de possession de Yuri s'était avérée un vrai jeu d'enfant. On l'informa par la suite que les recherches reprendraient seulement dans trois mois, et qu'il serait contacté au moment opportun. Il lui fallait être patient; il fallait acheminer tout le matériel requis sur place. Les experts pourraient enfin reprendre leurs travaux à la fin de ces trois mois de délai.

Les cinq hommes en question avaient chacun leur spécialité. Pour ce genre d'expédition, c'est une évidence, certaines compétences sont requises : Yuri avait besoin d'archéologues d'expérience. Des spécialistes aguerris et des archéologues chevronnés, en plus d'un expert en cartographie, d'un géologue, ainsi que d'un spécialiste en recherche archéologiques. Yuri avait bien compris que sans ces hommes, il lui serait presque impossible de réaliser cette découverte. Tout ça lui coûterait la peau du cul, autant en main-d'œuvre qu'en matériel. Malgré tout, le plus difficile restait à venir. Il devait dénicher un expert en décryptage de dialectes anciens.

Durant ce temps, Nathalia avait rejoint Nikolaï et Dimitri par téléphone satellite afin de connaître leurs besoins en matériel. La liste était longue, ce qui compliqua considérablement la tâche de Nathalia. Elle devait aussi trouver du personnel pour acheminer tout ce matériel jusqu'au site de fouilles. Nathalia estimait qu'il serait plus facile de tout faire parachuter par avions. Les hommes de Yuri lui avaient fourni les données GPS, mais le matériel allait-il tomber au bon endroit? Et, encore là, l'endroit restait très difficile d'accès. Pour y arriver, Nathalia avait besoin d'hommes et de femmes qui connaissaient bien cette région. Par un heureux hasard, Yuri avait beaucoup de contacts au Mexique où il faisait affaire régulièrement et, bien sûr, Nathalia jouissait de ces opportunités. Yuri avait ainsi fait appel à quelques personnes non recommandables de cette partie du globe. Ils s'engagèrent à lui fournir le personnel requis, en échange d'anciens services rendus. C'est ainsi qu'une bonne trentaine d'hommes avaient été recrutés, souvent contre leur gré, pour s'immiscer dans cette expédition. Après une semaine à faire les emplettes nécessaires, Nathalia devait se rendre sur les lieux pour s'assurer que la marchandise se rende à bon port. De plus, à la trentaine d'hommes déjà recrutés par Yuri, elle devait ajouter d'autres hommes que Yuri lui avait recommandés et qui, tous, devaient l'accompagner sur place. Une fois rendue sur les lieux, Nathalia devait rencontrer une personne influente qui allait l'attendre à un aéroport privé, aménagé en pleine jungle mexicaine. Après avoir répondu aux demandes de Nikolaï et Dimitri, Nathalia sauta dans un avion en direction du Mexique. À peine fut-elle descendue de l'avion, six heures plus tard, qu'un homme imposant qui l'attendait lui faisait signe de s'approcher.

— Bonjour Nathalia! J'espère que ton voyage s'est bien déroulé! dit El Chapo, d'un air dominateur. Il tendait une main supposément secourable à Nathalia, afin qu'elle prenne place dans un nouvel avion.

— Nous allons discuter en chemin, ma belle, murmura El Chapo, de son accent prononcé.

El Chapo est un homme très connu du milieu des cartels, dont le plus puissant du Mexique. Pour d'autres, cet homme était tout simplement le diable incarné : un bandit de haut niveau, sans honte, sans empathie et sans pitié. El Chapo était l'un des principaux fournisseurs de Yuri et les deux hommes entretenaient une bonne entente depuis plusieurs années. De son côté, Nathalia l'avait rencontré à quelques reprises, mais ne le portait pas dans son cœur. Elle n'avait aucune confiance en cet homme, mais pour le moment, son seul choix était de lui offrir un beau sourire forcé.

— As-tu réussi à me trouver les hommes que Yuri t'a demandé? commença-t-elle sur un ton sec.

El Chapo la regarda, un peu surpris de la tonalité quelle venait de prendre.

— On se calme, ma belle, tu viens tout juste d'arriver, prenons le temps d'aller prendre un verre ensemble et ensuite nous discuterons de tout ce que tu veux. J'ai une hacienda près d'ici et j'aimerais te la faire visiter. Et tu vas prendre le temps de m'accompagner pour un bon repas. D'un geste, il lui passa la main dans les cheveux, la caressant au passage sans aucune gêne, le tout accompagné de quelques mots teintés de son accent mexicain.

Nathalia savait pertinemment ce que cet homme attendait d'elle, mais elle n'était pas du tout intéressée par celui-ci. Comme plusieurs hommes de Yuri les suivaient dans d'autres véhicules, cela donnait à Nathalia une défaite pour ne pas perdre trop de temps. De plus, Yuri, qui connaissait très bien El Chapo, avait fait savoir à Nathalia que cet homme était très dangereux et qu'il valait mieux ne pas l'offusquer. Nathalia avait compris qu'elle devait rester polie avec celui-ci, évitant de détériorer la relation d'affaires. El Chapo était assez insistant en soi, et Nathalia n'avait pas d'autre choix que de le suivre. Elle ne pouvait pas nier que la seule façon d'obtenir son matériel, c'était de passer par cet homme.

Ils arrivèrent à l'hacienda d'El Chapo. Des gardes armés jusqu'aux dents les attendaient. Cette hacienda, c'était plutôt un véritable palais : d'immenses fontaines à l'avant et de hautes colonnes bordées par une grande terrasse s'étirant jusqu'à la porte d'entrée. Le tout fait de somptueux marbre, qui menait, à l'intérieur, vers un somptueux escalier en colimaçon et de gracieuses sculptures posées tout au long de l'allée. L'endroit était tout simplement majestueux. Mais au prix de combien de vies?

Ils arrivèrent devant une grande table donnant sur une terrasse extérieure, avec vue sur une piscine à l'eau cristalline. El Chapo n'eut qu'à lever la main pour que les servantes arrivent à l'instant, offrant humblement repas et boissons. Sans plus attendre, El Chapo commença à poser à Nathalia des questions en rafale concernant sa visite au Mexique.

— Mais, dis-moi Nathalia, pourquoi tout ce matériel? Que venez-vous faire ici, chez moi, au Mexique? Et pourquoi avez-vous besoin d'autant d'hommes?

Nathalia ne pouvait pas dévoiler les intentions de Yuri; elle devait trouver une façon de détourner l'attention du Mexicain. Battant des cils, elle goûta langoureusement le plat principal offert par son hôte. Son sourire suggestif capta aussitôt l'attention d'El Chapo. Sa tentative de charme pourrait peut-être bien fonctionner pendant quelques instants, mais El Chapo n'était pas dupe. Il la laissa jouer pendant quelques secondes; bien sûr, il la désirait toujours autant. Toutefois, après un certain moment, il la relança brusquement, avec la ferme intention d'obtenir des réponses à ses questions.

— Je n'ai pas eu ma réponse! insista El Chapo.

Nathalia n'avait d'autre choix que de lui fournir une quelconque information... elle décida de brouiller un peu les cartes.

— Un membre de la famille de Yuri lui a demandé de l'aide pour un projet en archéologie, ici au Mexique. Comme c'est un de ses neveux qu'il aime beaucoup, il lui a dit qu'il financerait son projet d'études universitaires. Et, tu connais Yuri autant que moi, quand il s'agit de sa famille, il est prêt à tout pour eux, comme toi d'ailleurs.

— Oui, oui, je comprends, mais il doit l'aimer beaucoup, j'imagine, pour investir autant dans ce projet! répondit El Chapo.

Il n'était pas convaincu de cette histoire échevelée... et loin d'être naïf. Nathalia perçut le doute dans son regard. Elle devait réagir pour lui changer les idées. Elle se leva et prit son porte-documents pour en sortir une enveloppe qu'elle glissa sur la table.

— C'est un petit cadeau de la part de Yuri pour le bon service rendu. Si tu as besoin de quoi que ce soit, il fait dire de ne pas hésiter, il n'y a qu'à l'appeler.

El Chapo s'empara de l'enveloppe. Il y jeta un regard rapide, ne quittant Nathalia des yeux qu'une milliseconde.

Il afficha un air approbateur, un petit sourire sur les lèvres.

— J'aime bien Yuri, dit-il. Il fait bien les choses et, en plus, c'est un bon associé. J'aimerais bien qu'il passe me voir un jour, notre dernière rencontre remonte à si longtemps! Tu lui passeras le message pour moi, ma belle.

— Bien sûr, je n'y manquerai pas, ajouta Nathalia, hochant de la tête en signe d'approbation.

Nathalia était à l'hacienda d'El Chapo depuis au moins une bonne heure. Leur repas était terminé depuis longtemps et Nathalia se préparait à quitter l'endroit. Bien calé dans son fauteuil, El Chapo la regardait se préparer à partir, en observant les moindres détails de ses faits et gestes. Son intention était claire : il la désirait.

— Tu sais, si tu restes dans la région pendant encore quelques jours, si ça te dit, tu peux revenir me voir quand tu veux. Ma porte te restera toujours ouverte.

— Je te remercie de cette attention, mais mon horaire est très chargé. De plus, Yuri m'a demandé beaucoup de choses en peu de temps, alors je ne crois pas avoir le temps de revenir.

— OK, mais si tu changes d'idée, tu n'as qu'à me faire signe, tu es toujours la bienvenue. Et… pour le matériel que tu as demandé, tu n'auras qu'à suivre mes hommes. Ils vont vous accompagner à l'un de mes entrepôts, où tu trouveras tout ce dont tu as besoin.

S'approchant d'elle une fois encore, El Chapo glissa ses doigts dans la chevelure abondante de Nathalia. Son désir se faisait clairement sentir. Avec un petit sourire satisfait, Nathalia tourna les talons et repartit pour rejoindre les employés d'El Chapo.

Après avoir ramassé tout le matériel nécessaire, ils reprirent leur chemin en direction du petit village. Nathalia était découragée à la vue de cet endroit. Elle, qui était habituée au grand luxe, pouvait à peine imaginer qu'un tel endroit puisse exister. Ce village était cruellement démuni de tout confort. Apercevant Nikolaï et Dimitri qui l'attendaient, Nathalia fut heureuse de voir enfin des visages familiers. Ils lui rappelaient qu'elle n'était pas seule dans cette galère.

— Nathalia! s'écria Nikolaï.

Il lui fit un signe de la main, accompagné d'un petit sourire qui en disait long.

— Très content de te voir et… bienvenue en enfer!

— J'espère que tu nous as apporté de bons repas, ajouta Dimitri. Ici, en plus de mourir de chaleur, on meurt de faim. C'est pas très agréable comme situation, je dois dire.

— Une perte de poids ne pourrait que te faire du bien, dit-elle, lui adressant un petit sourire en coin et une petite claque sur le ventre.

Nikolaï, qui s'était subtilement déplacé derrière elle, jeta un regard entendu à Dimitri.

— Arrête de me regarder le cul et au travail, Nikko! C'était le surnom qu'elle lui avait donné, car ils étaient devenus de bons amis avec le temps. Je vous ai emmené quelques hommes pour vous aider, ainsi que le matériel que vous avez demandé. Nikolaï aperçut alors la file de camions qui arrivaient les uns après les autres ans le petit village. En effet, environ une douzaine de camions étaient prêts pour le déchargement.

— Où doivent-ils décharger tout ça? demanda Nathalia.

Dimitri lui fit signe de la main pour quelle le suive jusqu'au rebord de la falaise. Du doigt, il pointa l'endroit où ils devaient se rendre. Comme le village était perché très haut en montagne, Nikolaï et Dimitri avaient fait installer un immense drapeau indiquant l'endroit où se trouvait le site de recherche. Mais, perdu dans cette jungle hostile, le drapeau ne paraissait pas plus gros qu'une punaise.

— Ah, putain! T'es pas sérieux! s'écria Nathalia. Se

tenait la tête à deux mains, elle récita une série de jurons en russe.

Dimitri finit de l'achever en lui confiant que la montagne était aussi difficile à descendre qu'à gravir.

Soudainement concentrée, Nathalia examina le village dans tous ses angles.

— Que cherches-tu? demanda Nikolaï, en se demandant ce qu'elle regardait.

— Un endroit pour atterrir.

— Tu n'es pas sérieuse! dit Nikolaï. Il avait à peine terminé sa phrase, qu'un bruit sourd s'approcha flap, flap, flap... le bruit s'intensifia. Nikolaï leva la tête pour regarder dans le ciel. Il aperçut un hélicoptère. Toute en confiance, Nathalia pointa au pilote l'endroit où il pouvait se poser non loin des camions.

— Avec un bon câble, nous serons en mesure de faire descendre le matériel directement à l'endroit voulu; le pilote est ici pour les deux prochains jours. Certains de nos hommes s'occuperont du chargement à partir d'ici. Nous, nous irons recevoir la marchandise sur le site.

— Toi, je t'adore! cria Dimitri, la voix toujours enterrée par le bruit de l'hélicoptère. Il leva son pouce au ciel, en signe d'approbation de cette idée géniale.

— Ce soir, nous devrons rester ici. Il est déjà trop tard pour amorcer la descente, c'est trop dangereux à la noirceur. On va aménager un campement temporaire ici pour la nuit, annonça Nikolaï.

Nathalia approuva d'un signe de tête. Elle comprenait parfaitement la situation. Cette pause leur donnerait également le temps de préparer le matériel pour le lendemain.

Dès l'aube, tous les hommes étaient fin prêts pour la descente. Une partie d'entre eux allaient rester au village pour décharger les camions et attacher les marchandises au câble de l'hélicoptère. Les autres avaient déjà entamé leur descente. Nathalia, Dimitri et Nikolaï faisaient partie de la descente, ainsi qu'une vingtaine d'hommes qui leur ouvraient la marche. Après quelques heures dans ce sentier, ils arrivèrent enfin sur les lieux du site de recherche, ou plutôt à l'emplacement précis où se dressait la pierre aux hiéroglyphes. Nathalia était exténuée. Elle n'était certes pas habituée à ce genre de randonnée extrême. Pour rajouter à son malaise, la saison chaude était à son point culminant. Dimitri lui offrit une bouteille d'eau en lui montrant l'abri de fortune où on retrouvait un peu d'ombre et quelques chaises pour se reposer un peu. L'équipe manquant cruellement de matériel sur place, Nathalia comprenait la situation et l'angoisse de ses deux confrères.

— Je me demande comment vous avez fait pour rester ici aussi longtemps, surtout avec si peu de confort; je vous lève mon chapeau, les gars.

— Attends, tu n'as pas encore passé la nuit… c'est encore pire, dit Nikolaï en la voyant démoralisée. Fais-moi savoir quand tu seras prête, je vais te faire visiter le trou perdu.

— Oui, je veux bien la voir, cette fameuse porte, s'intéressa Nathalia. Je ne suis pas venue ici que pour le plaisir. Elle se leva, et suivit Nikolaï d'un bon pas, bien qu'elle soit épuisée à la suite de la descente infernale. Mais l'excitation de la découverte était à son comble. Elle voulait voir de ses yeux cette mystérieuse porte que personne n'avait encore réussi à ouvrir. Peut-être réussirait-elle où tout le monde avait échoué? De par son tempérament, Nathalia se pensait toujours supérieure aux autres et elle agissait comme celle qui savait tout sur tout. Même si plusieurs professionnels aguerris eurent vérifié bien avant elle, sans succès, elle croyait en ses chances de se démarquer. Après avoir fait le tour du site de recherche à plusieurs reprises, dépitée, Nathalia dû s'avouer vaincue. Il était maintenant temps de faire acheminer tout le matériel par hélicoptère. La préparation du site était primordiale avant l'arrivée des chercheurs et spécialistes en la matière.

De son côté, Yuri était toujours à Montréal. Il avait commencé à effectuer des recherches pour trouver les meilleurs spécialistes en vieux dialectes. Beaucoup d'appelés, mais peu d'élus... Yuri avait eu plusieurs références de super-spécialistes, mais trop souvent leurs références n'étaient pas fondées. Plusieurs hommes et femmes se disaient des experts, mais, malheureusement, ils n'avaient aucune expérience pratique de terrain. Plus déterminé que jamais, Yuri y travaillait sans relâche. Après plusieurs semaines, il tomba sur une liste de véritables spécialistes en langues anciennes. Certains de ces spécialistes œuvraient déjà sur d'autres projets ou se trouvaient dans d'autres coins perdus du monde, ce qui ne lui facilitait pas la tâche. Il n'avait réussi à contacter que trois d'entre eux, qui s'étaient rendus disponibles pour le rencontrer. Le premier était Didier Bonaparte, un homme d'un certain âge, doté d'une expérience hors du commun. Il jouissait d'une renommée internationale dans ce domaine. Ensuite, il y avait Rose Miller et Andrew Burd, qui était de plus jeunes chercheurs et chasseurs de trésors. Ils étaient également reconnus pour leur expertise, ce qui faisait deux d'excellents candidats.

Yuri voulut s'occuper lui-même de rencontrer ces spécialistes, puisque c'était devenu son projet prioritaire. Cette fois-ci, ses avocats n'étaient pas de la partie pour s'occuper de tout. Il commença à fixer les rendez-vous : Didier Bonaparte, l'homme qui avait le plus d'expérience. Yuri avait jugé que cet homme pourrait être un atout exceptionnel dans son jeu. Il avait programmé ces rencontres dans un restaurant chic de la ville, question d'épater la galerie. Devant un bon repas et quelques verres de vin, il serait plus facile d'amadouer certaines personnes. Dès le début de la rencontre, Didier s'était montré suspicieux au sujet de cette firme. Comme celui-ci avait participé à de nombreuses expéditions au cours des 30 dernières années, il connaissait très bien les chercheurs qui gravitaient autour de ce domaine. La plupart du temps, c'étaient les mêmes personnes qui formaient des cercles de chercheurs et tous, sans exception, se connaissaient. Yuri était carrément un inconnu dans ce milieu. Didier ressentait un immense malaise devant ce visage étrangement familier. Didier n'arrivait pas à se rappeler où il l'avait vu, ni dans quelles circonstances. De plus en plus inquiet, et n'écoutant que son instinct, Didier avait écourté le souper en évoquant une urgence familiale. Il salua Yuri, tout en le remerciant d'avoir fait appel à ses services, mais lui laissant entendre qu'il ne pourrait probablement pas se libérer pour cette aventure. Yuri savait pertinemment qu'il avait échoué cette première rencontre avec Didier. Malgré tout, Yuri appliqua le même manège pour rencontrer les deux autres archéologues apparaissant sur sa liste. Il n'avait pas réussi à séduire Didier, il devait donc créer un meilleur sentiment de confiance. Il y arriverait en changeant de tactique avec Rose et Andrew. Comme ces deux-là travaillaient souvent ensemble, Yuri avait décidé des inviter en même temps. Il leur serait déjà plus agréable de voir un visage connu. Il regrettait amèrement de ne pas y avoir pensé avant. Et c'est ainsi que Rose et Andrew avaient mordu à l'hameçon sans trop se poser de questions. Le simple fait de pouvoir travailler avec des collègues avait joué en faveur de Yuri. Ils se montrèrent très intéressés par cette aventure : un trésor unique, un peuple vivant dans la jungle, des recherches plus que fascinantes... en plus d'un salaire faramineux. Avant de prendre sa retraite, Rose rêvait justement d'une dernière expédition spectaculaire. Elle rêvait d'une belle retraite dorée et voilà que se présentait l'occasion parfaite. Mais elle ne se doutait pas dans quel guêpier elle allait poser les pieds... Quant à Andrew, cette expédition représentait pour lui un nouveau défi de plus à ajouter à son curriculum. Pourquoi pas? se disait-il.

Quelques semaines étaient passées; le site était fin prêt pour recevoir ses hôtes. Il ne restait plus qu'une semaine ou deux avant le grand départ et l'excitation était à son comble pour ces chercheurs aguerris. Plusieurs modifications avaient été apportées au site. Nathalia savait que Yuri allait vouloir participer à ces excursions, elle avait donc rendu l'endroit aussi agréable à vivre que possible. Elle avait fait préparer un terrain pour que l'hélicoptère soit en mesure de se poser sur place. Des bâtiments de recherche avaient été acheminés par la voie des airs, pour faciliter le décryptage. Elle était même allée jusqu'à y faire acheminer des roulottes, qui étaient beaucoup plus confortables que de simples abris de fortune. L'endroit avait été sécurisé, car les pilleurs ne manquaient pas. Des effectifs avaient été mis en place pour éviter ces problèmes récurrents.

CHAPITRE 13
L'ARRIVÉE DE L'ÉQUIPE

Les deux semaines de préparatifs étant passées, c'était maintenant le temps de recevoir leur invité. Les cinq premiers archéologues qui avaient trouvé le site étaient les premiers arrivés sur les lieux. Voilà quelques mois déjà, ceux-ci avaient été obligés d'abandonner l'endroit à contrecœur, par manque de financement. Et quelques mois plus tard, voilà qu'un investisseur apparaissait comme par magie, leur offrant une deuxième chance. En arrivant au petit village, les hommes étaient impatients de revoir le site. Ils découvraient avec joie que l'endroit avait été mieux emménagé. Nathalia était présente pour les recevoir dès leur arrivée. Par la suite, à leur grande surprise, elle les avait transportés par hélicoptère jusqu'au site de fouilles. Habitués à des moyens beaucoup plus modestes, ils ne savaient pas trop quoi en penser. Tous trouvaient que Yuri avait dépensé trop d'argent sans même connaître les résultats préliminaires des recherches. Certains de ces hommes n'étaient pas très satisfaits de la tournure des évènements. Leur but premier, dans ce type de fouilles, était de trouver le trésor, sans dépenses excessives.

Yuri avait prévu arriver un peu plus tard dans la même journée, ce qui lui donnerait le temps de s'installer confortablement. Il avait fait exprès pour que les deux experts en dialectes n'arrivent que le lendemain. Ce délai lui permettrait de régler certains points avec ses soi-disant associés. Les chercheurs finiraient bien par comprendre la situation, mais seulement un peu plus tard...

Fin d'après-midi, Yuri était sur le point d'arriver. Il avait demandé à son pilote d'effectuer un survol de l'endroit pour mieux juger du site du haut des airs. Le regard perçant, il repéra immédiatement l'emplacement du campement. Yuri remarqua la forme du terrain, qui se présentait en trois grands vallons bordant le site. Il se demandait pourquoi personne n'y avait prêté attention vant lui, quand il réalisa que les autres n'avaient pas d'hélicoptère à leur disposition. Malgré son inexpérience, Yuri avait vu ces vallons. Tout au long de sa vie, sa capacité d'observation lui avait souvent permis d'avoir un coup d'avance sur ses adversaires. C'est en partie ce qui avait fait de lui une personne redoutable. Il demanda donc au pilote de monter plus haut en altitude, afin d'apercevoir l'étendue du terrain à couvrir... peut-être se trompait-il au sujet de ces vallons?

En atterrissant sur les lieux, Yuri fut accueilli par Nathalia qui l'attendait avec impatience. Elle voulait lui montrer tout ce qu'ils avaient accompli depuis leur arrivée. Refusant de montrer ses émotions devant les autres, elle avait tout de même eu un petit pincement au cœur en voyant Yuri débarquer de l'hélicoptère. Plus de trois mois s'étaient écoulés depuis leur dernière rencontre; le site avait été très long à préparer. Maintenant, le travail allait enfin pouvoir commencer.

Yuri alla rejoindre Nathalia en courant sous les hélices de l'hélicoptère, qui décolla immédiatement en direction du petit village. D'autres invités devaient arriver le lendemain matin.

— Allons à l'intérieur! lança Yuri à Nathalia.

Elle lui fit signe de la suivre jusqu'aux quartiers qu'elle avait soigneusement préparés pour lui. Comme il était le patron, elle lui avait aménagé une roulotte plus luxueuse, un peu à l'écart des autres. S'engouffrant à l'intérieur, Yuri prit la parole.

— Dis-moi donc comment ça s'est passé depuis ton arrivée?

Nathalia lui raconta tout en détail, et même le moment où elle avait été obligée de se rendre à l'hacienda de son partenaire d'affaires, El Chapo.

— Ne t'en fait pas avec lui! la rassura Yuri. Tant qu'il

n'est pas été déplacé, on ne s'en occupe pas. Je sais qu'il pose beaucoup de questions; tu as bien fait de ne rien lui dire. On l'aurait eu constamment dans les jambes. Tu as bien réagi. Et comment a réagi le groupe de chercheurs en arrivant sur place?

— Il y en a deux qui n'ont pas du tout apprécié, en voyant ce que j'ai fait de l'endroit. Ils trouvent que nous en avons trop fait, et ce, sans même savoir si nous trouverions réellement un trésor.

— OK, si c'est juste ça, on s'en occupera plus tard. Je voudrais que tu organises une rencontre sous la grande tente. As-tu réussi à dénicher une carte de l'endroit, comme je te l'avais demandé?

— Oui, répondit-elle. Nathalia ne comprenait pas pourquoi il insistait pour obtenir une carte, car il était déjà rendu à l'endroit qu'il recherchait.

— À bien penser, nous tiendrons la rencontre seulement demain. Attendons que l'équipe soit complète pour ne pas avoir à se répéter.

— Cet après-midi, nous irons faire le tour de l'endroit. J'aimerais prendre le temps de voir de plus près cette pierre gravée. Mais juste avant, c'est toi que je vais prendre. Yuri la tira vers lui, l'attrapant par les fesses. On va s'amuser un peu! Qu'en penses-tu?

— Il était temps! répliqua Nathalia. Elle poussa Yuri contre la paroi de la roulotte, posant sa main sur son membre de manière ostentatoire. Yuri lui arracha sa camisole, découvrant du même coup deux seins fermes, aux mamelons pointant, attendant d'être dégustés. Complètement surexcité, Yuri ne pouvait plus attendre. Il prit un de ces mamelons dans sa bouche en le mordillant et en serrant l'autre sein dans sa main. Surprise, Nathalia lâcha un petit couinement. Elle releva la tête pour embrasser intensément Yuri, au point de lui couper légèrement une lèvre au passage. Leurs vêtements tombaient sur le sol et ils se retrouvèrent enfin près du lit. Les pulsions étaient à leur comble. Les caresses se faisaient de plus en plus intenses et ils se trouvaient bientôt à bout de souffle. D'une poussée, Nathalia renversa Yuri sur le lit, pour aussitôt le chevaucher dans une vague déferlante. Ils se laissèrent ainsi aller à leurs bas instincts pendant un long moment. Nathalia étouffa un cri de jouissance jusqu'à l'orgasme.

Elle se laissa choir sur Yuri, le souffle court. Cette séance de sexe les laissa complètement trempés de chaleur. Allongés sur le lit, épuisés de leur rage sexuelle, les deux amants se caressaient maintenant plus doucement. Ces longues semaines de séparation avaient fait leur effet! Après de tels ébats sexuels, une douche fraîche était plus que bienvenue, avant un tour de piste pour visiter le site.

Nathalia indiqua à Yuri le chemin à suivre. Ils

s'approchèrent enfin de l'endroit où reposait la fameuse pierre gravée. Y posant ses mains, Yuri constata à quel point les inscriptions était fines et précises. Il était lui aussi d'accord : cette pierre, d'une dizaine de pieds de hauteur et de largeur, ressemblait étrangement à une porte. Yuri recula de quelques pas pour avoir une meilleure vue d'ensemble. Sans un mot, il examina la montagne où était encastrée la pierre. Nathalia se contentait de le suivre en silence. Elle le connaissait trop bien; il ne fallait pas le déranger quand il était en si grande réflexion. Yuri repartit en direction du trou que les chercheurs avaient creusé. Plissant les yeux, se passant la main sur le menton, il réfléchissait. Il tenta d'évaluer une nouvelle fois les alentours. Il se rappelait la vue du haut des airs… quelque chose ne fonctionnait pas, mais il n'arrivait pas à mettre le doigt dessus. Après un long moment de réflexion, Yuri tourna les talons et partit d'un pas rapide vers le campement. Contrairement à ce qu'il avait annoncé à Nathalia un peu plus tôt, il décida que le temps était venu d'effectuer une première rencontre avec les employés.

— Bonjour Messieurs! leur dit Yuri, en les saluant de la main. Comme vous avez pu le remarquer, l'endroit a quelque peu changé. Je sais très bien que vous n'êtes pas tous en accord avec ce que nous avons fait, mais je suis sûr que le jeu en vaut la chandelle. Comme vous le savez sans doute, nous serons ici pour un bon moment, alors vaut mieux être bien installés. Et il y a de grandes chances que nous écrivions une page d'histoire ici. De plus, je voulais vous annoncer en personne que j'ai réussi à mettre la main sur deux experts en décryptage. Des experts qui viendront appuyer nos recherches. Alors, pour ce soir, reposons-nous. Demain, dès l'arrivée de nos experts, le vrai travail va commencer. Peut-être allons-nous enfin pouvoir résoudre le mystère que représente cette pierre ? Sur ceci, mes amis, je vous dis bonsoir et à demain.

Effectivement, le lendemain matin, les deux experts arrivèrent au petit village, puis au site de fouilles. Un peu avant de partir pour le site, Rose eut le temps d'admirer l'immense vallée verdoyante du haut de la falaise : une jungle très dense à perte de vue, d'une beauté à couper le souffle. Le vieil homme du village s'approcha doucement de Rose et celle-ci réalisa qu'elle avait attiré son attention. Il avait l'air de bien connaître la région. Il s'adressa à Rose dans une langue peu commune. Polyglotte d'expérience, Rose connaissait ce langage ancestral, peu commun de nos jours. Elle prit donc le temps de l'écouter. Ne croyant pas qu'elle put le comprendre, l'homme continua de parler librement.

— Vous ne ressemblez pas aux autres, marmonnail. Vous n'êtes pas comme eux.

Rose prit aussitôt la parole. Le vieillard fut surpris de l'entendre ainsi parler le même langage.

— Mais que voulez-vous dire? demanda Rose. Je ne comprends pas où vous voulez en venir.

— Ne faites surtout pas confiance à ces personnes, car ils ne sont pas ceux qu'ils prétendent être. Croyez-moi, je sais de quoi je parle.

Tout à coup, un des hommes de main de Yuri s'approcha de Rose. Il conseilla vertement au vieil homme de s'éloigner et de ne pas la déranger.

Rose les observa d'un air fâché, un peu surprise de la réaction violente des hommes de Yuri.

— Pourquoi faites-vous ça? On ne fait que discuter! dit-elle.

— On a des ordres à suivre, répondit un des hommes.

— Croyez-vous vraiment qu'un vieil homme au dos courbé, qui de plus se déplace avec une canne, va m'attaquer? Vous êtes complètement ridicules! lança Rose.

Sur ces mots, elle se rapprocha du vieil homme pour lui demander ce qu'il avait voulu lui dire. Le vieil homme reprit la parole en continuant dans sa langue, sachant que les hommes de Yuri ne pouvaient pas le comprendre.

— Il y a beaucoup trop d'argent en jeu. Beaucoup d'hommes sont ici contre leur gré. Croyez-moi, ils sont dangereux. Faites très attention à vous, car vous n'êtes pas comme eux. Ces choses-là, ça se ressent. Cet endroit est maudit, restez sur vos gardes. Depuis la découverte de ce site, il y a fort longtemps, beaucoup de sang a coulé et beaucoup de vies se sont perdues. Les premiers chercheurs qui sont arrivés ici voilà quelques mois étaient de bonnes personnes, mais depuis peu, ils sont revenus avec ces charlatans en qui je n'ai aucune confiance. Il y a environ trois mois, deux nouveaux hommes sont arrivés au village, en prétendant être des experts en archéologie. Ils affirmaient être ici pour prêter main-forte à leurs collègues, mais ceux-ci étaient déjà partis depuis au moins six mois. C'est ce qui m'a le plus inquiété. Moi, pour bien faire, je leur ai laissé quelques-uns de mes hommes pour les accompagner. Ça me permettait d'avoir des yeux sur place. Mais depuis tout ce temps, aucun d'eux n'est jamais revenu. Je vous le répète, ne leur faites surtout pas confiance!

Le vieil homme lui fit un clin d'œil et repartit doucement en balbutiant quelques mots et en pointant son bâton en direction de la vallée : « Méfiez-vous du chef que l'on appelle Yuri et ses hommes, car ils ne sont pas là pour les bonnes raisons. » Rose le regarda repartir, sans dire un mot. Un peu étonnée, elle se demanda si elle avait bien compris ce qu'il venait de lui raconter. Soudainement, Rose entendit l'hélicoptère qui lançait ses moteurs. Il était temps de partir en direction du site, car les hommes lui faisaient signe de monter à bord.

Dès le décollage, ils montèrent à bonne altitude et prirent rapidement la direction du site, en passant au-dessus du village. Observant le paysage, Rose remarqua les trois immenses vallons presque identiques qui encadraient le site de fouilles. Elle pouvait facilement les repérer, malgré la densité de la jungle. Sitôt arrivés sur place, elle apprit que Yuri et les autres les attendaient dans la grande tente pour une première réunion. Rose et Andrew avaient eu à peine le temps déposer leurs effets personnels à leurs roulottes, qu'ils étaient déjà appelés pour se présenter à cette réunion! Yuri avait très hâte de commencer le travail de terrain. Il avait déjà investi énormément d'argent dans la préparation du site. Il était fermement convaincu que se cachait un magnifique trésor à cet endroit. Mais ce qui l'attirait le plus, c'était l'éventualité de dénicher ces objets légendaires qui, paraîtrait-il, détenaient certains pouvoirs magiques.

Le grand chapiteau abritait en son centre deux immenses tables où s'étalaient des cartes topographiques. Plusieurs personnes discutaient en pointant les cartes. Tous s'intéressaient au même sujet : comment faire pour accéder à ce passage si instable, creusé lors de la dernière expédition? Et par où commencer? Yuri les écoutait échanger sans dire un mot. Voyant que ses deux nouveaux invités venaient d'entrer, il fit signe à Dimitri de faire taire les chercheurs et prit lui-même la parole.

— S'il vous plaît, tout le monde! Je voudrais vous présenter nos deux experts en décryptage, sois Rose et Andrew! Merci d'avoir accepté notre invitation, dit Yuri en poursuivant. Je vous souhaite la bienvenue à tous. Comme vous avez pu le constater, nous avons aménagé le site de façon permanente. Notre tout premier objectif est de réussir là où ces messieurs ont échoué, ce qui veut dire : trouver cette entrée!

Aucun des chercheurs n'osa dire un mot. Aucun d'eux ne s'attendait à cette réplique de la part de Yuri.

— Alors, s'il faut passer des mois ici, nous le ferons! Et quand nous ressortirons d'ici, c'est parce que nous aurons écrit une page d'histoire! Pour ceux qui ne me connaissent pas, sachez que je suis un homme très déterminé. Quand j'ai un travail à faire, je le fais jusqu'au bout et ce, peu importe ce qui pourrait se placer à travers de mon chemin. Gardez bien cela en mémoire : je ferai tout ce qu'il faut pour réussir.

Un silence complet régnait dans la tente. Tout le monde retenait son souffle, attendant de voir si Yuri allait annoncer autre chose. Yuri regarda les chercheurs avec insistance. Il prit de nouveau la parole.

— Bien, messieurs, je vous écoute discuter depuis un bon

moment. J'ai cru comprendre que vous vous demandez tous comment nous allons entrer par le trou déjà creusé. Eh bien, moi, je ne crois pas que ça soit la bonne solution pour l'instant.

Aussitôt, tous les hommes présents dans la pièce se remirent à parler tous en même temps, dans une totale cacophonie. Comment allons-nous faire? Il n'y a aucune autre entrée! C'est impossible, disait un autre. Durant ce temps, en silence, Rose examinait les cartes de plus près. Elle laissa les hommes se chamailler. Andrew, de son côté, s'était mis à l'écart, estomaqué devant cette ambiance déroutante. Yuri observait la scène, en gardant lui aussi le silence. Tout à coup, Rose leva le bras pour placer un mot, mais personne n'y portait attention. Personne, à part Yuri, qui l'observait depuis un moment. Rose décida donc de lâcher un cri, assez fort pour capter leur attention. Le silence se fit donc sous le chapiteau.

— Il y a une autre entrée, dit-elle, simplement.

— C'est impossible, répondit un des chercheurs. Nous avons fouillé partout et il n'y a aucune autre porte, mise à part la pierre.

— Et, moi, je vous dis que si, relança-t-elle, en observant toujours les cartes de près. Si je me fie à ce que j'ai vu à partir de l'hélicoptère, au bout de chaque vallon, il devrait y avoir une autre pierre qui ressemble à une porte, des pierres portant des gravures différentes.

Totalement surpris par son affirmation, les hommes ne comprenaient visiblement pas à quoi elle faisait allusion.

— Mais de quels vallons parles-tu? demanda un des hommes, un peu surpris de ne pas les avoir vus lui-même.

— Les trois vallons immenses qui entourent le site! affirma Yuri. Je les ai remarqués en arrivant du haut des airs, s'adressa-t-il à Rose avec un sourire.

— Ce n'est pas possible, on est rendu beaucoup trop loin, ajouta un autre des hommes présents. Il tentait de mesurer l'étendue de ces vallons sur la carte.

— Peut-être que je me trompe, reconnu Rose. Mais, selon ma théorie, chaque vallon pourrait se terminer par une porte similaire à celle que nous avons déjà identifiée. Sa position semble nous indiquer que c'est la porte centrale. Si nous réussissons à toutes les trouver et à en décrypter les inscriptions, nous trouverons l'endroit exact de l'entrée principale.

Yuri s'avança plus près. Touchant la carte du bout du doigt, il lui posa une question.

— Êtes-vous certaine de ce que vous avancez?

— Rien n'est jamais sûr à 100 %, répondit-elle. Comprenez que les légendes de ces peuples restent inconnues, même à notre époque. J'y vais avec une certaine logique. Mis à part quelques écrits, nous n'avons encore jamais pu approcher l'une de leurs cités jusqu'à aujourd'hui. Peut-être aurons-nous la chance de trouver cet endroit ! Ce serait fabuleux. Ce qui m'a mis la puce à l'oreille, ce sont ces vallons qui ressemblent étrangement à des voûtes géantes. Peut-être que j'ai tort, mais je crois que nous devons agir avec une grande prudence, sinon, nous pourrions passer à côté d'une découverte incroyable.

— Je comprends votre point de vue et je suis tout à fait d'accord vous, dit Yuri. Moi, j'ai une question pour les personnes qui ont découvert ce lieu, ajouta-t-il en regardant les archéologues. Je ne suis pas un expert. Je n'ai pas de diplôme en archéologie. Mais je me pose pas mal de questions. Avezvous fait une étude de potentiel sur les lieux ? Et avez-vous fait l'inventaire du terrain ?

Dans le groupe d'experts qui avaient découvert ce lieu au départ, se trouvaient deux archéologues. Ils échangèrent un regard, mais ne savaient pas trop quoi répondre. Un des hommes se lança :

— Pour ce qui est de l'étude potentielle, elle a été faite, mais assez vaguement, en raison de la rareté de ce genre d'endroit. Nous avions très peu d'informations, le contexte était très difficile. Toute cette première expédition a pris naissance suite à la publication sur Internet d'une simple photo, prise et publiée par des personnes qui avaient identifié ce lieu voilà de nombreuses années. Malheureusement, nous n'avons jamais été en mesure de retrouver ces personnes. Nous manquions cruellement d'équipement et de ressources financières. Il devenait quasi impossible d'approfondir nos recherches sur ce terrain accidenté.

— Je vous comprends, concéda Yuri qui, de son côté, avait fait beaucoup de travail de recherche en ce qui concernait la cartographie de cette région. Il avait découvert des informations précieuses, qu'il ne voulait surtout pas leur divulguer. Il préféra les laisser croire que lui non plus n'avait pas réussi à trouver beaucoup plus d'informations sur l'histoire de ce peuple ancien.

— Je crois qu'avec les cartes en main, nous serons en mesure d'établir la réelle grandeur du site, intervint Rose. Sa maîtrise universitaire en archéologie lui avait ouvert bien des portes. C'est là qu'elle avait fait la rencontre de Richard, qui par la suite était devenu son époux. Rose pouvait compter sur ses aptitudes naturelles et sa vaste expérience professionnelle; elle avait une bonne longueur d'avance sur les autres. En s'appuyant sur la théorie de Rose, le groupe se mit donc à approfondir l'examen des cartes, afin d'établir un nouveau plan de recherche. Après s'être entendus sur la façon de procéder, le groupe s'était séparé en trois équipes. Chacune des équipes devait enregistrer dans son GPS les points de repère identifiés tout le long des vallons, ce qui permettrait d'établir la juste ampleur du site.

Durant ce temps, Rose et Andrew, qui n'avaient toujours pas eu l'occasion d'examiner les vestiges de leurs propres yeux depuis leur arrivée, sortirent ensemble de la grande tente. C'était là leur principal mandat, tandis que les autres archéologues s'occupaient d'établir la cartographie exacte du site de fouilles.

CHAPITRE 14
PREMIÈRE PARTIE DU DÉCRYPTAGE

Le vrai travail pour Rose et Andrew allait maintenant commencer. Une infime partie de la gravure avait déjà été décryptée : 'À qui ouvrira ce passage, entre mauvaises mains, ne vous tuera point'. Les deux experts se tenaient devant l'immense pierre, impressionnés par de telles dimensions. Leur regard attentif se posait sur tous les éléments qui entouraient l'emplacement de la mystérieuse pierre.

— Ce n'est pas une porte, lâcha Rose dans un soupir. Je dirais plutôt un avertissement.

— Effectivement, continua Andrew. Je suis d'accord avec toi, ce n'est pas une porte. Selon moi, c'est un message pour la prochaine étape. Qu'en penses-tu?

— C'est très possible. Prenons le temps de tout déchiffrer. Ensuite, nous verrons bien où ça nous mène. Les gravures sont nombreuses; nous en aurons pour des heures!

Rose prit le temps de dessiner tous les symboles, dans l'ordre, et ce, dans les moindres détails. Pendant ce temps, Andrew prenait des photos de la pierre, en mesurant celle-ci sous tous ses angles, tout en analysant sa forme ainsi que son emplacement. Les deux amis évaluèrent de nouveau leur environnement : l'endroit était relativement tranquille, mis à part la chaleur accablante et les innombrables nuées de moustiques. Heureusement pour eux, la majeure partie de leur travail allait se faire sous le chapiteau. Même sous celui-ci, il fallait s'attendre à une chaleur écrasante, voire insupportable.

Tout à coup, un signal radio fut émis, ce qui sortit Rose et Andrew de leur transe. Une des équipes envoyées sur le terrain venait de découvrir une des autres pierres géantes. Celle-ci ne portait pas les mêmes symboles. Cette pierre se situait sur la partie ouest, juste aux abords d'un des vallons, comme l'avait deviné Rose. Le chemin pour se rendre à cette pierre ressemblait étrangement au premier sentier, mais il sillonnait sous une épaisse couche de feuillage. Un des employés était tombé accidentellement dans une faille. S'enfonçant jusqu'au cou dans un amas de branches, c'est lui qui leur avait permis de trouver une deuxième pierre, presque identique à la première. Andrew et Rose venaient de recevoir les données GPS de cette deuxième pierre, incluant les degrés de longitude et de latitude. Ces informations donnaient à Rose et Andrew le moyen d'effectuer le marquage précis des emplacements sur leur carte, permettant par la même occasion d'estimer avec davantage d'exactitude l'ampleur du site. Andrew, qui regardait Rose effectuer le marquage, fut surpris de l'énormité des vallons.

— Si les vallons représentent le diamètre intérieur du site, ça voudra dire que cette grotte est titanesque! C'est quasiment impensable, dit Andrew, j'ai peine à y croire!

— Moi aussi, je peux difficilement l'imaginer, renchérit Rose, penchée au-dessus de la table.

— Je n'ai jamais vu un site aussi grand de toute ma vie! ajouta Andrew.

— Tu sais, Andrew, je ne crois pas en avoir déjà vu d'aussi vaste, moi non plus. Mais si tel est le cas, cette découverte marquera assurément l'histoire.

— Crois-tu réellement qu'il y a une entrée? se risqua Andrew.

— Pour ça, je pense que oui. Je suis certaine que nous allons la trouver, cette entrée! Mais… entre toi et moi, il y a autre chose qui me chicote. Rose se montrait beaucoup moins enthousiaste qu'Andrew.

— Mais quoi donc? questionna Andrew, un peu surpris par le timbre de voix de Rose, qui avait changé d'intonation.

— Il m'est arrivé quelque chose d'assez particulier juste avant notre départ du village.

— Ah oui? demanda Andrew qui connaissait Rose depuis plusieurs années, mais qui avait rarement vu cette femme inquiète durant une expédition.

Rose prit le temps de lui raconter ce que le vieil homme lui avait confié là-haut. Andrew écarquilla les yeux, secoué par son témoignage.

— Ce ne sont peut-être que quelques divagations d'un vieil homme qui perd un peu la boule... tu ne crois pas?

— Il m'a semblé très conscient, très vif d'esprit, malgré son âge... mais peut être que tu as raison. Je ne devrais pas m'en faire pour rien.

Andrew voyait bien dans le regard de son amie qu'elle était encore hésitante.

— Allez, suis-moi, dit Andrew. Ça fait déjà un bon moment que nous sommes sous ce chapiteau. Je suggère d'aller prendre un peu d'air à l'extérieur.

— Amplement d'accord avec toi! Allons nous changer

les idées... Ça va nous faire un bien fou. Profitons-en pendant que c'est tranquille. De toute façon, Yuri et l'autre femme sont déjà partis. Mis à part les quelques hommes qui restent sur place, c'est plutôt relax.

— Pour ça, je suis d'accord avec toi, nous pourrons fouiner quelque peu, murmura Andrew en hochant la tête en signe d'approbation.

En parcourant le site, Rose remarqua que les quelques hommes de Yuri qui demeuraient sur place portaient tous des armes de poing à la ceinture. D'un léger coup de coude à Andrew, elle lui fit signe de suivre son regard.

— C'est normal, ne t'en fait pas, je préfère les voir avec des armes, surtout dans cette jungle.

L'heure avançait. Il était déjà tard en après-midi, mais ils étaient toujours sans nouvelles du deuxième groupe. Pas plus de la troisième équipe, qui n'avait toujours pas donné signe de vie jusqu'à présent. Rose commença à s'inquiéter pour eux... peut-être s'étaient-ils perdus? Andrew la rassura : c'était pratiquement impossible, car chaque équipe avait son GPS. Soudainement, un coup de feu retentit plus loin dans la jungle. Ils sursautèrent, pris de stupeur. Les hommes de Yuri, se tenant tout près d'eux, expliquèrent calmement qu'une des équipes avait sûrement rencontré un animal dans la jungle et avait dû tirer pour se défendre. Il ne fallait pas s'en faire car, selon eux, ça allait arriver assez fréquemment. À peine quelques minutes passèrent avant qu'un autre appel radio ne retentisse. C'était la deuxième équipe qui venait de découvrir une autre des pierres, mais du côté Est, cette fois-ci. Soulagés, Rose et Andrew retournèrent sous le chapiteau pour analyser les dernières données GPS.

— Il y a bien plus qu'une seule pierre, dit Andrew. Ta théorie tient la route. Ensemble, ils transcrivirent les données GPS sur les cartes et réalisèrent tout à coup à quel point le site était énorme. Ces indications leur donnaient une bonne idée de l'endroit où ils devaient chercher la troisième pierre, simplement en alignant les deux autres points sur la carte.

— Nous devons leur signaler la direction à prendre! Selon la carte, ce serait sûrement dans ces deux kilomètres, juste ici, annonça Rose. Andrew commença à passer des appels radio au troisième groupe pour leur indiquer les données trouvées sur la carte, mais il n'obtint aucune réponse, aucun retour d'appel, même après plusieurs essais.

— Mais pourquoi ne répondent-ils pas? s'indigna Andrew. L'après-midi tirait déjà à sa fin. Il était déjà trop tard pour envoyer une autre équipe sur place. Dès que la noirceur arrivait, il valait mieux rester à l'intérieur du site. L'équipe No. 1 venait à peine d'arriver; la deuxième équipe les suivait de près... tous se rejoignaient sous le chapiteau.

— Nous sommes toujours sans nouvelle de la dernière équipe! s'inquiéta Rose. Et vous? leur demanda-t-elle, en regardant les autres chercheurs qui venaient tout juste d'arriver, complètement épuisés.

— Non, répondit un des employés. Peut-être que leur radio est à court de batteries? Ce n'est pas impossible.

— Effectivement, restons patients, ils ne devraient plus tarder, avança Andrew.

— Même leur GPS ne nous donne aucun signal de leur emplacement, ce qui est vraiment bizarre, dit Rose.

— Ils sont peut-être dans une faille qui empêche les signaux de passer, tenta un des hommes de Yuri. Les autres chercheurs se jetaient des regards inquiets; leur langage non-verbal en disait long. Le petit groupe s'était installé autour de la table pour montrer les photos des autres pierres. Un des chercheurs prit alors la parole.

— Ça fait encore beaucoup de hiéroglyphes à décrypter! Quant aux pierres, elles sont exactement de la même dimension, comme vous l'aviez prévu. Je n'ai aucune idée comment vous avez fait pour deviner qu'il y aurait d'autres pierres, mais je vous lève mon chapeau, Rose.

— Et vous autres, où en êtes-vous dans le décryptage? demanda un des employés.

— Eh bien, vous vous souvenez de la première partie qui avait été décryptée? « À qui ouvrira ce passage, entre mauvaises mains, ne vous tuera point. » Voici la deuxième partie que nous avons décryptée… par ailleurs, nous n'avons pas de certitudes quant à certains des hiéroglyphes. « À qui trouvera les points, un chemin lui sera tracé. De ces trois points, sortira une entrée, trois objets lui seront révélés, un message suivra et seul un élu pourra y accéder. Des pouvoirs lui seront conférés, pour tout contrôler. Entre de mauvaises mains, ce sera la fin et un nouveau nom lui sera donné. » Rose venait de leur lire le décryptage exécuté par elle et Andrew. Les hommes qui se tenaient devant eux semblaient tout à coup mystifiés.

— Pour ma part, je crois bien que vous avez fait du bon travail, dit un des chercheurs. Les pierres que nous avons trouvées seraient les points qui sont mentionnés. Il y en aurait exactement trois, comme tu nous l'as déjà expliqué.

— Wow! s'étonnèrent les autres, impressionnés par les décryptages.

CHAPITRE 15
L'ENLÈVEMENT DE RICHARD

Richard ouvrit péniblement les yeux. Vue embrouillée, mal de crâne épouvantable. Il n'arrivait pas à expliquer ce qui lui arrivait. Un chose était pourtant certaine : on l'avait assommé. Encore secoué par les évènements, il peinait à reprendre ses esprits. Un morceau de tissu lui recouvrait le visage. On aurait dit un sac de jute, imprégné d'une odeur écœurante qui lui donnait des nausées. Richard n'arrivait pas à voir au travers de cette jute trop épaisse. Il entendit des voix étouffées, comme si elles venaient d'une autre pièce. Soudainement, dans un bruit sourd, Richard tomba à la renverse. Il comprit qu'il était couché dans un véhicule en marche et qu'il venait tout juste de se prendre un nid de poule. Il se concentra de plus belle pour écouter les bruits environnants et capter ce qui se passait. Par le son des sirènes et de plusieurs autres véhicules, Richard comprit qu'ils roulaient dans une ville assez densément peuplée. Mais... dans quelle ville pouvait-il se trouver? De plus, il ne savait pas depuis combien de temps il avait perdu conscience. Les choses se bousculaient dans son esprit... avait-il eu le temps de cacher les notes qu'il avait laissées pour Didier? Tout s'était déroulé trop rapidement pour lui. Encore très étourdi par le coup reçu à la tête, il avait perdu la notion du temps. Par l'odeur désagréable du diésel, il comprit qu'on l'emmenait quelque part en camion. À coup sûr un camion réfrigéré, car le froid lui transperçait les os. Se pouvait-il que ce soit les hommes de l'hôtel qu'il avait fui la vieille? Il aurait voulu crier à pleins poumons, mais les forces lui manquaient. Il avait sûrement subi une commotion cérébrale : étourdissements répétitifs et malaise généralisé le laissaient croire. Avait-il été drogué par ses assaillants? Richard était trop épuisé pour se tenir éveillé, et ce, malgré tous les efforts déployés. Basculant de nouveau sur le plancher du camion, il perdit conscience.

Quand Richard reprit ses esprits, il n'était plus dans un camion. Il n'arrivait pas à savoir depuis combien de temps il avait perdu conscience. Il avait toujours ce tissu qui lui recouvrait le visage, en plus d'un violent mal de tête persistant. Commençant à retrouver son odorat, il comprit qu'on l'avait endormi au chloroforme. C'était sûrement ça, l'odeur qu'il avait trouvée si désagréable! Il avait maintenant conscience de ce qu'il lui arrivait et pourquoi il souffrait de pertes de mémoire soudaines, entre autres concernant les derniers moments avant son enlèvement. L'effet du chloroforme y était sûrement pour quelque chose.

L'heure était grave. Deux hommes le traînaient vers une usine désaffectée. À cause des effets secondaires, Richard avait peine à se tenir debout. On l'attacha sur une chaise. Il s'efforçait de réfléchir à ce qui se passait, mais il perdait conscience, encore et encore. Il entendit une porte s'ouvrir, pour ensuite se refermer bruyamment non loin de lui. Il perçut des chuchotements... une de ces voix lui sembla familière. Reprenant peu à peu son souffle, Richard se concentra de nouveau sur la tonalité de cette voix... il la reconnaissait!

— Je reconnais cette voix laissa savoir Richard d'une voix affaiblie. Je t'ai déjà entendu quelque part... Le peu de mots qu'il avait réussi à prononcer l'avaient épuisé. Cette personne, qui semblait se tenir en retrait, avait arrêté de parler.

— Qui est là? repris Richard. Y a-t-il encore quelqu'un? Le sac de jute l'empêchait toujours de voir. Sur ces paroles, il entendit une porte s'ouvrir, puis se refermer. Plus aucun son dans la pièce. À bout de forces, Richard repartit de nouveau dans les limbes. Le temps passait et l'effet du chloroforme se dissipait enfin. Mais il se sentait toujours aussi inconfortable, assis sur cette chaise, les deux mains attachées. Il tenta de se défaire de ses liens, sans succès. Soudainement, la porte s'ouvrit de nouveau et il entendit un des assaillants s'approcher de lui. D'un coup, on retira le sac qui lui couvrait la tête. Une forte lampe de poche l'aveugla aussitôt. Par réflexe, il plissa les yeux. Il n'apercevait que des ombrages qui bougeaient derrière cette lumière éblouissante.

— Qui êtes-vous, et que me voulez-vous? cria Richard.

— Du calme, Richard, ton tour va arriver.

Encore une fois, Richard reconnut le timbre de cette voix. Les sens en éveil cette fois-ci, il se rappela où il l'avait entendue.

— Tu es le jeune homme de l'hôtel, n'est-ce pas? Jacques, c'est bien toi! J'ai eu des doutes au début, mais maintenant je suis sûr que c'est bien toi! Pourquoi fais-tu ça? Et que me veux-tu?

Jacques ne parlait toujours pas.

— Oui, bien sûr, ça me revient maintenant. Tu voulais juste savoir ce qui avait sur cette foutue lettre.

Richard réfléchissait à ce qui était arrivé à l'hôtel. Un à un, les morceaux du casse-tête se mettaient en place. Pourtant, une question lui brûlait les lèvres. Jacques était-il un simple petit malfrat, à son propre compte avec ses complices, qui voulait faire un coup d'argent rapide? À bien y penser, ce n'était pas possible. Il travaillait sûrement pour cette firme car, réussir à s'infiltrer de cette façon parmi les employés de l'hôtel... seul un groupe bien organisé pouvait y parvenir.

— Comme tout le monde... pour l'argent! répondit Jacques.

— Alors, toi aussi, tu travailles pour Wiki Horse!

Les chuchotements reprirent de plus belle, mais Richard n'arrivait pas à comprendre ce qu'ils se disaient. Les hommes semblaient plus agités; Richard avait vu juste et il le savait. Il aurait bien préféré avoir affaire à de simples petits brigands mais, malheureusement, ce n'était pas le cas.

— Où est la lettre? demanda subitement Jacques.

— Quelle lettre? dit Richard, jouant l'innocent, question de savoir jusqu'où Jacques était prêt à aller.

— Tu sais pourquoi tu es ici, reprit Jacques.

— Non, mais je ne tarderai pas à le savoir. Juste pour savoir, c'est qui ton patron? lança Richard.

— Nous voulons juste la lettre, dit Jacques. Après, tu seras libre.

—Tu sais, jeune homme, je crois plus au Père Noël depuis belle lurette. Je propose un échange. Dis-moi où est ma femme et peut-être que nous pourrons nous entendre.

Le chuchotement reprit une nouvelle fois entre Jacques et les autres personnes présentes dans la pièce. Richard visait juste, encore une fois, il en était certain. Maintenant, il devait résister pour en savoir davantage. Il devait réussir à provoquer Jacques, juste assez pour le faire parler, sans qu'il sans rendre compte. Le chuchotement s'interrompit de nouveau.

— On n'a pas de temps à perdre, allez, dis-nous où est la lettre! fit Jacques, d'un ton sec.

De nouveau, Richard le relança avec une autre question.

— Dis-moi plutôt pour qui tu travailles, demanda Richard, toujours aveuglé par la lampe. Et enlevez-moi cette foutue lampe de ma figure pour qu'on se regarde dans les yeux.

— Ça ne te regarde pas pour qui je travaille, dit Jacques en repoussant la lampe et en se rapprochant de Richard.

Jacques le regarda insolemment droit dans les yeux. D'un petit signe de la main en direction de ses deux fiers-à-bras, il leur donna l'ordre de s'exécuter. Richard reçut une solide droite au visage; c'était la dernière chose à laquelle il s'attendait. Il releva la tête en crachant du sang. Il savait très bien qu'il ne devait rien avouer, sinon c'en était fini de lui. Il lui fallait résister, tout simplement.

— Où est ma femme? Bande d'enfoirés! cria Richard d'une voix forte.

Une autre droite lui arriva aussitôt au visage. Péniblement, il releva la tête et cracha directement sur Jacques en le fixant dans les yeux. Pris de frustration, Jacques tassa son fier-à-bras pour prendre sa place. Il continua à marteler Richard d'une série de coups de poing. Le visage ensanglanté, Richard relevait chaque fois la tête en le regardant toujours dans les yeux, un faible sourire sur les lèvres. Jacques commençait à perdre patience.

— Tu sais que nous allons finir par mettre la main sur cette lettre.

Interrompu par l'ouverture de la porte, Jacques se retourna. Un des hommes lui fit signe de venir le voir. Jacques se rendit à la porte pour écouter ce que son homme avait à lui dire. Les fixant du coin l'œil, Richard remarqua que Jacques était soudainement dans tous ses états. Richard avait capté quelques mots de leur conversation. Il disait qu'ils les avaient perdus et n'avait pas été en mesure de les attraper. MAIS COMMENT C'EST POSSIBLE! cria Jacques. MERDE, MERDE! lança-t-il, en donnant des coups de pied sur des objets qui traînaient au sol. Richard n'était pas sûr de quel sujet ils parlaient, mais il aurait bien aimé en savoir un peu plus. Une question lui venait à l'esprit : parlaient-il de Didier? Si oui, il n'était pas seul; ce qui signifiait qu'il était avec Edward? Richard concentra son attention sur la conversation qui se déroulait dans l'embrasure de la porte. IL FAUT LES RETROUVER, À N'IMPORTE QUEL PRIX! Jacques claqua violemment la porte. Il revenait dans la pièce en se mordillant les lèvres. Si c'était bien de Didier dont ils parlaient... celui-ci, sans le vouloir, venait peut-être de sauver Richard pour le moment. Richard savait bien que si ces salauds mettaient la main sur Didier ou sur son fils, sa vie ne valait plus bien cher. Maintenant, il devait trouver un moyen de faire parler Jacques pour en savoir davantage.

— Didier vous a encore échappé! tenta Richard, en regardant Jacques fixement. Même avec le visage en sang, il réussissait à le narguer d'un petit sourire en coin.

— Ne t'inquiète pas, dit Jacques, nous le retrouverons très bientôt!

Sans s'en rendre compte, Jacques venait de lui confirmer qu'il travaillait bien pour la firme. Et il savait maintenant qu'ils parlaient bien de Didier. Richard venait de faire d'une pierre deux coups. Son premier piège avait fonctionné.

— Merci, le nargua Richard. Maintenant, je sais que tu travailles pour cette firme, sinon tu ne saurais pas qui est

Didier. Je veux savoir où est ma femme! Que lui avez-vous fait?

— OK, ça suffit! Si tu nous donnes la lettre, nous te laisserons parler à ta femme. Richard avait déjà détruit la lettre. À coup sûr, s'il la leur avait donnée, il serait déjà mort. Comme il en avait déjà effacé toutes traces, il devait continuer à jouer le jeu pour gagner du temps. Richard savait qu'il n'y avait pas grand-chose sur cette lettre. Selon lui, les malfrats croyaient que Didier avait décrypté le vieux dialecte gravé sur la bague et sur la clef. Richard lui-même ne savait toujours pas si Didier avait réussi à décrypter ce dialecte.

— Avant, je veux une preuve que ma femme est toujours bien en vie.

Le cellulaire de Jacques retentit tout à coup dans la pièce. Jacques sortit aussitôt, faisant signe à son homme de main de le suivre. Richard en profita pour faire des yeux un tour d'horizon de la pièce où il était captif. À première vue, c'était une vieille usine désaffectée. Richard tourna la tête dans tous les sens et aperçut des escaliers au fond de l'immense local vide. Il n'apercevait que quelques débris le long des murs. Quelques fenêtres fracassées, sans qu'aucune lumière ne filtre par ces carreaux brisés. Les vitres étaient très sales, ou alors peintes en noir? Non, ce noir signifiait que c'était la nuit. Richard continua de tirer sur ses liens, mais ceux-ci étaient trop serrés. Il regarda à ses pieds, cherchant un objet coupant. Rien à proximité. Il ne pouvait rien faire de plus pour l'instant. Seul dans cette pièce vide, un souvenir refit surface : était-il possible que les malfrats l'aient traîné à la fameuse planque où Didier avait volé les plans et les autres objets anciens? Il en vint à la conclusion que ses ravisseurs l'avaient probablement amené à Montréal. Et logiquement, ce serait l'endroit dont Didier avait parlé. De plus, Richard pouvait voir une palette sur un des murs, tel qu'indiqué dans la lettre… c'était sûrement le fameux bras pour activer la trappe du plancher. Richard n'avait plus aucun doute, il était bien dans cette planque.

Peu de temps après, la porte s'ouvrit de nouveau. Jacques revenait seul, un cellulaire en main. Son fier-à-bras ne l'accompagnait pas.

— Tu sais, Richard, si tu ne nous dis pas où est la lettre, ça n'ira pas en s'améliorant pour toi.

— Je veux voir ma femme! J'ai besoin de savoir si elle est toujours en vie, c'est tout ce que je demande.

Jacques porta le téléphone à son oreille pour demander que la communication soit établie. Il approcha l'appareil près du visage de Richard; afin qu'il puisse voir son épouse Rose en direct sur l'écran. Richard en eut les larmes aux yeux, incapable de prononcer un seul mot. Rose était enfermée dans une pièce, devant plusieurs plans, des livres et des documents étalés partout sur des tables. À première vue, Richard voyait très bien qu'elle était retenue contre son gré, sûrement obligée de travailler sur du décryptage, comme Didier lui avait mentionné. Richard voulut se rapprocher du téléphone pour mieux voir, car sa femme tentait de lui montrer quelque chose. S'apercevant de la manœuvre, Jacques retira vivement le téléphone, mais Richard était maintenant rassuré de la savoir encore en vie.

— Maintenant que tu l'as vue, je veux cette foutue lettre, dit Jacques.

— Penses-tu vraiment que j'ai la lettre avec moi? Richard le regarda avec un sourire de fierté mal dissimulée. Tes fiers-à-bras m'ont enlevé sans poser de questions. Ils m'ont juste assommé ou endormi. Peu importe de quelle façon ils s'y sont pris! Mais ils sont trop stupides pour me demander quoi que ce soit avant de m'enlever. Ensuite, ils m'ont emmené ici, tout simplement. En plus, je suis sûr que c'est sur tes ordres, enfin… j'imagine!

Richard devait gagner le maximum de temps. Le seul fait d'avoir vu sa femme en vie lui avait redonné un soudain regain d'adrénaline. Plus que jamais, il devait se battre pour sa famille. Surtout maintenant qu'il avait la preuve qu'elle était bel et bien vivante.

Dépité, Jacques pencha la tête en avant. Il venait de

comprendre la bévue qu'il avait commis. Il voulut rattraper sa gaffe.

— Tu as sûrement vu le contenu de cette lettre, lorsque tu nous as quittés précipitamment la dernière fois qu'on s'est vus. Si je me souviens bien, tu étais sur le point d'en découvrir le contenu. Alors, dis-moi donc ce que tu as découvert et je te laisserai partir… affirma-t-il sur un ton sarcastique.

— Non, je ne suis pas d'accord, répondit Richard, se foutant carrément de sa gueule.

Insulté, Jacques entra dans une rage soudaine. Il pointa une arme au visage de Richard.

— Et tu te crois en mesure de négocier avec moi? cria Jacques, survolté.

— Je peux te faire une proposition, mais vous devez laisser partir ma femme avant. Ensuite, je te donnerai le contenu entier de la lettre.

— Je n'en ai rien à foutre de tes propositions, dit Jacques, toujours en furie.

Richard savait que la lettre ne contenait rien qui puisse les aider, mais eux ignoraient ce fait. Il était prêt à donner sa vie pour sauver celle de sa femme. Richard savait très bien que dès le moment où ils découvriraient le contenu de la lettre, ce serait la fin pour lui. Quelle autre option avaitil? Et allaient-ils vraiment libérer sa femme? Il devait tenter sa chance coûte que coûte. Jacques manquait beaucoup d'expérience et pouvait même se montrer stupide par moments. Richard le savait, car Jacques avait déjà commis deux bévues en très peu de temps. Il courait vraiment à sa perte avec ce genre de gaffes. Richard ne devait pas pousser sa chance trop loin, car Jacques commença à perdre les pédales.

CHAPITRE 16
FAUT FAIRE VITE

Edward et ses amis étaient maintenant en fuite avec Didier. Le père d'Edward venait d'être enlevé. Beaucoup d'éléments se mettaient en place dans sa tête. Pour commencer, la disparition de sa mère, qui avait eu lieu voilà un peu plus d'un an. Les recherches que son père menait… et maintenant, son enlèvement. Tout allait beaucoup trop vite pour lui, mais il n'avait pas d'autres choix que de s'adapter. Edward dut se ressaisir rapidement. Il se demanda où il devait aller. Par bonheur, il n'était pas seul, il y avait Didier, un ami de ses parents… même s'il le connaissait à peine. Sans savoir pour quelle raison, Edward se sentait en confiance avec ce personnage. Son téléphone venait de sonner, c'était la belle Sarah qui était en ligne.

— Bonjour! dit Sarah sur un ton enjoué.

Edward était encore essoufflé, le cœur battant la chamade, mais il était content d'entendre la voix de Sarah. Cette voix douce lui apportait du réconfort.

— Je suis content de t'entendre, dit-il, sur le coup de l'émotion.

Mais Edward était essoufflé et Sarah se rendit bien compte que quelque chose n'allait pas. Elle le sentait au timbre de sa voix.

— Mais... que t'arrive-t-il? demanda-t-elle, inquiète. Elle entendit d'autres personnes qui parlaient près d'Edward. Tous semblaient en panique.

— Mais, Edward... qu'arrive-t-il? répéta-t-elle. Et qui est avec toi?

— Mon père vient d'être enlevé! cria Edward d'une voix tremblante.

— Oh, mon Dieu! s'écria Sarah.

Connaissant quelque peu l'histoire d'Edward, Sarah avait immédiatement compris que tout était relié à sa mère.

— Où es-tu? Es-tu en sécurité? demanda-t-elle, agitée.

— Oui, nous sommes en sécurité pour l'instant, mais je ne sais pas pour combien de temps. Je suis avec Frédéric et Paul, ainsi qu'un ami de mon père.

— Je t'appelais seulement pour te dire que le bateau-musée est à Montréal, mais avec ce qui t'arrive, ça n'a plus aucune...

— Le bateau est à Montréal, dis-tu? la coupa Edward.

— Oui! Mais ton père vient d'être enlevé, alors... ça n'a plus d'importance! dit-elle à nouveau.

— Bien au contraire! Tout est relié! dit Edward. Tu nous sauves la vie, Sarah! Nous partons immédiatement pour Montréal. À quel endroit as-tu vu le bateau? Es-tu sûre que c'est bien le même?

— Il est amarré dans le Vieux-Port. C'est bien lui, j'en suis certaine! Je pourrais y mettre ma main au feu. Mais quel est le rapport avec ton père? Ce n'est qu'un bateau-musée! Dans combien de temps serez-vous ici?

— Pour l'instant, je ne peux pas t'expliquer le pourquoi du comment... mais je te raconterai tout quand on va se voir.

— Nous arriverons dans... environ deux heures, dit Didier qui, tout en conduisant, écoutait la conversation.

— Je vous rejoins au bateau dans deux heures, alors! Sarah raccrocha aussitôt. N'ayant pas eu le temps d'ajouter quoi que ce soit, Edward réfléchit quelques secondes.

— Ce n'est pas trop risqué qu'elle nous rejoigne là-bas? demanda Edward à Didier.

— Non, pas du tout! Vous aurez besoin de toute l'aide disponible. Beaucoup de choses risquent d'arriver. On ne sait pas ce que représente ce bateau, ni ce qu'il y a à l'intérieur.

— Mais pourquoi vous dites « vous »? Vous ne venez pas avec nous? répliqua Edward qui s'inquiétait de la suite des choses.

— Non, je dois retrouver votre père. Je me sens coupable de ce qu'il lui arrive. C'est mon devoir de l'aider. De plus, j'ai une très bonne idée de l'endroit où ils l'ont emmené. Vous, vous avez la responsabilité de trouver ce qui se cache sur ce bateau.

— Mais... pour ce qui est de la clef et de la bague... que dois-je faire avec? Edward sortit l'enveloppe et fit glisser les objets dans sa main pour les examiner de nouveau. C'était la deuxième fois qu'il les tenait dans ses mains et, comme la toute première fois, il ressentit soudainement un picotement ur sa peau, pareil à une sorte d'énergie qui lui traversa le corps instantanément. Alarmé, il remit aussitôt la bague et la clef dans l'enveloppe. Depuis que Didier avait glissé cette enveloppe dans la poche de sa veste, Edward sentait cette chose étrange qui lui parcourait l'échine, mais il ne pouvait déterminer comment. Il n'y avait pas porté trop attention jusqu'à maintenant. Edward n'avait pas encore fait le lien entre ces objets et ce qui lui était arrivé à la foire.

— Vous devez les garder avec vous. Je ne sais pas pourquoi, mais elles doivent rester entre vos mains. Une intuition me dit qu'elles te seront utiles.

Didier, Edward et ses deux amis roulèrent un bon moment. Ils étaient presque arrivés à Montréal.

— Comment faisons-nous pour vous rejoindre? dit Frédéric, un peu inquiet.

— Je vais vous laisser un autre téléphone. Mon numéro y est déjà inscrit. Et, surtout, Edward, tu ne dois plus utiliser ton téléphone à partir de maintenant. Ils l'ont peut-être déjà mis sur écoute. Prends celui-ci et laisse-moi le tien. Je sais bien qu'ils ne l'ont pas eu en leur possession, mais j'ai vu ce qu'ils peuvent faire. Alors, ne prenons pas de risques inutiles. Appelez-moi seulement en cas d'extrême urgence, poursuivit Didier. Ils se dirigeaient maintenant vers le Vieux-Port. Edward fit signe à Didier de ralentir, car il venait d'apercevoir Sarah au loin. Edward était inquiet, mais tellement heureux de revoir la belle Sarah. En la regardant de loin, il sentit son cœur battre à nouveau et se estomac se nouer. Didier leur donna quelques autres instructions avant de les déposer.

— Et ne m'appelez seulement qu'en cas d'extrême urgence, répéta-t-il. Je préférerais que ce soit moi qui vous rejoigne.

— Et si vous vous faites enlever à votre tour, qu'allons-nous faire?

— Ne vous inquiétez pas pour moi. Je saurai me débrouiller. Il vous faut trouver ce qu'il y a dans ce bateau de si important à leurs yeux.

Edward était excité de retrouver Sarah. Mais il devait rester fort. Il venait d'apprendre que sa mère était sûrement encore en vie, ce qui lui avait redonné espoir. Le fait d'avoir la chance de la retrouver lui donna la force de se battre à nouveau.

Sarah allait bientôt le serrer dans ses bras et cette idée lui redonnait déjà l'énergie nécessaire.

— Maintenant, nous devons trouver ce qui se cache sur ce bateau. Je dois sauver mes parents à n'importe quel prix, déclara Edward, plus décidé que jamais.

— J'aimerais bien savoir quel est le lien entre le bateau-musée et tes parents! s'écria Sarah, en rejoignant ses nouveaux amis. C'est trop bizarre, cette histoire! Cet homme avec vous, c'est l'ami de tes parents? Tout en marchant, les trois amis et Sarah poursuivirent leur discussion au sujet de tout ce qu'il leur arrivait, mais Edward ne savait plus par où commencer. Ils arrivaient tout près de la clôture donnant accès au port. Regardant au loin, Paul et Frédéric pouvait apercevoir le navire. Heureusement, il n'y avait aucun employé à l'horizon; le port était complètement désert. Habituellement, cet endroit grouillait de monde. Ils se regardèrent tous, essayant de comprendre. Tous ces événements bizarres qui se produisaient... étaient dignes d'un film.

— Pourquoi n'y a-t-il personne dans les parages? demanda Frédéric, en faisant un tour d'horizon rapide.

Edward s'arrêta quelques instants; il était occupé à discuter avec Sarah.

— Je ne comprends plus rien, dit Edward, aussi surpris que son ami. Laisse-moi te raconter tout ce qui nous est arrivé après ton départ, dit-il en s'adressant à Sarah. Ce matin, quand je me suis levé, je n'étais pas très en forme... avec la petite cuite d'hier.

— Moi non plus, avoua Sarah, avec un petit sourire.

— Quand je me suis réveillé ce matin, Frédéric et Paul était déjà sortis. Je suis parti prendre une douche pour me replacer les idées. Je terminais quand les gars sont revenus à la chambre avec du café. Ils m'ont raconté que, durant mon sommeil, j'avais parlé à voix haute, dans une langue ancienne, ce dont je ne me souviens pas. Par la suite, nous sommes partis au port pour aller faire la visite du fameux bateau-musée mais, pour une étrange raison, le bateau n'y était plus. Nous avons interrogé un employé du port qui travaillait à réparer un bollard, à l'endroit exact où aurait dû être amarré le navire. Il ne comprenait rien à notre histoire. Semble-t-il que ces bollards auraient été brisés il y a plus de 65 ans. Selon cet homme, il est impossible qu'il y ait eu un bateau à cet emplacement hier. Sur notre insistance, il nous a dirigés vers un homme prénommé Antoine… tu n'en croiras pas tes oreilles. Il nous a raconté que le dernier bateau qu'il avait vu à cet endroit était un navire du temps de la guerre, et que c'est ce même bateau qui aurait arraché les bollards! Pour lui prouver mes dires, je lui ai sorti mes billets et… ouf!… J'en ai encore des frissons dans le dos! dit-il.

— Allez, continue, je veux savoir, s'écria Sarah.

— Eh bien, le vieil homme est devenu blanc comme un drap quand j'ai sorti les billets que j'avais en ma possession. Il a dû s'asseoir un moment pour reprendre ses esprits. Mais le plus bizarre, c'est ce qui est arrivé par la suite. Sur le coup, nous avons cru que le pauvre homme avait eu un malaise. Mais après un moment, il s'est ressaisi et s'est levé, nous demandant de l'attendre un instant. Il est allé fouiller dans un vieux classeur et est revenu avec une autre paire de billets, parfaitement identiques aux miens… des billets qu'il aurait obtenus dans sa jeunesse! Regarde bien ces billets! dit Edward, en les montrant à Sarah.

— Et que dois-je voir de si spécial? demanda-telle.

Sarah figea un moment, observant les quatre billets très attentivement.

— Ils sont vraiment pareils... comment est-ce que c'est possible?

— Attends, tu n'as rien vu encore! Regarde bien l'image du bateau sur les billets!

— C'est le même bateau! remarqua Sarah, stupéfaite.

— Ce n'est pas le pire, reprit Edward, ce bateau est le même qui avait arraché les bollards du quai au début de la guerre. Antoine nous l'a confirmé.

Sarah en avait la chair de poule.

— Mais quel est le rapport avec l'enlèvement de ton père? demanda Sarah, perdue dans tous ces événements récents. Et l'ami de tes parents, c'est l'homme qui vous a déposés ici?

— C'est Didier, un collègue et ami de ma mère. Je ne l'avais jamais rencontré avant.

— Mais... quel est son lien vec cette histoire? dit-elle.

— Tu te souviens, hier? L'histoire que je t'ai racontée quand nous étions dans le Vieux-Québec? En route vers la foire, je suis entré accidentellement en collision avec un vieil homme.

— Oui, je me rappelle!

— Bien, c'était Didier! Mais, à ce moment-là, je ne le connaissais pas encore.

— Mais pourquoi t'a-t-il bousculé? demanda-telle.

— Pour glisser ces objets dans la poche de mon veston. Edward sortit les objets pour les lui montrer. Didier était poursuivi par les mêmes personnes qui détiendraient mes parents en otage en ce moment.

— Mais je ne comprends toujours pas le lien qu'il y a avec le bateau? Que vient-il faire dans cette histoire? demanda-t-elle à nouveau.

Edward sortit le plan du bateau pour lui indiquer le nom qui y était inscrit, en lui montrant les billets à nouveau.

— Ils portent le même nom! Mais quel est le lien avec les objets de ce Didier? Je ne comprends toujours pas...

— Tu vois, Didier a récemment réussi à découvrir une des planques de la firme qui serait responsable de l'enlèvement de ma mère. Il aide mon père à la retrouver. Didier est arrivé à entrer dans leur planque et leur à soutirer les objets que je viens de te montrer. Ces mêmes objets étaient avec le plan du bateau en question. Et comme par enchantement, le bateau... c'est celui qui est là, juste devant nous.

Sarah était estomaquée. Les quatre amis arrivaient au même moment devant cet immense bateau. Le temps était venu d'aller voir ce qui s'y cachait.

Chapitre 17
PREMIER COUP D'ŒIL

Une longue rampe étroite montait vers le bateau, longeant le quai pour qu'on puisse y accéder. Edward remarqua qu'il n'avait pas de gardes, ni d'agents de sécurité pour surveiller, ce qui ne lui semblait pas normal. Tout musée qui se respecte poste des agents de sécurité pour vérifier les allées et venues des visiteurs. Edward se disait que, si le garde avait dû s'absenter, un autre aurait dû le remplacer. Aucune chaîne pour empêcher le passage. Ils décidèrent d'attendre un peu avant de monter sur la rampe. Frédéric et Paul cherchaient partout du regard; personne en vue. Sarah avait pris la première place à l'avant... « les dames d'abord » avait-elle déclaré. Edward s'impatienta.

— Allons-y, je n'attendrai pas plus longtemps! lança Edward. Je dois comprendre ce qui se passe.

— OK, dit Sarah. D'un pas décidé, elle s'engagea sur la rampe d'une cinquantaine de pieds et haute d'une trentaine de pieds. La rampe se révéla très instable. À la moindre vague, on aurait cru qu'elle allait tomber.

Grimpant à toute vitesse, les quatre amis arrivèrent sur le pont où aucun gardien de sécurité ne se manifesta.

— Vous ne trouvez pas ça un peu bizarre? demanda Paul, surpris de cette situation pour le moins inattendue.

— Regardez les murs, leur dit Sarah en pointant certains endroits où la peinture était défraîchie et écaillée. Le pont en bois avait également beaucoup souffert du manque d'entretien.

— Selon moi, ce bateau est abandonné depuis longtemps... très longtemps! dit Sarah.

— D'accord avec toi! Aucun entretien n'a été fait depuis des années, répliqua Frédéric. Je dirais même... depuis le temps de la guerre.

— Alors, par quel endroit commençons-nous? demanda Paul.

Edward répliqua aussitôt en prenant les devants.

— On peut commencer par le pont. Peut-être allons-nous trouver quelqu'un. Sinon, on va descendre les autres étages un à la suite de l'autre. Qu'en pensez-vous?

— Très bonne idée, déclara Sarah. Mais... vous ne trouvez pas ça bizarre qu'il n'y ait pas au moins un gardien de sécurité sur place?

— Oui, c'est justement à ça que je pensais à l'instant, répondit Edward. Habituellement, il aurait dû y avoir quelqu'un pour faire les visites guidées. Après tout, c'est supposé être un musée, aux dernières nouvelles.

— Franchement, cen'estpastrèsgrave, s'avança Frédéric. Commençons par le pont, peut-être rencontrerons-nous un guide pour la visite. De toute façon, les quais sont vides, remarqua Frédéric en regardant en direction du port. Il n'y a toujours personne à l'horizon. Nous n'avons pas tellement le choix, à moins que vous préfériez attendre encore et encore, et encore et en...

— OK, OK, Frédéric, s'esclaffa Paul en lui coupant la parole. Je crois que nous avons compris.

Ça faisait déjà un bon moment que les quatre amis parlaient sur le pont du bateau. L'endroit était toujours désert. Les jeunes commencèrent à faire le tour de navire, mais c'était le calme plat. Leur attention se porta tout d'abord sur les planchers de lattes de bois défraîchi par le passage du temps. On pouvait voir quelques becs de cygne qui dépassaient du pont, ainsi que des canots de sauvetage, mais ces derniers étaient dans un état lamentable. Si ce n'était que de la peinture... mais là, c'était tout simplement surréaliste, tout était dans un état de décrépitude avancée. Ils arrivèrent sur le pont avant;

voilà quelques bancs avec des planches manquantes. Certaines vitres étaient brisées ou craquées par endroits. Edward ne comprenait pas ce qui se passait... et ce n'était vraiment pas à quoi il s'attendait. Mais c'était peut-être mieux ainsi, se dit-il, perdu dans ses pensées.

— Hé, mon vieux, ça va? demanda Frédéric, sortant Edward de sa transe. Es-tu sûr qu'on est sur le bon bateau? Parce que ce n'est pas l'impression que j'ai en ce moment...

— Pourtant, c'est bien celui-là qui apparaît sur la photo! répondit Edward.

— Allons voir à l'intérieur, c'est peut-être mieux, tenta Sarah, curieuse de nature. Le bateau devait avoir quatre étages à partir du pont, en plus de sept étages inférieurs, ainsi que la salle des machines, selon les plans qu'Edward avait trouvés sur Internet. Pourtant, ce matin, Didier lui avait montré les plans qui, selon lui, étaient les originaux. Ces mêmes plans qu'il avait dérobés au malfaiteur de la firme Wiki Horse. Edward les regarda pour les comparer avec ceux qu'il avait vus sur le Net, mais ceux-ci lui paraissaient complètement différents. Mais comme il ne les avait pas apportés avec lui, le tout restait assez vague dans son esprit. Selon ses souvenirs, c'était aux étages inférieurs que certaines marchandises de grande valeur avaient été entreposées; comme les objets provenant des musées. Maintenant rendus à l'intérieur, les jeunes se retrouvèrent dans une grande salle qui ressemblait étrangement à une terrasse de restaurant. On y voyait plein de tables et de chaises antiques. Elles étaient sculptées dans un bois de qualité et rembourrées de tissus d'époque que l'on pouvait voir rarement de nos jours… probablement au style des années 30. Le tout était recouvert d'une épaisse couche de poussière, qui semblait vieille comme le monde. Tout comme si personne n'y avait mis les pieds depuis de très nombreuses années. Devant les fenêtres, pendaient de grands rideaux fixés par des embrasses latérales. À première vue, ces fenêtres n'avaient pas été lavées depuis des décennies. Des cordes de sécurité avaient été installées, délimitant une certaine zone, probablement pour empêcher les visiteurs d'y accéder. Quelques-unes des lumières étaient allumées dans les couloirs et une corde indiquait la marche à suivre, ce qui leur parut un peu moins décourageant.

— C'est beaucoup mieux ici, ça prouve qu'il y a de la vie, laissa savoir Sarah.

— Effectivement, dit Edward, je commençais à douter qu'on ne soit pas à la bonne place… ou sur le bon bateau. Mais avec ces barrières qui tracent le chemin à suivre, c'est plus encourageant : ça commence à ressembler à un musée.

Les quatre amis suivirent le chemin de banderoles qui serpentaient le long des passages, tout en admirant le décor d'une autre époque. D'immenses tableaux ornaient les murs des couloirs. On y remarquait des tapisseries mur à mur, des moulures en boiseries, ainsi que de vieilles appliques murales plaquées or en guise d'éclairage. Tout ça reflétait vraiment l'époque des années 20-30, les belles années du style Art Déco. Ils avaient déjà visité une partie des étages supérieurs, où plusieurs portes étaient fermées pour y empêcher l'accès. Sur tous ces étages, aucun garde de sécurité. Peut-être s'était-il étendu quelque part pour faire une sieste? Rendus à la partie inférieure du bateau, les trois copains et Sarah commencèrent à descendre les escaliers où, pour la première fois, ils entendirent des cris de personnes. Tous s'étaient regardés sans dire un mot. Il leur était impossible d'identifier ces personnes, ils poursuivirent donc leur chemin en y portant peu d'attention, se disant qu'ils allaient sûrement les croiser à un moment ou un autre dans un des couloirs. Les ponts inférieurs comportaient en grande partie des chambres. Plus ils descendaient, plus les passages étaient modestes, comparativement aux ponts supérieurs qui était de grand luxe. Dans les passages, il n'y avait plus de papier peint sur les murs. Simplement de la peinture grise, des rampes de métal pour s'y agripper en cas de vagues violentes. Les planchers étaient faits de planches de bois recouvert d'un tapis antidérapant au centre. Un environnement modeste, comparativement aux ponts supérieurs aux planchers garnis de magnifiques tapis et de superbes mosaïques.

Habituellement, les deux derniers ponts abritaient les cabines du personnel de l'équipage. Les plus hauts gradés avaient leur chambre sur les ponts supérieurs. Bien que celles-ci ne soient pas luxueuses ni vastes, au moins, elles ne se trouvaient pas dans les bas-fonds du navire. Plus ils descendaient sur les ponts inférieurs, plus les courants d'air froid étaient présents; les jeunes frissonnaient. Les chambres étaient beaucoup moins insonorisées: on y entendait des craquements, des bruits de métal et autres sinistres grincements. Les couloirs étaient séparés en deux parties; des rangées de chambres du côté hublots et une autre au centre. Les cabines du centre se faisaient dos, ce qui faisait que l'autre côté était parfaitement identique. Chaque couloir était séparé par sections d'une vingtaine de chambres, fermées de portes hermétiques en cas d'incendie ou d'inondation.

Après un moment à parcourir ces passages, et pour une raison inconnue, les jeunes remarquèrent soudainement qu'il n'y avait plus aucun son, seulement un silence total.

— C'est-tu moi qui rêve ou il n'y a plus de bruit? dit Frédéric.

— C'est sûrement parce qu'il n'y a plus de vagues, répondit Paul avec un sourire.

— Très drôle, dit Frédéric, voyant son ami se moquer de lui et en lui souriant à son tour.

Ils arrivèrent au bout du couloir du sixième pont inférieur quand, d'un seul coup, les portes se sont mises à claquer toutes en même temps. Un bruit infernal durant une vingtaine de secondes; des lumières qui vacillaient en ne laissant qu'une mince lueur de clarté. Les quatre amis sursautèrent de peur, complètement pris aux dépourvu. Aucun d'eux ne savaient comment réagir. Par réflexe, Sarah s'accrocha au bras d'Edward. Une certaine panique s'empara d'eux. Leurs cœurs battaient à une vitesse fulgurante. D'un seul coup, tout s'arrêta. Plus aucun bruit; le calme était revenu.

— Ne viens pas me dire que c'était une vague qui vient de faire ça! s'écria Frédéric en regardant Paul. Et expliquez-moi donc pourquoi nous n'avons pas rencontré personne sur notre chemin? En plus... vous les avez bien entendus comme moi les cris de tantôt... c'était des appels à l'aide? À moins d'avoir rêvé...

— Tu n'as pas rêvé, dit Edward. Moi aussi, j'ai entendu ces voix. Je croyais avoir halluciné! Les autres hochaient la tête, car eux aussi les avaient entendus.

Paul s'étira au-dessus des barrières pour tenter d'ouvrir une des portes, mais sans succès. Elle était verrouillée. Il en essaya plusieurs autres, mais toutes étaient verrouillées. Et pourtant, elles venaient toutes de claquer, à plusieurs reprises, devant leurs yeux. Paul, qui était normalement fort comme un bœuf, n'arrivait même pas à tourner les poignées!

— Je ne suis en mesure d'ouvrir aucune de ces portes! Je ne suis même pas capable de tourner la poignée, lança-t-il, très surpris.

— Je ne sais pas pourquoi, ajouta Edward. Mais nous arrivons bientôt aux ponts les plus intéressants. C'est peutêtre le personnel qui s'amuse à nous faire des peurs.

— J'espère que tu as raison, mon chum! dit Paul.

—Dis-moi donc ce qu'il y a d'intéressant à ce dernier étage, demanda Sarah, qui était toujours accrochée à son bras. Edward enchaîna sur une autre histoire afin d'éviter les taquineries de ses amis, qui les suivaient juste derrière.

— Selon ce que j'ai lu au sujet de ce bateau, c'est au septième pont inférieur qu'il y a des portes manquantes. Même sur les plans que Didier nous a laissés, on voit qu'il manque des portes et ça correspond bien au plan que nous avons en main. Peut-être allons-nous y trouver quelque chose d'intéressant, dit-il, et peut-être comprendrons-nous le lien qu'il y a avec les objets… on ne sait jamais!

— Ça ne coûte rien de rêver, mais il reste que ce bateau me donne la chair de poule. Et maintenant que nous y sommes, allons voir ce qui se cache en bas, dit Sarah, en tirant Edward par le bras. Finalement, au septième étage inférieur du bateau, le décor était complètement différent des autres étages. Ça ne faisait aucun sens. Il n'y avait plus de banderoles pour délimiter les passages aux visiteurs.

En descendant l'escalier, ils arrivèrent devant un mur avec un passage très étroit qui donnait vers la gauche. Tous avançaient à la queue-leu-leu dans ce même passage, croyant être rendus aux deux tiers de celui-ci. Ils tentèrent d'identifier sur le plan à quel endroit ils étaient rendus. Trois portes se présentaient devant eux, mais l'éclairage était beaucoup trop faible, ce qui les empêcha de voir plus loin; le reste du couloir était plongé dans le noir. Tout, sauf les trois portes hermétiques qui attendaient d'être ouvertes. Ils n'arrivaient toujours pas à distinguer le fond de ce couloir, ce qui les intriguait au plus haut point. Mais pourquoi l'éclairage était-il aussi faible? se disaient-ils. On comprenait en constatant le peu d'appliques installées sur les murs.

— Ce n'était pas supposé être encore des cabines dans ces passages? demanda Sarah.

— C'est peut-être de très grands dortoirs, relança Paul, en s'approchant tout près des portes.

— Non, selon les plans originaux de ce bateau, le septième pont comportait des bars, des salons et des restaurants. Mais ça ne ressemble en rien à ce qui est censé être ici, dit Edward, qui s'approcha de la première porte. Il prit la poignée dans sa main et s'apprêtait à la tourner quand Bang! Bang! Bang! Il relâcha aussitôt la poignée et recula de deux pas. Des bruits de marteau retentissaient, comme si quelqu'un cognait sur du métal dans le passage. On aurait dit que quelqu'un martelait du métal juste à côté d'eux, tellement le bruit était puissant. Edward prit son courage à deux mains et ouvrit une des portes. Le martellement s'arrêta dès son ouverture. Ce fut la surprise générale, car ils pensaient tous que le bruit venait de l'intérieur, mais il n'y avait personne en vue. On pouvait y voir un immense fouillis; on aurait dit que tout avait été abandonné depuis des lustres. Des pièces de bateau, du vieux mobilier de restaurant et plein d'autres choses devenues inutiles avec le temps. Soit parce qu'ils étaient désuets ou brisés... mais le temps avait fait son œuvre. Cette pièce était faite sur la longueur, mais pas très profonde. Edward effectua un tour d'horizon de la pièce et remarqua que quelque chose n'allait pas avec celle-ci.

— Vous ne trouvez pas ça bizarre que la pièce ne soit pas plus profonde? dit-il à ses amis.

La pièce faisait de 15 à 20 pieds de longueur, par à peine 15 pieds de largeur et elle couvrait une petite partie du bateau. En fait, elle aurait dû faire au moins 60 pieds.

— Il y a peut-être une autre pièce à l'arrière, dit Frédéric.

Edward ressortit de la première pièce d'un pas décidé, pour se rendre à l'autre porte. Il remarqua que cette pièce n'était pas plus profonde que l'autre. Ses amis le suivaient, tentant de comprendre ce que celui-ci cherchait. Mais Edward n'attendait pas; avec détermination, il se rendit jusqu'à la dernière porte. Encore une fois, la pièce était identique aux deux autres et contenait le même style de débarras. Il ressortit aussitôt pour aller voir jusqu'au bout du couloir, qui se terminait comme de l'autre côté. Aucune autre porte n'apparaissait sur aucun des deux bouts. On arrivait directement à l'autre escalier : un qui descendait vers la salle des machines et l'autre qui remontait vers les ponts supérieurs. Edward retourna aussitôt vers la première porte. Celui-ci avait remarqué quelque chose que ses amis n'avaient pas vu; il se posa la question... pourquoi manquait-il une aussi grande partie?

— Mais qu'est-ce qu'il y a? demanda Frédéric en regardant Edward qui se perdait en conjectures.

— Vous ne remarquez pas qu'il manque au moins de 60 à 70 pieds à la profondeur des pièces? demanda Edward.

Celui-ci entra de nouveau dans la première pièce, plus déterminé que jamais à résoudre ce casse-tête. Edward recommença à faire le tour, examinant les cloisons plus attentivement. Avait-il manqué quelque chose? Celui-ci commença à déplacer les pièces de mobilier qui s'appuyaient sur le bord des murs. Ses amis le regardaient faire, sans savoir ce qui lui passait par la tête. Sarah décida d'aller lui donner un coup de main. Elle aussi avait bien compris que quelque chose ne fonctionnait pas avec les dimensions de ces pièces. Mais elle ne savait pas ce qu'Edward pouvait bien chercher le long des murs.

— Et que sommes-nous censés chercher? demanda-t-elle.

— Peut-être une porte ou bien un passage, dit Edward, complètement absorbé par la faille.

Frédéric et Paul, qui se tenaient un peu à l'écart, les regardaient faire, toujours surpris de cette détermination dont faisait preuve leur ami.

— Et si un garde arrivait? s'inquiétait Paul!

— En as-tu vu un quelque part? répliqua Edward, en voyant bien que certains mobiliers étaient de grande taille.

— OK, OK, on va t'aider, dit Frédéric. Que veux-tu qu'on déplace?

— Eh bien, on va commencer par les objets qui sont près du mur du fond, afin de voir s'il n'y aurait pas une porte... ou bien une trappe.

— Edward! Sort donc les plans que Didier t'a donné! demanda Frédéric.

— Bien sûr, dit Edward en continuant de parler. Quand j'ai effectué mes recherches, j'ai trouvé des plans du bateau sur Internet, mais ils ne correspondent pas à ceux que Didier m'a laissés. On va les vérifier pour savoir pourquoi cette section n'a pas de porte ou de passage. Et… pour quelle raison une si grande section du bateau est manquante?

— Je ne sais pas, mais regardons pour voir, dit Frédéric. En sortant les plans des poches de sa veste, Edward fit tomber une petite enveloppe sur le plancher; Sarah se pencha pour la ramasser.

— Edward, c'est tombé de tes poches. Celui-ci prit l'enveloppe, la regarda avec attention.

— Encore une autre enveloppe! dit Edward.

— Tu te souviens de l'histoire que je t'ai racontée au sujet de Didier qui avait glissé quelque chose dans ma poche?

— Oui, dit Sarah, en fixant l'enveloppe. Mais pourquoi il ne t'a pas parlé de celle-ci?

— Ça pourrait être d'autres objets qu'il aurait dérobés

à ceux qui ont enlevé mes parents. Selon les légendes, certainsdecesobjetsauraientdespouvoirsextraordinaires. Sarah restait un peu sceptique, mais avec tout ce qui leur était arrivé, rien n'était impossible, après tout.

— Es-tu sûr que ça va, Edward? dit Paul. Tu as l'air très pensif.

— Avec tout ce qui lui est arrivé aujourd'hui, c'est un peu normal, dit Frédéric.

Après avoir essuyé du revers de la main la poussière accumulée sur un bureau, Edward étala les plans.

— Edward, tu n'es pas curieux de savoir ce qu'il y a dans cette enveloppe? demanda Sarah.

— C'est sûrement Didier qui m'a encore donné une autre enveloppe en nous quittant.

Et qu'est-ce que c'est, cette fois-ci?

Edward laissa les plans sur le bureau et prit l'enveloppe pour l'ouvrir. C'était une très vieille enveloppe complètement jaunie par le temps. Connaissant bien les antiquités grâce à son père Richard, Edward savait que celle-ci avait fait un bon bout de chemin. Il sortit ce qu'il y avait à l'intérieur de l'enveloppe et y trouva un parchemin. Le parchemin en question était scellé, ce qui l'empêcha de l'ouvrir convenablement. Comme il ne voulait pas prendre le risque de le détruire, il le remit délicatement dans l'enveloppe. Je vais l'ouvrir dans l'atelier de mon père, sinon je risque de l'abimer.

— Et que fait ton père? demanda Sarah, curieuse de nature.

— Il est antiquaire et évaluateur d'objets rares et précieux.

— Ah! Je comprends mieux, maintenant, d'où vient ta passion pour trouver des choses. De plus, ça explique toutes les recherches que tu as faites sur ce bateau, lui avoua-telle en lui offrant un sourire à faire craquer.

— Revenons aux plans, dit Edward, sous le charme de Sarah. Même si la belle Sarah lui faisait beaucoup d'effet, il voulait rester concentré. Durant ce temps, il vérifiait attentivement la clef que Didier lui avait laissée. La clef était très vieille; elle portait plusieurs inscriptions qu'il n'était pas en mesure de déchiffrer. Attirée par l'objet, Sarah la prit dans ses mains pour la regarder de plus près.

— Je n'ai jamais vu ce genre de clef avant aujourd'hui, mais je suis sûre qu'elle a plus de mille ans.

— Et comment détermines-tu cela? dit Frédéric, un peu sceptique.

— J'ai beaucoup lu sur le sujet et c'est souvent par la forme que l'on détermine la datation d'une clef. Si vous regardez bien la partie du haut, elle est arrondie avec tellement de détails que ça doit faire très longtemps qu'elle a été fabriquée. Et on ne fait plus ce genre d'objets ornementaux de nos jours. Edward et ses deux amis furent épatés par les connaissances de Sarah.

— Et peut-on savoir ce qu'elle ouvre? Parce que je doute fort que ce soit une clef de maison, au premier coup d'œil, dit Frédéric.

— Je ne crois pas que ce soit pour un coffre, mais plutôt pour une serrure de porte. Mais encore là, il est très possible que je me trompe. Une chose est sûre, c'est qu'elle est unique. Elle redonna la clef à Edward.

— Bon, on la regarde cette carte? demanda Frédéric, en se penchant au-dessus de celle-ci.

— Il faut trouver à quel endroit nous sommes sur la carte. Ensuite, nous serons en mesure de déterminer ce qui est différent. Il nous faut un repère pour commencer nos recherches.

Frédéric avait suivi deux sessions en études d'architecture à l'université. Il avait donc un net avantage sur les autres dans la lecture de plans. Après avoir trouvé leur emplacement dans le bateau, Frédéric commença à compter les pas pour vérifier à quels endroits auraient dû se trouver des portes ou des passages.

— Selon moi, si on compte 20 pieds à partir du fond sur la droite, il devrait y avoir une porte à cet endroit.

Dans le compartiment où ils se trouvaient, il y avait trop de choses empilées, on n'y voyait que des petits bouts de mur. Edward recommença donc à retirer les objets appuyés sur les murs avec l'aide de Paul et Sarah. Frédéric, lui, continua de scruter la carte avec la plus grande attention. Ce n'était pas évident, car l'éclairage était très limité et vacillait toujours. Il vérifiait s'il y avait des détails qui lui auraient échappé par hasard. Après avoir enlevé tous les objets appuyés sur le mur, les jeunes ne trouvèrent toujours pas de porte... ni même un semblant de porte. Edward passa ses mains sur les murs, afin de vérifier s'il n'y avait pas des rainures encavées ou autres ouvertures de cloison. Beaucoup de toiles d'araignées géantes descendaient du plafond un peu partout dans la pièce. Sans compter toute la poussière qui flottait dans l'air en raison du déplacement du mobilier.

— Ça doit faire très longtemps que personne n'avait fait du nettoyage dans ces compartiments, leur dit Paul, entre deux quintes de toux.

Edward était rendu complètement à l'autre bout du local et à moitié dans la pénombre à tâter les murs. Soudainement, il trouva une grande rainure assez large pour la sentir au bout de ses doigts. Il y repassa sa main à plusieurs reprises et, ce faisant, il déclencha un mécanisme caché dans les murs. Pris par surprise, il sursauta et recula d'un pas. On pouvait déceler le bruit d'un roulement mécanique, avec un bruit étouffé par l'épaisseur de la cloison. Ses amis avaient réagi comme lui, en s'écartant du mur. Leurs sourires en disaient long.

— Hé, vieux! dit Frédéric, à quoi as-tu touché? Ils étaient tous un peu nerveux de voir ce qui allait se produire. Directement à l'endroit où Frédéric lui avait suggéré de chercher, le mur se mit à bouger.

Il s'ouvrit vers l'intérieur avec un de ces grincements lugubres, suivi d'un gros nuage de poussière qui tomba soudainement du plafond. Tout à coup, un courant d'air s'échappa, suivi d'une nauséabonde odeur de renfermé. Tous les quatre portèrent une main au visage, se couvrant la bouche et le nez, et évacuant la poussière de l'autre main. Edward venait de découvrir un des fameux passages secrets. Ce qui lui confirma qu'il ne s'agissait pas que de légendes. Tout ce qui concernait ce bateau étaient peut-être bien réel.

Chapitre 18
LA PIÈCE SECRÈTE

Les quatre jeunes se retrouvaient maintenant devant ce passage secret qu'ils venaient tout juste de découvrir. Edward était tout autant surpris que ses amis et surexcité de cette découverte.

— Incroyable! Tu as vraiment un don, mon ami! dit Frédéric. Comment est-il possible de trouver un passage secret en à peine 20 minutes, alors qu'ils ont cherché pendant plus de 30 ans? Et, toi, tu le fais comme si de rien n'était!

— On l'a trouvé et c'est tout ce qui compte, mon ami. Maintenant, je suis curieux de voir ce qui se cache à l'intérieur, répondit-il. Tous regardaient à l'intérieur du passage après que le nuage de poussière se soit dissipé sous leurs yeux écarquillés. Ils ne voyaient que la pénombre au bout de ce tunnel.

— Le problème, c'est que nous n'avions pas prévu faire de l'exploration dans le noir et, du coup, nous n'avons pas de lampe de poche avec nous, ajouta Paul.

Sarah commença à fouiller dans son sac à main, pendant que les jeunes hommes cherchaient une solution de leur côté.

— En voilà une, dit Sarah.

— En plus d'être jolie comme un ange, tu es vraiment une jeune femme étonnante, murmura Edward, sur un ton doux. Les deux se regardèrent intensément dans les yeux, faisant abstraction des autres.

— Hé! Roméo et Juliette! Nous sommes désolés d'interrompre ce beau moment, mais nous sommes toujours là, intervint Frédéric en riant.

— Si vous voulez, on va vous laisser seuls, Frédéric et moi irons profiter du passage secret, glissa Paul.

— On arrive, dit Sarah en souriant à Edward, posant sa petite main sur son torse, juste avant de pénétrer dans le passage.

Edward attrapa un morceau de métal qui traînait au sol pour bloquer la porte.

— On ne sait jamais, leur dit-il en regardant ses amis approuver son idée.

— Très bonne idée, effectivement! dit Frédéric. Je

n'aimerais pas rester coincé ici.

— Moi non plus, dit Paul, en le suivant de près. Tout doucement, Edward et ses copains commencèrent à avancer lentement dans le passage sombre, en se demandant ce qu'ils allaient y trouver. Le couloir était étroit et recouvert d'une épaisse couche de poussière, autant sur les murs que sur les planchers. Edward vérifiait les murs, des yeux et des mains, espérant trouver un interrupteur pour avoir un peu plus de lumière. En inspectant de nouveau la paroi, il remarqua une fente dans le mur qui correspondait à une porte. Ils avaient déjà couvert une vingtaine de pieds de ce passage qui semblait beaucoup plus long.

— Sarah, éclaire-moi ici, demanda Edward. Sarah restait collée à sa nouvelle flamme en le tenant par le bras.

— Je crois qu'il y a une porte juste ici! dit Edward, en cherchant une poignée à cette porte. Heureusement, une poignée était aménagée dans la paroi de la porte elle-même. Elle était plus difficile à repérer, surtout dans la pénombre. La lampe de poche n'était pas très forte, mais très utile malgré tout. Edward tira doucement sur la poignée, mais aucun déclic ne se fit entendre, aucun déclenchement ne se fit sentir. Il essaya de nouveau, avec un peu plus de vigueur, mais la porte ne s'ouvrait pas.

— Ça doit faire longtemps que cette porte n'a pas été

ouverte… ou alors, cette encoche n'est pas une poignée.

Paul et Frédéric se mirent de la partie en lui donnant un coup de pouce. D'un seul geste, les trois jeunes hommes donnèrent un bon coup d'épaule et… la porte s'ouvrit enfin. Sarah fit rapidement un tour d'horizon de la pièce avec sa lampe de poche. La pièce paraissait profonde, mais personne n'arrivait à percevoir le fond. On aurait dit que cette pièce était entièrement vide, car l'écho de leurs voix se répercutait contre les parois. Ils avançaient doucement dans la pénombre, puis remarquèrent un ancien poste de garde à leur droite. Où ils s'arrêtèrent aussitôt, à la recherche d'un éventuel système d'éclairage d'urgence, ou toute autre chose qui pourrait les aider à comprendre l'utilité de cet endroit. Sur les plans qu'Edward avait en sa possession, il n'y avait rien d'indiqué concernant cette pièce. Sarah éclairait Paul et Frédéric, qui appuyaient sur tous les boutons du tableau de bord du poste de garde, sans succès. La plupart des éléments de ce poste n'avaient pas résisté au temps, mis à part le bureau lui-même. On ne voyait rien d'autre dans cette pièce, sauf deux portes vitrées qui se dressaient tout au fond de la pièce. Alors qu'ils s'en approchaient, une radio se mit à jouer. Les quatre amis sursautèrent au son de cette musique inattendue, la peur au ventre. Cette musique ne datait pas d'aujourd'hui, mais plutôt des années 30 ou 40.

— Comment est-il possible qu'une radio démarre toute

seule? chuchota Frédéric. On est supposé être les seuls à être entrés dans cct endroit depuis très longtemps. À voir l'état des lieux, c'est évident que personne n'est venu ici depuis des lustres.

— Tu as bien raison, dit Edward. Nous devons continuer si on veut découvrir ce qui s'est passé ici. Allons vérifier ce qu'il y a derrière ces portes. Peut-être y trouverons-nous des réponses. Mais impossible de voir à travers ces portes vitrées; elles avaient été peintes en noir. Paul posa les mains sur les deux poignées de porte, mais elles étaient coincées et rien ne bougeait. Il essaya à plusieurs reprises en poussant, en tirant, mais après quelques tentatives, il abandonna.

— Sarah, approche-toi avec la lampe de poche. Je veux voir pourquoi rien ne bouge.

En y regardant de plus près, on pouvait voir que les deux portes avaient été soudées ensemble. Aucun joint visible, mais tout de même... il y avait bien des pentures.

— Vous ne trouvez pas ça un peu bizarre? demanda Edward. Les pièces secrètes que nous venons de trouver, de la musique des années 30 ou 40... Les légendes qui ont été racontées concernant le capitaine qu'ils n'ont jamais retrouvé.

— Ça me glace le sang, cette histoire! je n'aime pas ça du tout!

Pendant ce temps, Sarah examinait les portes avec plus d'attention. La lumière de sa petite lampe de poche lui permit de remarquer qu'effectivement, les deux portes semblaient avoir être soudées. Mais elle trouva autre chose que les autres n'avaient pas vu.

— Hé, regardez! il y a un trou de serrure juste ici.

Edward s'approcha pour mieux voir ce qu'elle avait découvert.

— Tu penses à ce que je pense? questionna Edward.

— Tu as lu dans mes pensées! lança-t-elle en offrant un sourire à Edward.

Edward sortit la clef de sa poche, en même temps que la bague. D'une main, Edward tenait la carte et, de l'autre, la clef et la bague, en plus de l'enveloppe.

— Tu as les mains pleines, dit Frédéric. Je vais te débarrasser de la carte. Et mets l'anneau à ton doigt pour ne pas le perdre. Sarah voulait bien les éclairer, mais sa lampe commença à faiblir... la lumière vacilla quelque peu.

Edward suivit les conseils de Frédéric en lui remettant la carte, et passa l'anneau à son doigt. En un éclair, Edward ressenti un fort picotement envahir son corps. Son esprit fut immédiatement envahi d'une série d'images tournoyantes. Complètement paralysé, pris de stupeur, il n'arrivait plus à bouger. Ses amis voyaient bien que quelque chose d'anormal lui arrivait, mais ils ne savaient pas quoi faire. Edward était sous une emprise, il n'avait plus aucun contrôle sur son corps et son esprit. Une série d'images passaient à pleine vitesse devant ses yeux. Ses amis criaient « Edward, Edward! Que t'arrive-t-il? » Les deux yeux d'Edward tournèrent au blanc; il était littéralement figé sur place. Après un moment, Edward pu assimiler les images qu'il voyait se dérouler dans son esprit. Il comprit qu'il n'était plus avec ses amis dans le présent... mais où était-il?

Rassemblant ses forces, il tenta d'éclaircir sa vision : la pièce ressemblait étonnamment à l'endroit où lui et ses amis étaient entrés, mais à quelques différences près. La pièce où il se retrouvait maintenant était à l'identique, mais avec de l'éclairage, des murs peints de couleurs vives, des planchers recouverts d'une superbe moquette. Surpris par cette vision, Edward recula d'un pas en apercevant deux hommes armés passer devant lui en traînant un homme qui se débattait. Les deux hommes enfermèrent leur captif derrière les portes vitrées qu'Edward et ses amis étaient sur le point d'ouvrir.

Impuissant, Edward observait la scène se dérouler sous ses yeux, et comprit que cet homme avait été enfermé contre son gré. Un autre homme passa devant lui, équipé d'une soudeuse pour condamner les deux portes où l'homme avait été enfermé. Edward aurait voulu intervenir, mais il comprenait bien que ça lui était impossible. La scène repassait en boucle devant ses yeux. En examinant le déroulement de cette scène, il comprit que sa mission était d'en faire l'analyse. Il regarda donc avec plus d'attention et, à en juger par l'habit que l'homme captif portait… c'était celui d'un haut gradé! Edward finit par réaliser ce qui arrivait sous son nez. La personne qui venait du subir ce sort ne pouvait être que le capitaine de ce vaisseau! Edward connaissait maintenant la vérité au sujet de la disparition du capitaine. On l'avait tout simplement condamné à une mort certaine! Une fois qu'il eut dénoué cette énigme, le tourbillon des images en boucle s'arrêta subitement et Edward put enfin retirer l'anneau de son doigt. Il s'agenouilla au sol pour reprendre son souffle. Les autres continuaient de crier son nom.

— OK, OK, les amis, je suis de retour.

— Que vient-il de t'arriver? s'exclama Frédéric, pris de panique.

— Durant à peine 30 secondes, on aurait dit que j'étais dans le passé, dit Edward.

— Tu dis 30 secondes? Edward, ça fait plus d'une demiheure que tu n'es plus avec nous! dit Sarah. Tes yeux sont devenus blanchâtres et tu étais comme gelé sur place. Encore secoué par cette expérience traumatisante, Edward ne porta pas trop attention à ce que ces amis disaient.

— Le capitaine, le capitaine! répéta-t-il.

— Quoi, le capitaine? demanda Paul.

— Vous vous souvenez de l'histoire qu'Antoine nous avait racontée au sujet du capitaine de ce navire?

— Oui, qu'il avait disparu ou qu'il s'était suicidé, répondit Frédéric.

— Il n'y a rien de vrai à cette histoire, dit Edward. Je l'ai vu de mes yeux.

— Mais de quoi parles-tu? demanda Sarah.

— Le capitaine a été enfermé derrière ces portes, qui ont été soudées. Elles le sont encore aujourd'hui. J'ai vu la scène de mes propres yeux quand j'ai passé cet anneau à mon doigt. J'ai été projeté dans le passé et je me suis retrouvé directement ici, à la même place, mais, selon moi, dans les années 30. Plusieurs hommes armés ont traîné le capitaine derrière ces portes. Ils ont soudé cette même porte, celle qu'on a devant nous.

— Mais comment est-il possible de voir dans le passé? dit Paul, qui ne comprenait plus rien.

—Et que sommes-nous censés faire? demanda Frédéric.

— Je dois ouvrir ces portes pour le libérer, dit Edward.

— Mais il est mort! dit Paul. Et ça fait même très longtemps. Je ne crois pas qu'il va revenir à la vie.

— Je sais... mais je parle de son esprit... son esprit doit être libéré.

Edward remit immédiatement la bague à son doigt. Mais cette fois-ci, il restait dans le monde présent. Sans un mot, ses amis reculèrent d'un pas. Edward prit la clef et l'enfonça dans la serrure, puis la tourna. Une lumière étincelante se mit à briller à l'endroit des soudures. La peur au ventre, ses amis firent un pas de côté. Une lumière d'un mauve étincelant suivit les soudures jusqu'à ce qu'elles soient rompues. D'un seul coup, on entendit cliquer le loquet de la porte, qui s'ouvrit d'elle-même. On aperçut une lueur brillante, d'un blanc aveuglant, qui flottait dans les airs. Elle s'arrêta devant Edward. Un autre anneau en sortit subitement, en quittant cette lueur d'un blanc pur, pour ensuite vaciller dans les airs en direction d'Edward, qui leva la main portant l'autre anneau. On aurait dit qu'une puissance d'un autre monde en émergeait. L'anneau en question vint se joindre à l'autre, sur le doigt d'Edward, afin de s'accoupler ensemble pour ne former qu'un seul bijou précieux, qui s'illumina d'une aura mauve bienveillante. Edward sentit une force lui traverser l'âme, au point où il s'éleva en lévitation. Ses amis le regardaient, ébahis par ce qu'ils voyaient. Edward ne touchait plus terre; il se tenait en suspension, à environ un pied du sol. L'âme du capitaine sortit et disparut par le chemin d'où les jeunes étaient arrivés.

Edward toucha de nouveau le sol et, au même instant, les lumières s'allumèrent toutes dans les pièces. Abasourdis, les jeunes se regardaient, ne comprenant plus rien. Les deux portes étaient maintenant ouvertes. Ils s'approchèrent: le squelette du capitaine était étendu au sol. Imaginant toute la souffrance qu'avait dû endurer ce pauvre homme avant de mourir de faim et de soif, les jeunes étaient témoins de ce spectacle désolant. Des larmes coulaient sur leurs joues. Sarah s'approcha doucement d'Edward pour se blottir contre lui.

— Veux-tu me dire ce qu'on vient de vivre à l'instant? demanda-t-elle, secouée par cet évènement.

— Je ne peux pas te répondre pour l'instant. Je sens une énergie qui provient de cet anneau... tu as vu comme moi ce qui s'est passé!

— Oui, et ça fait vraiment peur! frissonna Sarah.

— Tout ça n'est pas normal. Il y a quelque chose qui cloche, mais je n'arrive pas à mettre le doigt dessus, ajouta Edward.

— Quant à moi, j'ai juste hâte de sortir d'ici, dit Frédéric. Ça m'a ouvert l'appétit.

— T'es pas sérieux! répondit Paul.

— Je suis très sérieux, dit Frédéric, j'ai faim!

Edward et ses amis commençaient à marcher vers la porte secrète par où ils étaient entrés. En arrivant dans le couloir, ils stoppèrent tous brusquement.

— Mais où sommes-nous? s'écria Frédéric.

Tout avait changé, ce n'était plus le passage par où ils étaient entrés. Une grande salle à manger, avec un restobar et une salle de réception s'étalaient devant eux.

— Dites-moi qu'on n'a pas changé de dimension! s'alarma Paul.

Frédéric sortit les plans pour regarder où ils étaient rendus exactement. Les quatre amis se penchaient au-dessus des plans pour les examiner.

— Sommes-nous revenus à la normale? demanda Edward, un doute à l'esprit. Voilà les plans originaux que j'avais consultés sur Internet... le reste a disparu. Et maintenant, nous sommes censés être dans la vraie réalité? Il jeta un coup d'œil à ses amis, pour voir leur réaction. Edward n'était plus sûr de rien, pas après ce qu'il venait de vivre.

Chapitre 19
À LA RECHERCHE DE RICHARD

Didier était en route vers la planque où il avait dérobé les objets aux malfrats. Il n'avait pas d'autres choix. Pour sauver son ami Richard, il devait y retourner. Didier savait très bien qu'il mettrait sa vie en danger, mais quel autre choix avait-il? Et comment allait-il s'y prendre? Il se demandait si cette planque était encore fonctionnelle... peut-être l'avaient-ils fermée. Encore plus dangereux, allait-il tomber dans un piège en y retournant? Si Rose était encore en vie, c'était forcément parce qu'elle n'avait pas décrypté certaines inscriptions. Si elle avait réussi ce décryptage, elle serait sûrement déjà morte.

Didier s'imaginait des scénarios. Il faisait partie des seules personnes qui pouvaient décrypter ce langage. Puisque la firme n'avait toujours pas réussi à lui mettre la main au collet, est-ce que ces bandits avaient enlevé Richard pour obliger Rose à effectuer le décryptage? Ou bien pour m'attirer, moi, vers leur planque? Ils savent très bien que je connais leur cachette et qu'à coup sûr, j'allais y aller pour sauver Richard. Peut-être avaient-ils l'intention de faire d'une pierre deux coups?

Ou avaient-il enlevé Richard parce qu'il avait eu connaissance de la lettre? Ils savaient pertinemment que la première chose que je ferais serait de revenir à cet endroit.

Didier s'était éloigné des jeunes pour éviter que la firme leur mettre la main dessus, sinon, c'était la fin assurée pour eux et pour Rose. Rose aurait donné sa vie pour sauver celle de son fils. La firme aurait alors gagné sur tous les plans.

Didier devait très rapidement élaborer un plan pour sauver Richard. Mais comment s'y prendre? Le temps lui manquait. Et plus il prenait son temps, plus les chances de survie de Richard s'amincissaient. Il était maintenant arrivé à la planque; il se stationna un peu en retrait. Il se rappelait ce qu'il lui était arrivé la dernière fois; la prudence était de mise. De ce fait, il s'approcha des lieux à pied, alors que la noirceur commença à tomber. Par chance, il allait pouvoir se faufiler plus facilement dans la pénombre. Didier examinait attentivement le bâtiment et l'environnement des lieux. Un camion cube était stationné au côté du bâtiment, tout près des quais de chargement. Didier savait que ce bâtiment était désaffecté; ce camion n'avait aucune raison d'être là. Richard y avait sûrement été emmené dans ce camion. Mais pourquoi la firme était-elle aussi imprudente? Pourquoi faisait-elle autant d'erreurs? Avec précautions, il s'approcha du camion pour en faire le tour. Il semblait vide, à première vue. Didier en profita pour y déposer quelques petits pièges de sa conception.

Maintenant près du bâtiment, il jeta un coup d'œil à l'intérieur, mais les fenêtres avaient sûrement été peintes depuis peu. Selon ses souvenirs, la première fois qu'il était venu sur place, il avait été en mesure de voir le jour à travers de ces mêmes fenêtres. Il était obligé d'entrer dans le bâtiment. Comme Didier n'avait aucune arme sur lui, il en profita pour glisser quelques morceaux de verre cassé dans les poches arrière de son jeans. Sans bruit, il ouvrit la porte. Les lieux étaient plongés dans le noir, ce qui ne lui facilita pas la tâche. Au loin, Didier avait l'impression d'apercevoir une silhouette assise sur une chaise. Il s'approcha, et réalisa qu'il y avait bien quelqu'un assis, qui lui faisait dos. Didier continua de s'approcher sur la pointe des pieds, espérant profiter de l'effet de surprise. Rendu près de cette chaise, il réalisa que l'homme qui y était assis avait les deux mains liées.

— Eh merde, Richard, c'est toi!

— Mu… MM….!! Mu… MM….!!

La bouche couverte d'un bâillon, Richard voulut

parler. Mais il ne réussissait qu'à produire des sons incompréhensibles pour avertir Didier d'un danger imminent. Mais… il était déjà trop tard : deux hommes lui tombèrent dessus sans crier gare. Didier n'avait aucune chance. Il se débattait, mais sans succès. Recevant un coup sur la tête, il s'évanouit sur le sol. En moins de deux, comme Richard, il fut attaché sur une chaise, un sac de jute lui couvrant la tête.

Déjà près d'une heure s'était écoulée. Didier était lui aussi retenu en otage. Soudainement, on lui jeta une chaudière d'eau en plein visage pour le réveiller. Il reprit ses esprits, aux prises avec un foutu mal de crâne.

— Bienvenue avec nous! dit une voix que Didier ne connaissait pas. Vraiment trop facile! ricana la voix. Directement dans la gueule du loup! Wow, vous m'impressionnez vraiment! ajouta Jacques.

— Qui êtes-vous? risqua Didier, le visage toujours caché sous le sac de jute.

— Qui je suis? Ton pire cauchemar, dit Jacques.

— C'est simplement « le gars de l'hôtel » et rien de plus! dit Richard d'une voix rauque et fatiguée.

Une autre droite atterrit sur la joue de Richard. Le pauvre était déjà très amoché.

— C'est très impoli de parler sans ma permission, relança Jacques.

— Va chier, lança Richard, ce qui lui valut un autre coup en pleine gueule.

Jacques retira le sac de jute recouvrant la tête de Didier. On lui braqua le faisceau d'une lampe de poche droit dans les yeux.

Impossible d'identifier ses ravisseurs. Richard et Didier étaient assis dos à dos, chacun attachés sur sa chaise. Jacques baissa la lumière, pour que Didier soit en mesure de le voir.

— Maintenant, vous pouvez voir à qui vous avez affaire, cher monsieur Bonaparte, dit Jacques, d'un air arrogant.

— Vous êtes tombé dans le piège avec une telle facilité! Je me demande comment on peut être aussi stupide! ironisa Jacques. Vous savez, vous venez tout juste de me faire promouvoir lieutenant! Il est maintenant temps d'annoncer la bonne nouvelle au patron! lança-t-il en riant aux éclats.

Jacques fit signe à ses deux hommes de main de surveiller les prisonniers. Il s'éloigna en riant à pleines gorge, trop content d'avoir réussi à mettre la main au collet de Didier. Il pointa un de ses hommes en lui demandant de le suivre. Il ouvrit le passage secret pour redescendre aux locaux. Durant ce temps, les deux autres hommes se mirent à discuter ensemble avec un fort accent russe. Ils ne portaient vraiment plus attention à leurs deux otages. Discrètement, Didier jouait avec ses liens pour les desserrer un peu, pour attraper les morceaux de verre cachés dans ses poches. Il en glissa un à Richard, qui venait de comprendre que Didier n'était pas aussi naïf que Jacques le prétendait. Voilà nos deux hommes, toujours prisonniers dans la pénombre de cette vieille usine désaffectée. Il fallait faire vite, car le temps commençait à jouer contre eux.

Les deux gardiens discutaient toujours entre eux. Didier et Richard finissaient de couper leurs liens aux mains… mais que faire avec les liens aux mollets? Comment s'en défaire sans que les gardes s'aperçoivent de leur manoeuvre?

— Didier, chuchota à Richard, es-tu avec moi?

— Ne fais rien de stupide! dit Richard, un peu nerveux. Soudainement, Didier feignit d'avoir un malaise. Richard comprit ce que Didier tentait de faire.

—VITE, VITE! Aidez-le! cria Richard. Il ne va pas bien!

Didier attendait seulement le bon moment pour agir. Aussitôt qu'un des gardes s'approcha suffisamment près, Didier, rapide comme l'éclair, taillada la gorge de l'homme qui se penchait sur lui. Paniqué, l'autre gardien appela Jacques en criant. Il n'avait pas remarqué que son collègue se vidait de son sang. Didier en profita pour lui arracher son arme de sa ceinture et dégaina rapidement. Il tira deux balles sur l'homme, qui n'avait pas réalisé ce qui se passait. Didier les avait eus tous les deux en ne leur laissant aucune chance. Il n'avait pas eu droit à l'erreur, il devait réussir du premier coup. Les deux gardes maintenant hors de nuire, Didier défit ses liens en vitesse et se releva rapidement. De son côté, Richard avait moins de vigueur. Les coups portés à répétition, au corps et au visage, l'avaient affaibli. Rassemblant tout son courage, il réussit à se lever. Didier le soutint pour le traîner vers la sortie.

— Nous devons nous dépêcher, ils ne tarderont pas à revenir, cria Didier. Les deux hommes franchirent la porte vers l'extérieur du bâtiment, pour ensuite prendre la direction de la voiture de Didier. Didier aida Richard à y prendre place. Le temps que Didier s'installe au volant, un coup de feu retentit en leur direction. Par réflexe, Richard baissa la tête. Didier démarra en trombe et prit la fuite. D'autres coups de feu furent tirés, mais sans atteindre leur cible.

— Eh merde, c'était moins un, dit Richard en jetant un regard vers Didier. La souffrance se lisait sur son visage.

— Tu as été touché! s'écria Richard, dans tous ses états.

— Ce n'est pas grave, nous ne pouvons pas nous arrêter! Il faut fuir le plus loin possible.

— Et s'ils nous rattrapent? demanda Richard.

— Nous avons un peu de temps devant nous, lui répondit Didier.

Boom! Une explosion retentit non loin d'eux. Une boule de feu monta dans le ciel. Stupéfait, Richard jeta un œil par la lunette arrière de la voiture.

— Mais qu'as-tu fait? questionna Richard.

— Maintenant, ils ne peuvent plus nous suivre! Du moins, pour un moment.

Richard était réellement impressionné par les talents cachés de Didier, mais également inquiet de savoir qu'une balle l'avait touché.

Pendant ce temps, Jacques se relevait, une arme à la main. L'explosion l'avait projeté au sol. Des débris et un nuage de poussière survolaient dans le vieux hangar. Enragé, il criait après ses trois hommes de main encore valides, qui eux aussi, avaient été mis K.O. par l'explosion et peinaient à se relever.

— MERDE! ET MERDE! Putain d'incompétents que vous êtes! cria-t-il en regardant les trois seuls hommes qu'il lui restait. Un d'entre eux avait trouvé la mort dans l'explosion du camion; deux étaient morts à l'intérieur de l'entrepôt. Un autre s'était fait trancher la gorge et un dernier était criblé de balles. Les vitres de l'entrepôt avaient été en partie fracassées par l'explosion du camion.

— Ne restez pas là à me regarder, bande d'innocents! cria Jacques, en furie. Allez, allez, qu'attendez-vous? Il faut faire disparaître les preuves! Nous ne pouvons pas rester ici, la police va débarquer bientôt! Jacques était toujours à l'extérieur du bâtiment et criait ses ordres. Soudainement, une autre explosion retentit, mais cette fois-ci, de l'intérieur du bâtiment. Aussitôt, Jacques se recroquevilla au sol pour éviter les débris qui volaient dans tous les sens.

C'en était terminé pour les trois autres hommes qui venaient tout juste d'entrer dans le bâtiment.

Jacques regardait le désastre, la tête entre les mains. Il devait quitter les lieux rapidement. Il n'avait plus rien à faire là; tout était foutu pour lui. À peine dix minutes avant, il contactait Yuri pour lui annoncer la bonne nouvelle : en plus de Richard, il détenait également cet idiot de Didier. Il se trouvait maintenant dans de beaux draps, et il savait que, désormais, sa vie ne tenait plus qu'à un fil. Jacques n'avait même plus de téléphone pour avertir le patron des évènements récents, son appareil ayant été détruit par l'explosion. Et Yuri qui, trop content, s'était déjà mis en route pour l'entrepôt! Jacques n'était plus en mesure de le rejoindre. Il était dans de sales draps...

— Où allons-nous maintenant? demanda Richard anxieusement. Il pouvait voir que Didier perdait du sang. Où as-tu été touché? Nous devons aller à l'hôpital!

— Non, on ne peut pas faire ça, on signerait l'arrêt de mort de Rose. Ce serait comme se jeter sous la loupe des enquêteurs.

— Je comprends, mais tu es blessé! Et... dans mon état, je ne peux pas vraiment t'aider!

— Oui, je sais, mais nous devons nous éloigner d'ici rapidement, lui dit Didier, qui continuait à rouler à vive allure. Toujours inquiet, Richard changea de conversation.

As-tu réussi à trouver mon fils Edward? Malgré sa blessure, Didier prit le temps de tout raconter en détail ce qu'il était arrivé avec Edward et ses amis et où il les avait déposés. Richard se sentit plus léger, sachant que son fils n'était plus en danger dans l'immédiat.

Chapitre 20
DEUXIÈME PARTIE DU DÉCRYPTAGE

Deux des trois équipes étaient revenues de leur expédition avec la preuve de l'existence des autres pierres. Chaque équipe avait pris des photos de l'emplacement où se trouvaient les pierres, ainsi que des gravures qu'elles portaient. Pendant que les équipes étaient parties à la recherche des autres pierres, Rose et Andrew avaient réussi à décrypter le reste des gravures de la première pierre. Cela faisait déjà plusieurs heures que tous avaient mis la main à la pâte et leurs efforts commençaient à porter leurs fruits. Malheureusement, la dernière équipe n'était toujours pas revenue et déjà la pénombre tombait sur le site de fouilles. Exténués, les membres des autres équipes de chercheurs étaient déjà rentrés. De toute façon, aucun d'entre eux n'aurait été en mesure de refaire le trajet une nouvelle fois. Marcher dans la jungle, sous une chaleur accablante, c'était épuisant et Rose le savait bien. Elle ne pouvait humainement leur en demander davantage.

— Ne vous inquiétez pas, Andrew et moi allons les attendre, dit Rose. Allez-vous reposer. De toute façon, nous allons travailler à décrypter les nouvelles gravures que vous nous avez emportées.

Ça faisait déjà un bon deux heures qu'ils attendaient. Ils n'avaient reçu aucune nouvelle des autres aventuriers. Durant ce temps, Andrew et Rose poursuivaient leur travail de décryptage. Ils souhaitaient atteindre leur objectif avant la matinée. Trop absorbés par leurs travaux, un grand bruit les fit sursauter. Ça provenait de leur walkie-talkie. Un faible signal… Crishhh… Un sourire s'afficha sur le visage d'Andrew. Il regarda Rose afin de voir sa réaction, à savoir si elle avait entendu la même chose que lui. Elle confirma qu'il n'avait pas rêvé. L'oreille collée sur leur walkie-talkie, les deux amis avaient suspendu leurs travaux, attendant un autre signe de vie. Rose gardait espoir, mais elle se sentait un peu coupable. Chacun de ces archéologues connaissait le métier; le danger faisait partie de ce genre d'aventure. Rose connaissait bien les périls inhérents à ces expéditions; elle y avait fait face tout au long de sa carrière. Tout à coup, un autre signal retentit, de plus forte intensité cette fois-ci. C'était une bonne nouvelle, car c'était bien eux qui tentaient de les contacter. Il y avait beaucoup d'interférences. Habituellement, le signal de ces walkiestalkies pouvait atteindre un maximum de dix kilomètres… Pschit, psschiit ! Encore une fois, la radio émettait, malgré beaucoup de parasites sur la ligne.

— Je vous reçois très mal! Il y a trop de friture sur la ligne! À quel endroit êtes-vous rendus? Avez-vous trouvé la dernière pierre? Rose avait peine à entendre les paroles transmises par le dernier groupe d'explorateurs.

— Eux aussi doivent avoir peine à nous comprendre, signala Andrew.

— Nous avons trouvé la pierre! Avez-vous bien reçu notre message? demandaient les explorateurs.

— Oui! Oui! s'exclamèrent Rose et Andrew.

Nos deux experts en décryptage sautaient de joie dans la tente : c'était une excellente nouvelle. Mais une inquiétude persistait; cette équipe ne pouvait revenir sur ses pas à une heure aussi tardive.

— Pouvez-vous nous envoyer votre position? Êtes-vous sur le chemin du retour? questionna Rose.

— Nous venons tout juste de la trouver!

— Oh, mon Dieu! s'écria Rose, jetant un air découragé à Andrew. Ils étaient impatients de recevoir les coordonnées GPS de la dernière équipe. En regardant les cartes de plus près, ils ne pouvaient imaginer où ils étaient rendus... Après un cruel moment d'attente, ils reçurent enfin les données de latitude et longitude. Aussitôt, Rose et

Andrew trouvèrent l'emplacement des données reçues.

Ils y regardèrent de plus près pour s'assurer qu'ils n'avaient pas fait d'erreur... les deux se regardaient, surpris par la position reçue.

— Maintenant, je comprends pourquoi ils viennent à peine d'arriver sur place, avança Rose.

— Une partie de cette grotte ferait partie de la fameuse Montagne du Diable, selon ces coordonnées, dit Andrew, un peu dérouté. Et, selon cette carte, il y a une chute d'eau juste ici, ce qui veut dire qu'ils sont près d'une rivière.

— Ce qui signifie qu'ils sont très hauts en altitude, dit Rose. Attendons de voir les photos de la pierre, dit-elle.

Ils reçurent un autre signal radio de l'équipe de chercheurs pour leur confirmer qu'ils s'étaient trouvées un endroit sécuritaire pour passer la nuit. Il était tout près de 23 h et Rose et Andrew venaient de recevoir les dernières photos de la quatrième pierre. Surexcités, malgré la fatigue, ils poursuivirent le décryptage. Ils voulaient en apprendre toujours davantage au sujet de ce dernier message. Rose et Andrew travaillèrent d'arrache-pied une bonne partie de la nuit pour accélérer leurs recherches. Les trois autres pierres comportaient beaucoup moins de symboles. Les deux archéologues auraient bien aimé avancer plus rapidement mais, en plus des symboles qui ressemblaient à des lettres, l'autre pierre portait davantage de dessins. Et ces dessins avaient en partie été effacés par les intempéries et le passage des années.

Malgré tout, Rose et Andrew avaient réussi à établir qu'il s'agissait d'éléments faisant référence à la nature. Leur mission maintenant accomplie, aux petites heures du matin, les deux amis épuisés rêvaient d'aller se coucher. La matinée allait revenir bien assez rapidement. Il faudrait aussi tenir une nouvelle réunion, pour donner un compterendu de leur décryptage, et enfin s'aligner sur la prochaine étape à suivre.

Après la fébrilité de la nuit, Rose avait eu peine à trouver le sommeil. Elle repassait en tête tout ce qu'elle avait réussi à décrypter, mais bientôt, le soleil se levait. N'ayant pas eu l'impression d'avoir dormi, elle quitta son lit pour aller rejoindre les autres. Tous étaient déjà réunis à la tente principale sauf, bien sûr, la troisième équipe qui avait été obligée de dormir très loin du campement. Une partie des chercheurs ne tombèrent pas d'accord avec le décryptage qui avait été fait durant la nuit par Rose et Andrew.

— C'est quoi, ces messages? dit un des chercheurs en furie. Il n'y a rien à comprendre, dit-il sur un ton rageur, en lisant ce que Rose avait inscrit sur un des documents concernant une des pierres. « Pierre de Feu », « Seul le brasier saura vous éclairer dans l'obscurité ».

— Mais qu'est-ce que c'est que cette foutue merde? lança un autre des chercheurs frustrés de ce décryptage. Il attrapa un des autres papiers portant un texte de Rose. « Pierre de Terre », « Seul le bon tracé soulèvera le sol pour vous la dévoiler ».

Le même homme choisit un dernier décryptage : « Pierre d'Eau ». « Seul le courant vous guidera, et un chemin vous sera indiqué ».

— C'est vraiment n'importe quoi! railla-t-il, d'un air rabougri. Visiblement, il n'était pas satisfait des résultats. Ce ne sont pas de vrais professionnels! Où est la troisième équipe?

— Pour commencer, vous allez vous calmer! intervint Andrew. Rose et moi avons travaillé pratiquement toute la nuit pour être en mesure de déchiffrer pour vous les photos que vous nous avez envoyées. Voyant que l'autre chercheur s'élançait pour le relancer, Andrew monta le ton pour se faire entendre.

— ET DEUXIÈMEMENT, la troisième équipe nous a rejoints par radio hier soir, pendant que vous dormiez bien paisiblement. Eh bien, sachez qu'eux ne l'ont pas eu facile comme vous! Ils ont été forcés d'escalader la Montagne du Diable!

Les autres chercheurs se regardaient tous et ne savaient

plus quoi répondre à ce qu'ils venaient d'entendre. En plus, ils ont été obligés de coucher en pleine jungle. Cette montagne est très redoutée dans cette partie du pays, beaucoup de gens y ont perdu la vie. Très peu de personnes n'osent s'y aventurer, craignant les mauvais sorts.

— Avant de critiquer notre décryptage, il faudrait d'abord savoir lire entre les lignes! s'indigna Rose. Cette nuit, j'ai à peine dormi : je réfléchissais à ce qu'on a décrypté. Ce sont encore des messages à double sens qui nous sont donnés ici. Il faut penser à tout remettre en ordre. Selon moi, la Pierre d'Eau est la première, car elle nous indique de suivre le courant... c'est sûrement une rivière. La deuxième serait la Pierre de Terre. Elle indique qu'il faut suivre le bon chemin et, qu'en marchant sur un genre de déclencheur, une trappe s'ouvrira au sol. De cette trappe, nous découvrirons un couloir secret. Et le troisième, évidemment, c'est la Pierre de Feu car, si on entre sous la Terre, il n'aura plus de lumière. Ce qui explique l'obscurité. Il faut du feu pour voir où on va.

— Je suis tout à fait d'accord avec toi, Rose, dit un des chercheurs, qui se tenait un peu en retrait. Celui-ci avait toujours été en accord avec les décryptages effectué par Rose jusqu'à maintenant.

— Et de la façon dont tu la décris, ça a du sens. Mais, si je comprends bien, on devra trouver une rivière... mais où allons-nous la trouver?

— Eh bien, ça c'est à nous de le découvrir! leur dit Rose. Examinons les plans pour voir s'ils mentionnent une rivière quelque part.

N'oublions pas de réfléchir avec une certaine logique: l'eau s'écoule habituellement du nord au sud et, selon les données GPS, la Pierre d'Eau se trouve au nord, ce qui a du sens.

— On a juste à demander à la troisième équipe, avança Andrew, ils étaient près d'une chute quand on leur a parlé hier. Demandons-leur s'ils auraient croisé une rivière sur leur chemin ou s'ils en ont entendu une couler. Une rivière, ça fait du bruit, ce ne devrait pas être trop dur à repérer.

— Très logique! dit Rose. Appelons-les immédiatement avant qu'ils rebroussent chemin. Après quelques tentatives de Rose pour les rejoindre sur walkie-talkie, ils leur répondirent.

— La troisième équipe nous confirme qu'ils sont près d'une cascade. Effectivement, il y a une rivière un peu plus bas. Ils l'on croisée sur leur chemin, leur dit-elle.

Un des chercheurs, pointant la carte, confirmait au même moment qu'il croyait avoir identifié l'emplacement de cette rivière sur la carte.

— Alors, qu'attendons-nous pour partir? dit un des chercheurs.

— Avant de partir sur un coup de tête, nous devrions demander à notre équipe sur place de rejoindre cette rivière et, s'ils le peuvent, de trouver son départ à partir de la montagne. Ensuite, ils pourront nous marquer un point GPS. Pour l'instant, on n'a pas vraiment de précisions sur son emplacement. De plus, nous ne pouvons pas partir maintenant, nous ne sommes pas préparés. Il nous faut des vivres, du matériel. Je doute fort que si nous oublions quelque chose, l'un d'entre nous va vouloir rebrousser chemin pour le ravitaillement. Je suggère plutôt qu'on se prépare adéquatement. Nous pourrions nous mettre en route dès l'aube demain matin. En plus, ça donnerait le temps à la troisième équipe de nous fournir ce fameux point GPS.

Tout le monde était d'accord avec l'idée de partir seulement le lendemain. Tout au long de la journée, les équipes préparaient leur matériel pour la grande marche ayant pour but de rejoindre la troisième équipe. Exaltés, ils se rapprochaient à grands pas de leur objectif : trouver la porte ou le passage de la grotte. La troisième équipe avait finalement trouvé la rivière au bas de la Montagne du Diable. Faisant preuve de courage, ils avaient installé leur campement pour la nuit, juste le temps d'attendre les autres. Le lendemain matin, toutes les équipes étaient donc réunies, fin prêtes pour le grand départ. Les archéologues, les chercheurs, ainsi que des employés de Yuri et quelques porteurs, étaient tous accompagnés de Rose et Andrew, qui prenaient les devants. Eux aussi participaient à l'expédition pour se rendre à cette rivière, qui était le premier point pour trouver la piste de leur décryptage. Après presque une journée entière de marche, ils arrivaient enfin sur les lieux, rejoignant la troisième équipe, qui était très heureuse de les retrouver. Malheureusement, les recherches pour localiser l'entrée allait encore attendre une journée de plus. La noirceur s'étendait déjà sur la jungle. Le montage du campement de fortune ne fut pas aussi facile qu'ils l'avaient espéré. Heureusement, ils n'avaient pas été obligés d'escalader la Montagne du Diable. Après une journée aussi épuisante, le sommeil ne se fit pas attendre. Dès le lendemain matin, l'équipe s'était levée aux aurores. Malgré les maux de dos et les crampes aux jambes, ils étaient tous prêts à partir pour trouver cette fameuse entrée. C'était au tour des chercheurs d'ouvrir la marche en longeant la rivière et en inspectant tous les recoins pour ne rien manquer. Certains de ces hommes étaient silencieux; d'autres bavardaient constamment, échangeant sur toutes sortes de sujets, et plus spécialement sur ce qu'ils allaient faire s'ils trouvaient ce trésor. Certains d'entre eux s'approchaient de la retraite et ils en étaient à leur toute dernière expédition, alors que d'autres avaient encore beaucoup d'années devant eux. Mais la plupart souhaitaient récolter le trésor d'une vie. Une bonne heure s'était déjà écoulée depuis leur départ. Évoluant toujours dans une pente ascendante, ils entendirent le bruit de l'eau qui s'écoulait de plus en plus fortement. Rose s'approcha doucement d'une paroi basse pour regarder au bas de celle-ci. Elle remarqua que le lit de la rivière rétrécissait beaucoup au bas de cette paroi, ce qui n'était pas normal.

— Prenons une petite pause ici, leur dit Rose, en repérant au bas de la paroi un grand espace dénué d'arbres.

Il y a de grandes roches plates juste ici, ça nous ferait un magnifique endroit pour installer notre campement.

— Pas déjà! marmonna encore le chercheur irascible. Ça fait à peine une heure qu'on marche.

— Vous ne remarquez rien d'anormal? demanda Rose, fatiguée des remarques de cet imbécile. La rivière a perdu environ 60 % de sa largeur... Pour vous, ça n'évoque rien? Il lui reste à peine 15 pieds de largeur, et le courant est beaucoup moins volumineux.

— Oui, effectivement, acquiesça Andrew. Il faut bien que l'eau aille quelque part, j'imagine... mais où?

— Je suis prête à mettre ma main au feu que l'entrée se trouve dans un rayon d'à peine 100 pieds, leur dit Rose, en laissant son bagage dans la petite clairière. La voyant faire, les autres hommes décidèrent de déposer leurs effets personnels au même endroit. L'endroit était parfait pour un campement. Tous les aventuriers commençaient à faire le tour, comme Rose l'avait suggéré. Ils se mettaient en équipe de deux et certains avaient traversé la rivière, car elle n'était plus aussi agitée à cet endroit. Rose et Andrew faisaient équipe pour effectuer les recherches, dans le but de trouver la raison qui affectait le courant de la rivière. Ils découvrirent un petit sentier de pierre qui ressemblait étrangement à de petites marches qui auraient été taillées dans le rocher. En y regardant de plus près, Andrew remarqua un autre sentier sur la droite, mais celui si se dirigeait directement sur une énorme paroi rocheuse. Ce rocher était presque entièrement recouvert de leptopus, cette plante grimpante aux fleurs roses et blanches qu'on retrouvait un peu partout dans cette région du monde.

— Rose! s'exclama Andrew. Tu ne trouves pas ça un peu bizarre de voir un sentier aller vers cette paroi pour s'arrêter si abruptement?

— Je suis d'accord avec toi, dit Rose en attrapant une branche morte au sol pour fouiller sous la verdure recouvrant la paroi rocheuse. Un peu perplexe, elle déplaçait les lianes de la paroi à plusieurs endroits, encore et encore. Je crois que nous avons trouvé! dit Rose. Viens voir ça de plus près! l'invita-t-elle. S'approchant aussitôt, Andrew l'imita et chercha sous les plantes verdoyantes.

Andrew lâcha un cri aux autres : Nous avons besoin de quelqu'un avec une machette par ici! À peine dix minutes s'étaient écoulées et tous étaient revenus vers Rose et Andrew pour voir ce qu'ils avaient trouvé. Tous les hommes se mirent à la tâche et commencèrent à couper les lianes s'agrippant à la paroi, qui était de très grande taille. Plus ils en coupaient, plus on voyait apparaître des symboles gravés sur la paroi. Certains d'entre eux allèrent chercher de l'eau à la rivière pour nettoyer les inscriptions. Intrigués, Rose et Andrew scrutaient les hiéroglyphes, tentant de comprendre ce qu'ils représentaient. Durant ce temps, un des chercheurs s'était assis sur le sol tout au bord de la rivière pour prendre une petite pause. En regardant les pierres qui menaient jusqu'à la paroi, il réalisa que même celles-ci portaient des symboles. Doucement, il commença à les nettoyer de ses mains, retirant la terre des quelques pierres qui était à moitié recouvertes d'inscriptions. Elles ressemblaient étrangement à ce qu'il voyait sur le mur.

— Je crois avoir trouvé autre chose! annonça-t-il. S'étant placée un peu en retrait pour laisser les hommes dégager la paroi, Rose tourna la tête pour regarder ce qu'il venait de découvrir. Elle suivit les pierres du regard jusqu'aux abords de la rivière, puis jeta un autre regard à la paroi. Très surprise, Rose appela Andrew à la rescousse pour comprendre de quoi il retournait.

— Vois-tu ce que je vois? chuchota-t-elle, examinant la scène.

— Les symboles ont l'air identiques à ceux du mur? se risqua Andrew.

— Oui, mais pour quelle raison?

— Commençons par nettoyer les pierres qui sont au sol et nous verrons par la suite où ça nous mène, dit Andrew. Certains des hommes se mirent à nettoyer rapidement les pierres après les avoir dégagées une à une.

— Oui, effectivement, dit Andrew à Rose, les symboles sont vraiment identiques.

Rose sautait d'une pierre à l'autre, en suivant le même ordre qui leur était indiqué sur le mur. Sans aucun résultat. Au bout de moment, elle se dit que quelque chose n'allait pas… mais quoi? Rose se rapprocha du mur pour observer de nouveau les symboles, les scrutant pour voir si elle n'aurait pas manqué quelque chose. Certains de ces symboles étaient plus enfoncés que d'autres, et même ceux sur le sol n'étaient pas égaux.

— Toi, viens ici! fit-elle, en demandant à un des chercheurs de s'approcher. Installe-toi sur cette pierre, lui demanda Rose. Aussitôt fait, la pierre descendit quelque peu et un premier bruit sourd se fit entendre, comme un coup de tonnerre qui grondait.

— Ne bouge plus! lui intima Rose, en observant de nouveau la paroi gravée. Rose appela un autre homme et l'installa sur une autre pierre, en suivant un ordre précis. À chaque fois, un bruit sourd se faisait entendre. Arrivée à l'étape de la dernière pierre, qui reposait juste aux abords de la rivière, Rose vérifia le mur, pour s'assurer qu'elle avait bien suivi les symboles dans le bon ordre. Elle plaça le dernier homme sur la dernière pierre qui devait être abaissée, mais... plus rien, aucun bruit. Découragée, elle se demandait pourquoi plus rien ne se passait. Elle retourna au mur... avait-elle oublié quelque chose? Aurait-elle commis une erreur dans l'ordre des symboles? Soudainement, le sol se mit à trembler de nouveau et, dans un nuage de poussière, un passage s'ouvrir directement dans la paroi géante, dans un terrible grincement de pierres se frottant les unes sur les autres. Sidérée, Rose recula de quelques pas en observant la paroi qui s'ouvrait devant elle. Elle réalisa qu'elle avait réussi. Tous sautaient de joie : ils venaient de trouver la fameuse entrée de la grotte.

Chapitre 21
COMMENCEMENT DES FOUILLES

Encore une fois, Rose avait vu juste en suivant la rivière pour trouver l'entrée de la grotte. La plupart des chercheurs de trésors sur place la remerciaient chaleureusement d'avoir suivi son instinct, hormis le jeune arrogant du groupe qui, depuis le début des procédures, s'opposait à ce décryptage. Maintenant que l'entrée avait été découverte, le petit groupe était revenu à la clairière pour installer leur campement dans cet endroit qui leur paraissait idéal. Mis à part quelques arbres à couper, le terrain était suffisamment plat. Quelques-uns d'entre eux commencèrent à vérifier où ils allaient installer leur tente et, en faisant le tour de l'endroit, un des hommes était tombé sur d'anciens équipements d'archéologue. Il alerta aussitôt les autres; tous s'approchaient pour voir. Surprise par cette découverte, Rose évalua soigneusement le matériel trouvé, pour constater qu'il datait au moins du 19e siècle. Ceci confirmait que d'autres personnes étaient passées bien longtemps avant eux, mais avaient-ils eux aussi trouvé l'entrée de la grotte?

Maintenant que le nouveau campement temporaire avait été établi dans la petite clairière, il fallait trouver une solution pour maintenir cette porte ouverte en tout temps. Par précaution, Andrew avait eu l'idée de bâtir des piliers avec des troncs d'arbre pour empêcher la porte de cette grotte de se refermer. Personne ne souhaitait rester coincé dans cette grotte sans être certain de pouvoir s'échapper par une autre sortie. Pendant qu'Andrew fortifiait l'entrée de la grotte avec une partie des hommes, d'autres avaient préparé la tente de réunion, au centre du campement. Sur les entrefaites, les hommes de main de Yuri l'avaient rejoint pour lui valider l'évolution des recherches, lui faisant savoir que Rose et Andrew avaient trouvé la véritable entrée de la grotte. Mais celle-ci était très loin du premier campement.

Beaucoup attendaient avec impatience de pouvoir accéder à cette grotte, mais quel danger les attendait-il sous terre? Personne ne savait à quoi s'attendre, toutefois les chercheurs étaient tous impatients de débuter les fouilles. Ils avaient très hâte. Cependant, d'autres scénarios leur venaient à l'esprit : allaient-ils trouver une grotte vide? Ils venaient tout juste de trouver du matériel archéologique sur les lieux, même s'il datait de très longtemps.

L'équipe des chercheurs était fin prête pour aller de l'avant, emboîtant le pas aux hommes de Yuri, Nikolaï et Dimitri. Personne ne comprenait pourquoi c'était eux qui devaient ouvrir la marche, car ils n'avaient aucune expérience dans ce genre de quête. Rose, un peu furieuse du déroulement des évènements, avait parlé à Yuri.

Ce dernier l'avait vertement engueulée, lui donnant l'ordre d'écouter ses hommes, comme tous les autres, d'ailleurs. Nikolaï et Dimitri avaient quelque peu bousculé les chercheurs, leur faisant clairement comprendre qui étaient les patrons. Rose avait empêché Andrew de s'en mêler; ces hommes étaient non seulement charpentés comme des taureaux, mais aussi armés jusqu'aux dents. Il valait mieux ne pas les provoquer inutilement. Rose commençait à entretenir de plus en plus de doutes sur cette expédition. Elle se rappela soudain de ce que le vieil homme du village lui avait dit : « Méfiez-vous du chef que l'on appelle Yuri et ses hommes, car ils ne sont pas là pour les bonnes raisons. » Peut-être le vieil homme se trompait-il? Seul le temps allait le lui confirmer.

Le grand départ avait sonné. Le moment était venu de partir en direction de la grotte. Suivant les deux fiers-àbras de Yuri, les membres du petit groupe étaient tous équipés de leur lampe torche et fin prêts pour une nouvelle découverte...

Nikolaï et Dimitri entrèrent dans la grotte d'un pas décidé, sans trop porter attention à l'environnement qui les entourait. Ils étaient suivis des autres chercheurs, un peu moins téméraires, car ils connaissaient les dangers que pouvait représenter une telle expédition. Ils avançaient dans un passage étroit couvert de toiles d'araignée; une forte odeur de renfermé leur titillait les narines.

Ils observaient les deux hommes de Yuri qui fonçaient dans le passage étroit sans retenue, en déchirant les toiles d'araignée sans précautions et sans protection.

— Il faudrait ralentir un peu, suggéra un des chercheurs aux deux hommes de Yuri qui, visiblement, étaient complètement inconscients des dangers.

— Tu es qui, toi, pour me dire quoi faire? cracha Dimitri sur un ton très arrogant. Bombant le torse, il se retourna pour faire face au chercheur.

— Je veux juste vous avertir des dangers auxquels vous faites face : vous pourriez vous faire mordre par une araignée venimeuse ou bien vous faire mordre par un serpent. Vos chances de survie au beau milieu de cette jungle seront très minces si vous n'êtes pas plus prudent. Je vous vois foncer tête baissée dans ce tunnel, au milieu de ces immenses toiles d'araignée. Je ne donne pas cher de votre peau.

Nikolaï regardait Dimitri, beaucoup moins déterminé, tout à coup moins certain de vouloir prendre les devants du groupe. Surtout que la lumière de l'entrée s'amenuisait peu à peu. Ils avançaient dans le tunnel étroit de la grotte. Sans ajouter un mot, les deux fiers-à-bras laissèrent immédiatement place à un des experts. Ils venaient de prendre conscience des dangers qu'une telle exploration comportait. Leur patron n'était pas sur place pour les obliger à prendre des risques inutiles.

Le petit groupe continuait à évoluer dans le passage étroit au sol inégal. Finalement, ils arrivèrent à de grandes marches de pierre qui descendaient dans la pénombre.

Rose et Andrew fermaient la marche. Ils remarquaient que leur lampe-torche laissait un éclairage moindre dans la grotte, ce qui était plutôt inusité. Une première petite salle apparaissait au bas des premières marches. Rien d'extraordinaire dans cette salle, sauf un autre passage encore plus étroit, gardé par deux statues beaucoup plus grandes que des humains, sculptées à même les murs de pierre. Chacune de ces statues tenait une grande soucoupe au-dessus de son torse. Leurs têtes baissées laissaient penser à de l'obéissance ou de la soumission. Rose et Andrew prenaient des notes, tandis que les autres hommes continuaient à avancer sans trop les regarder ou leur porter une attention particulière, comme si rien ne les intéressait, sauf le trésor. Le reste du groupe avait déjà passé les deux statues de pierre et continuait leur descente, mais les lampes torches commencèrent à inquiéter les marcheurs. Plusieurs d'entre elles clignotaient ou s'affaiblissaient de manière inquiétante. Pourtant, les piles utilisées étaient tout à fait neuves. Toujours à l'arrière du groupe, Rose et Andrew réfléchissaient à la Pierre de Feu. Ils se demandaient s'ils n'avaient pas commis une erreur de décryptage à son sujet.

—Ce n'est pas normal. Nos lampes ne devraient pas s'éteindre, chuchota-t-elle en tirant sur le bras d'Andrew.

— Te souviens-tu de ce que disait la Pierre de Feu? lui demanda.

— « Seul le brasier pourra vous éclairer dans l'obscurité » récita Rose. Je crois avoir compris! ajouta-t-elle en souriant. Elle rebroussa aussitôt chemin jusqu'aux statues. Durant ce temps, les autres continuaient à avancer, mais leurs lampes s'éteignaient à tous les deux pas. Bien entendu, Andrew restait près de Rose pour comprendre ce qu'elle avait en tête.

— As-tu du feu sur toi? lui demanda-t-elle.

Andrew lui donna son briquet, sans savoir ce qu'elle avait l'intention d'en faire. Rose inspectait le sol, pour voir si elle ne trouverait pas une branche.

— Mais que cherches-tu? lui demanda Andrew un peu curieux.

Sans dire un mot, Rose trouva une branche assez grosse. Elle arracha un morceau de sa chemise et l'enroula solidement autour du bâton. À ce moment, Andrew comprit ce qu'elle tentait de faire. Rose s'étira à son maximum, portant le bâton au-dessus des soucoupes tenues par les deux statues. Elle roula son bâton dans une des soucoupes et, comme par enchantement, un liquide opaque imbiba sa torche improvisée. Elle ressortit le bâton et l'alluma aussitôt à l'aide du briquet. Le feu prit instantanément. Stupéfait, Andrew n'en revenait tout simplement pas.

— Peux-tu m'expliquer comment il est possible qu'il y ait encore du liquide dans ces soucoupes? lui demanda Andrew.

— Je n'en sais rien, dit Rose. Je me devais d'essayer.

Sur ce, Rose transféra la flamme dans les deux soucoupes, ce qui éclaira toute la première salle. Les hommes qui cheminaient dans le tunnel n'y voyaient plus rien : toutes les lampes-torches s'étaient éteintes. Heureusement pour eux, une lueur éclaira une partie du tunnel où ils s'étaient engagés. Ils n'avaient d'autres choix que de revenir sur leurs pas. En revenant de nouveau dans la première pièce, ils découvrirent Rose, une torche à la main, ainsi que les deux soucoupes qui portaient maintenant une flamme. Les chercheurs se regardaient tous, très surpris, mais venaient de saisir ce que Rose leur avait expliqué au sujet de la Pierre de Feu au premier campement. Une partie des hommes étaient ressortis de la grotte pour aller se fabriquer des torches. Personne n'était en mesure d'expliquer ce qui était arrivé avec les lampes-torches et pourquoi elles ne fonctionnaient plus à l'intérieur; ça restait un mystère complet. Pendant que les autres fabriquaient des torches, Rose et Andrew discutaient de la meilleure façon de s'y retrouver dans ce dédale de tunnels. Peut-être valait-il mieux établir un plan au fur et à mesure de leur avancement, et laisser des points de repère à quelques endroits pour ne pas se perdre. Suite à la préparation des torches, le groupe reprit son avancée, mais plus lentement qu'au premier départ.

Les hommes de Yuri avaient compris et avaient pris la sage décision de laisser les chercheurs passer en premier.

Ils arrivaient à la fin du deuxième tunnel. Une grande salle s'ouvrir devant eux, une salle d'aspect différent de la première. Plusieurs statues comme celles de l'entrée se dressaient sur les murs et chacune d'elles portait une soucoupe. Les quelques hommes qui portaient les torches allaient allumer chacune d'elle… tout doucement, la salle s'illuminait. L'architecture était très différente de ce que les chercheurs connaissaient. Cette découverte était majeure. Ce peuple mystérieux n'était que très peu connu jusqu'à maintenant. Très peu d'informations ou d'objets représentant leur civilisation avaient été retrouvés : une nouvelle page d'histoire allait s'écrire. Tous prenaient le temps d'admirer la splendeur des travaux qui avaient été accomplis dans cette grotte. Cette salle étant très haute, plusieurs colonnes portantes s'y trouvaient, celles-ci fissurées à quelques endroits, mais paraissant toujours aussi solides qu'à leur création. Cette salle était généreusement garnie de gravures représentant des personnages inconnus de notre ère. Plusieurs couloirs s'y rattachaient et personne ne savait où ils devaient commencer. Et combien d'autres salles allaient-il trouver? Un des chercheurs commença à poser des questions.

— Avons-nous une idée de la grandeur de ces grottes?

— Personne ne le sait vraiment, répondit un des explorateurs.

Rose a dit qu'elle a vu des vallons énormes du haut des airs… il faudrait lui demander à elle.

— Oui, effectivement, du haut des airs le site paraissait énorme, mais ça ne veut rien dire. Ça va dépendre de ce que l'on va trouver.

Mais ce site leur réservait encore beaucoup de surprises. Rose n'avait jamais vu un endroit comme celui-ci, les autres chercheurs non plus. Depuis près d'un mois déjà, les équipes travaillaient jour après jour pour fouiller le site. Beaucoup de salles avaient été découvertes et ensuite cartographiées; des repères avaient été mis en place. Plusieurs artefacts avaient été dénichés, ainsi que des objets de grande valeur faits d'or et de diamants. Une grande partie des objets trouvés avait déjà été rapatriés au premier campement et gardés sous haute surveillance. Au fur et à mesure qu'ils avançaient dans le dédale des tunnels, de nouveaux passages apparaissaient. Quand ils croyaient avoir complété l'examen de certaines salles, d'autres indices leur démontraient le contraire. Chaque salle comportait des pièces secrètes, soit en tournant des statues sur leurs socles, soit en déplaçant des pièces de mobilier qui laissaient apparaître des trappes au sol. Ayant très peu d'archives sur ces peuples, les archéologues avaient peine à établir leur façon de vivre. Et pourquoi ce temple avaitil été établi sous la terre? À quoi pouvait bien servir cet endroit et quelles autres surprises allaient-ils y trouver?

Chapitre 22
LE RETOUR DE YURI

Après le premier mois, Yuri était finalement revenu de son voyage d'avec Nathalia. Il avait fait un détour par Montréal, pour affaires. Ses hommes l'avaient tenu informé au sujet du campement, comme quoi celui-ci avait été déplacé. Yuri avait demandé qu'un chemin soit aménagé pour faciliter l'accès entre les deux campements avant son arrivée. Ce sentier devait être juste assez large pour y rouler en véhicule hors route. De cette façon, il serait plus facile d'acheminer des vivres et du matériel. Yuri ne voulait pas être forcé de traverser la jungle à pied. Il donna ordre à ses hommes de prendre tous les moyens nécessaires pour arriver à leurs fins. Pour ce faire, la plupart des jeunes hommes du village avaient été enrôlés de force pour effectuer le travail.

Aussitôt arrivé sur les lieux du premier campement, Yuri commença à vérifier les artéfacts qu'ils avaient ramenés de la grotte. Certains objets en particulier l'intéressaient plus que d'autres. Beaucoup de lectures et de recherches avaient été faites par Yuri, avant même qu'il s'engage dans cette quête. Pour investir autant, ça devait lui rapporter!

Au fait, ce n'était pas tant l'argent qu'il l'intéressait car, de l'argent, il en avait en abondance. Ses commerces illicites lui rapportaient des revenus substantiels. Ce qui l'intéressait le plus, c'étaient bien sûr les objets qui, apparemment, étaient dotés de pouvoirs surnaturels. La seule façon d'en avoir le cœur net, c'était de mettre la main sur ces objets précieux. Et ce n'est qu'à partir de ce moment qu'il allait enfin savoir si les propriétés magiques de ces objets ne relevaient que de la légende... ou s'ils étaient réalité. La firme avait été fondée dans cet unique but, qui était de mettre la main sur ces trois objets en particulier. Yuri faisait partie de ces hommes avides de pouvoir, ces hommes qui en veulent toujours plus. Malheureusement, les objets qu'ils avaient trouvés jusqu'à présent ne faisaient pas partie de ce qu'il recherchait. Toutefois, il était convaincu que ce n'était qu'une question de temps avant qu'ils les trouvent.

Le temps était venu pour Yuri d'aller visiter le site par luimême. Rendu sur les lieux, il salua ses hommes de main présents sur place, suivi de Nathalia qui s'affichait à ses côtés. Yuri parlait à ses lieutenants, qui étaient présents sur le site depuis le début de cette aventure, soit Nikolaï et Dimitri.

— J'aimerais bien qu'on rassemble tous nos chercheurs sous la tente pour une réunion d'urgence, dit Yuri à ses hommes. Aussitôt, ses larbins firent le tour de tous les campements pour rassembler le personnel.

Comme on était tôt en matinée, personne n'était dans les grottes à ce moment; tout le monde fut immédiatement réuni autour de la table sous le chapiteau principal.

— Bonjour à tous. Ma visite d'aujourd'hui n'a qu'un seul but : j'ai besoin de savoir quel pourcentage des grottes ont été découvertes jusqu'à maintenant. Phrase prononcée sans aucune empathie. Yuri se foutait complètement de ce qui avait été fait pour trouver l'entrée du site. Ça ne l'intéressait même pas. Tout ce qu'il désirait, c'étaient ses objets de pouvoirs.

— Vous n'êtes pas curieux de savoir comment on a trouvé l'entrée? questionna un des chercheurs.

— Non, répondit Yuri froidement. Il y a trois objets que je tiens précisément à avoir. Il y a une bague, une clef et un bracelet. Ceci est non négociable. Ces objets sont pour moi. De plus, la totalité du trésor recueilli sera transféré à Montréal pour être revendu. Un salaire vous sera versé. Interloqués, tous les chercheurs, incluant Rose et Andrew, faisaient la gueule, assommés par ce qu'ils venaient d'entendre. C'était bien la dernière chose à laquelle tout ce beau monde s'attendait… C'était à n'y rien comprendre. Un grand sentiment d'inconfort et d'injustice s'installa dans le groupe. Furieux, un des chercheurs prit la parole.

— Mais c'est quoi cette histoire de salaire? Nous avons un pourcentage sur ce trésor, et c'est ce qui est établi dans nos contrats.

Personne n'avait osé lever le ton sauf, bien sûr, le jeune arrogeant du groupe.

— Ce que stipule votre contrat, que vous avez signé avec mes avocats, c'est que seul un salaire vous sera versé. Et ce salaire sera décidé par moi, bien évidemment, répliqua Yuri en leur riant au visage…

Enragés, deux des chercheurs montèrent immédiatement sur leurs grands chevaux et les engueulades débutèrent. Tous voulaient s'en prendre à Yuri. La grande tente fut soudainement le théâtre d'une solide bousculade. D'un geste autoritaire, Yuri fit signe à ses hommes de s'emparer du jeune chercheur insolent. Ceux-ci, suivis de Nathalia qui tenait une machette à la main, tirèrent le jeune archéologue au-dehors de la tente. Yuri lui jeta un regard d'approbation. Ahuris devant un tel comportement, Rose et Andrew se levèrent d'un seul coup. Ils s'appuyaient maintenant aux parois de la tente, estomaqué d'être témoin de cette situation devenue incontrôlable. D'autres hommes de main de Yuri avaient sorti leur arme de poing, et les pointaient sur les hommes qui étaient toujours présents sous la tente. Plus personne n'osait dire un mot. Tous se demandaient ce qui allait advenir du jeune chercheur qu'on avait traîné hors de la tente. Effectivement, l'arrogance n'était pas une raison valable pour lui faire du mal! Soudainement, d'atroces cris de douleur parvinrent à leurs oreilles, et la panique commença à s'emparer du petit groupe. Quelques instants passèrent et... plus aucun bruit.

Le calme était revenu dans le campement. Nathalia entra de nouveau dans la tente en regardant Yuri. Elle était couverte de sang de la tête au pied et jetais un regard glacial au reste du groupe... le message était clair pour les autres.

— Mais qu'avez-vous fait? s'alarma un des chercheurs. Êtes-vous devenu fous?

— Je ne veux plus entendre un mot! cria Yuri, les yeux en feu.

Un des chercheurs voulut rouspéter, mais Yuri l'aligna d'un regard de tueur en série. Terrorisé, l'employé recula d'un pas. Rose et Andrew venaient de comprendre ce que le vieil homme du village avait voulu leur faire comprendre. Le sang glacé dans les veines, Andrew se plaça devant Rose dans un geste protecteur. Une scène d'horreur venait de se dérouler devant leurs yeux. Tous tremblaient de peur en pensant au sort qui leur étaient réservé. Rose comprit subitement qu'aussitôt que Yuri aurait trouvé ce qu'il voulait, leur vie n'en tiendrait qu'à un fil. Comment se sortir de cette galère? Les équipiers étaient tous en état de choc : qu'allait-il leur arriver maintenant?

— Je ne vais le dire qu'une seule fois, affirma-t-il froidement, les yeux exorbités. Tant et aussi longtemps que les objets que je veux avoir ne seront pas trouvés, personne ne sortira d'ici. Et... pour le reste, je crois avoir été très clair : plus aucune interférence ne sera tolérée. Maintenant, retournez au boulot et je veux des résultats, cria-t-il, en colère.

Sur ces mots, il sortit de la tente, Nathalia sur ses talons.

— « Débarrassez-moi de ce corps! », ordonna-t-il à ses hommes de main.

— « Oui, Patron », souffla Nikolaï, en faisant signe à leur esclave mexicain de se débarrasser du cadavre.

À l'intérieur de la tente, Andrew et Rose, ainsi que les chercheurs figés sur place, entendaient toujours les hommes de Yuri discuter de la suite des événements avec leur patron. Les explorateurs savaient pertinemment que la fin était proche pour eux. Un des chercheurs voulut dire quelque chose, mais Rose l'arrêta d'un signe de la main. Elle lui chuchota d'attendre dans la grotte pour discuter de la suite des choses.

CHAPITRE 23
OBJET MANQUANT

Déjà plus de cinq mois avaient passés. Exténués, les équipes d'archéologues travaillaient d'arrachepied à fouiller l'immense site. Ils avançaient toujours, découvrant de nouvelles pièces, mais sans aucun enthousiasme. Chacun d'eux souhaitait foutre le camp de cet enfer. Tous les jours, ils voyaient des esclaves qui étaient maltraités, battus, et même tués. Ils comprenaient maintenant la gravité de la situation dans laquelle ils étaient plongés, mais ne pouvaient rien y faire. Yuri avait doublé, puis triplé le nombre de ses gardes, s'assurant un contrôle total des fouilles. Comme ils se trouvaient au beau milieu de nulle part, il semblait impossible de s'enfuir. À ce jour, déjà plusieurs milliers d'objets d'or avaient été retirés des grottes. Un seul des objets recherchés par Yuri avait été trouvé et c'était la clef. D'une beauté époustouflante, elle était sculptée avec une incroyable précision. Faite d'or massif, elle portait des inscriptions en langage inconnu. Les hommes de Yuri les suivaient pas à pas : ils étaient tout simplement pris au piège et traités comme des moins que rien.

Bien qu'elle soit une femme forte, Rose se réveillait parfois en pleurant. Elle pensait à son fils et à son mari Richard, croyant qu'elle ne les reverrait jamais. Rose avait le cœur brisé et les émotions à fleur de peau. Elle savait bien qu'aussitôt qu'ils trouveraient les objets manquants, ils disparaîtraient tous dans la jungle. Elle pensait aussi à ses collèges, qui eux aussi avaient certainement des familles qui s'inquiétaient. Tristement, les explorateurs avaient tous signé des documents de non-divulgation de l'endroit où ils se trouvaient. Personne ne savait donc réellement où les chercher.

La cadence des recherches avait diminué grandement, car tous voulaient étirer le temps au maximum pour protéger leur survie. Un autre quatre mois était passé. Ils travaillaient donc depuis neuf mois déjà sur ce site. Un des autres chercheurs avait tenté de s'échapper, mais son sort en fut également scellé avec le plus grand sadisme : lui aussi avait été découpé à la machette. Le but premier de cette horrible violence était de dissuader les autres de tenter de s'enfuir. Cependant, atteignant un point de nonretour, certains préféraient la mort à la captivité.

L'anneau avait maintenant été trouvé. Il ne restait plus qu'à découvrir le bracelet. Alors que leur périple tirait à sa fin, les esprits des chercheurs commencèrent à s'échauffer. La peur leur nouait cruellement le ventre.

Comme à tous les jours, les chercheurs avaient l'habitude de se lever à la même heure, se réunissant dans la tente principale pour le petit déjeuner. L'équipe diminuait un peu plus chaque semaine. Et ce, jusqu'à un matin où les deux derniers chercheurs avaient disparu. Ils ne s'étaient pas présentés à la table ce matin-là. Où étaient-ils? Comment avaient-ils réussi à s'échapper? Dans un tel environnement, et sachant que leur survie serait mise à dure épreuve? Il ne restait seulement qu'Andrew et Rose sur le site, en plus de plusieurs esclaves. Nikolaï, l'employé de Yuri, venait de se rendre compte de la disparition de son collègue Dimitri qui manquait à l'appel ce matin-là. Il ordonna aux autres hommes de faire le tour du site pour le retrouver. C'est lui qui avait été de garde durant la nuit. Finalement, son corps avait été retrouvé un peu plus loin dans la jungle, avec quelques esclaves mexicains morts. Ces mexicains avaient donc bien tenté de fuir, mais Dimitri avait réussi à en éliminer au moins trois durant leur tentative. Dimitri avait trouvé la mort par la même occasion. Les deux derniers chercheurs avaient ainsi réussi à se faire la malle! Nikolaï se devait maintenant d'aller apprendre la mauvaise nouvelle à Yuri. Il savait que ça allait brasser... Comme Yuri et Nathalia ne dormaient pas sur le site, Nikolaï était obligé de se rendre au premier campement pour leur apprendre la mauvaise nouvelle et pour leur faire un compte rendu complet. Rose et Andrew savaient très bien ce qu'il allait se passer quand Yuri allait revenir à la petite clairière où était établi le deuxième camp. Des têtes allaient tomber.

Ce matin, la personne avait été envoyée dans les grottes sur l'ordre de Nikolaï.

Après quelques interminables heures passées à attendre, Yuri et Nathalia arrivèrent sur place, suivis de Nikolaï. La cicatrice de Yuri semblait bouillonner sur son visage rougi de rage, ce qui n'était pas de bon augure pour le reste des personnes présentes. Yuri exigea que tout le monde se tienne sur une même ligne; les Mexicains d'un côté, Rose et Andrew de l'autre.

— Je vais être très clair, dit-il sur un ton hallucinant, la voix déformée de fureur. Qui est au courant de cette évasion? demanda Yuri. Personne n'osait répondre de peur d'être trucidé. Au moins 20 Mexicains étaient cordés, les uns à côté des autres, la sueur au front. Yuri demanda un pistolet à Nikolaï et s'approcha du Mexicain le plus loin dans la file. Pointant le pistolet sur la tête... Bang! Une première balle venait d'assassiner un premier homme. Aucun remord n'animant son regard, Yuri se tourna vers Andrew et Rose pour évaluer leur réaction.

— Je vais répéter la question. Y a-t-il quelqu'un d'autre qui était au courant de cette évasion? Personne ne répondit. Bang! Un autre Mexicain venait de tomber. Personne n'osait même respirer... trop peur des conséquences. Yuri continuait à éliminer les Mexicains, un à un, de sang-froid, comme si ce n'était rien. Déjà dix d'entre eux venaient d'être exécutés.

— Arrêtez! lança Andrew. Il ne pouvait pas rester là, à ne rien faire. Vous êtes devenu complètement fou, cria-t-il.

Yuri s'approcha de lui, en le regardant droit dans les yeux, Il pointa son arme sur son front, comme il avait fait pour les Mexicains. Il tira sans aucune hésitation, Bang! Et s'en était fini d'Andrew. Son corps gisait, inerte sur le sol, dans une mare de sang, les deux yeux grands ouverts. Prise de panique, Rose reçut soudainement un coup sec derrière la nuque. Elle perdit connaissance aussitôt et... plus rien. Le noir total.

Quelques heures étaient passées. Rose se réveilla dans une des tentes, le crâne en feu. Retrouvant peu à peu ses esprits, elle réalisa qu'elle n'avait pas rêvé, que son collège Andrew venait d'être abattu de sang-froid. Des larmes silencieuses coulèrent sur ses joues. Elle tremblait de tout son corps. Depuis près d'une année qu'elle le côtoyait, ils étaient devenus bons amis. Elle réalisa soudain qu'elle était prisonnière de ces malfrats depuis plus d'un an. Une aventure qui avait commencé sur une bonne note, mais qui, très rapidement, était devenue un cauchemar, un enfer. Rose était la dernière qui restait vivante, avec quelques Mexicains.

La grotte avait été fouillée de fond en comble et le troisième objet n'avait toujours pas été retrouvé. Avec du recul, Rose avait bien compris qu'elle ne trouverait jamais le fameux bracelet car, durant leurs fouilles, elle avait découvert qu'une partie du site s'était effondré sur lui-même. Toujours selon elle, cette partie avait été pillée depuis très longtemps. C'est sûrement à ça qu'avaient servi les équipements qu'ils avaient trouvés dans la petite clairière.

Rose sorti de la tente, un peu désorientée. Il ne restait que les hommes de Yuri sur place et celui-ci était déjà reparti. Elle jeta un rapide coup d'œil au site et, en se retournant, elle vit Nathalia qui venait vers elle d'un pas décidé. Ne sachant pas trop quoi faire, Rose figea sur place, terrorisée. Nathalia l'attrapa par la gorge et l'adossa aux parois de la tente.

— Maintenant, tu vas m'écouter très attentivement, lui ditelle d'un ton cinglant, teinté de son accent russe. Le patron a dû s'absenter d'urgence, alors c'est moi qui commande durant son absence. Aujourd'hui, tu devras trouver ce foutu bracelet, sinon tu devras mourir. Cherchant son souffle, Rose agrippait les poignets de Nathalia pour se défaire de son emprise. Comme elle était la dernière archéologue en vie, elle savait qu'ils ne pouvaient pas vraiment la tuer. En fait, plusieurs objets gravés d'inscriptions restaient à décrypter, ce qui était à son avantage pour l'instant.

— C'est faux! s'écria-t-elle. Vous avez trop besoin de moi et je suis la dernière ici! Je suis la seule à pouvoir décrypter vos objets de merde!

Les deux femmes se regardaient dans le fond des yeux, sur le point de s'entre-tuer. Nathalia fit signe à l'autre gorille de Yuri de ramener Rose dans les grottes. Celui-ci discutait avec Nathalia, à savoir ce qui était arrivé et pourquoi Yuri était parti si hâtivement.

Rose les écoutait discuter en russe, une langue qu'elle comprenait très bien, sans qu'ils le sachent. Ils parlaient de Yuri et racontaient qu'il avait eu des nouvelles d'une de ses planques où les objets du site avaient été transportés. Yuri venait d'apprendre qu'il avait été dépouillé de ces trésors précieux. Comme il ne savait pas de quels objets il s'agissait, Yuri avait été obligé de repartir rapidement pour Montréal. Dans un certain sens, Rose était contente de ce qu'il leur arrivait, en se disant que c'était bien mérité. Rose continuait d'écouter la conversation sans dire un mot. Un de ses hommes de main l'aurait appelé pour lui annoncer la mauvaise nouvelle, raconta Nathalia.

— Mais comment ceci avait-il pu arriver?

— Jacques, un des autres hommes sur place, a décrit les évènements à Yuri, en lui donnant la description de l'homme en question, mais je n'en sais pas plus, lui dit Nathalia.

D'un signe de la main, Nathalia signifiait à son collègue d'emmener Rose dans les grottes pour la remettre au travail.

Durant ce temps, de retour en direction de Montréal dans son avion privé, Yuri réfléchissait à ce qui venait de se produire. Et qui était cette personne? La description lui disait quelque chose. Yuri repensait aux évènements des derniers mois… il comprit soudainement la situation. Didier Bonaparte était le seul homme qui connaissait son projet, ça devenait évident. Un jour ou l'autre, quelqu'un allait bien chercher à retrouver les personnes qu'il détenait contre leur gré. Yuri avait fait disparaître toutes les preuves, mis à part Rose, dont il ne pouvait pas se défaire pour l'instant. Mais s'il mettait la main sur ce Didier, il lui serait peut-être plus facile d'effectuer le travail de décryptage…

Chapitre 24
IL FAUT SAUVER DIDIER

Toujours en voiture, Richard et Didier étaient en fuite de leur agresseur. C'était un véritable calvaire : malheureusement, Didier avait été blessé durant cette course effrénée, atteint par une balle. Il perdait beaucoup trop de sang! Plus le temps passait, plus il souffrait et il n'était pas question d'aller à l'hôpital. Didier n'était plus en mesure de conduire, car il s'affaiblissait rapidement. Il n'avait d'autre choix que de laisser le volant à Richard. D'une voix plus faible, Didier donnait des instructions à Richard en lui donnant une adresse où se rendre.

— Richard! Tu dois absolument m'emmener à cet endroit. Il y a une femme du nom d'Emma, elle saura quoi faire. Didier commençait lentement à perdre le cap, Richard devait faire vite. Didier avait eu juste assez de force pour lui donner l'adresse de cette connaissance. Richard avait bien compris que ce n'était qu'une question de temps avant de perdre son ami. Il devait faire vite, même très vite, sinon Didier allait y passer. Rapidement, Richard trouva l'adresse indiquée par Didier.

Il arriva en trombe dans la cour où une femme d'un certain âge était assise sur le porche de la maison. Surprise, elle sursauta en voyant cette voiture qui entrait à pleine vitesse sur son terrain.

— Mais qu'arrive-t-il à la fin? s'écria-t-elle.

— Venez m'aider! Vite! cria Richard.

La femme voyait bien que Richard avait les mains maculées de sang, et le visage boursouflé.

— Mais…. Mais… qui êtes-vous?

Le voyant qui tentait de sortir une autre personne du côté passager, la femme se rapprocha rapidement.

— Ah, le vieux bougre! Dans quel pétrin s'est-il encore fourré à la fin? dit-elle. Richard voyait bien qu'elle connaissait Didier. Il la regarda examiner les blessures de Didier.

— On doit l'emmener à l'intérieur, s'écria-t-elle. Vite! Je dois lui retirer cette balle. Si je ne le fais pas maintenant, il sera mort d'ici une heure. Rendu dans la maison, ils se dépêchèrent d'installer Didier sur la table de la cuisine, pour lui prodiguer les premiers soins. Richard la regardait s'exécuter, lui-même trop faible pour aider en quoi que ce soit. La femme avait l'air de s'y connaître. Elle était sûrement médecin, se disait Richard.

Elle se rendait bien compte que Richard s'affaiblissait à son tour, mais pour l'instant, elle était occupée à soigner Didier.

— Allez-vous asseoir plus loin, lui dit-elle, en voyant qu'il n'était pas en très bon état. Je dois sauver Didier et je reviendrai vous voir après. En fait, Emma était une médecin que Didier avait rencontrée durant une de ces expéditions qu'ils avaient faites ensemble. Après ceci, ils avaient commencé à se fréquenter régulièrement et étaient restés très bons amis.

Quelques heures étaient passées. Richard s'était endormi sur une chaise, complètement épuisé de l'épreuve qu'il venait de vivre. Un peu plus tard, quand il ouvrit péniblement les yeux, il réalisa qu'il n'était plus assis sur la chaise où il s'était assoupi, mais bien couché dans un lit douillet. Il regarda autour de lui, du moins ce qu'il pouvait en voir, le visage couvert d'ecchymoses héritées de ses assaillants. Apercevant une silhouette floue qui s'approchait de lui, il leva la main comme pour se défendre.

— Ça va aller... Emma lui parla d'une voix douce. Vous n'avez rien à craindre de moi. Vous êtes en sécurité maintenant.

— Où est Didier? lui demanda Richard.

— J'ai pu le sauver, dit-elle. Ne vous en faites pas, cet homme est fait de béton armé, croyez-moi. D'ici quelques jours, il sera remis sur pied. Soulagé, Richard referma les yeux. Toujours trop épuisé pour dire ou faire quoi que ce soit d'autre, il se rendormit aussitôt. Après avoir dormi pendant deux jours, Richard se sentit beaucoup mieux. Il avait le visage de moins en moins enflé. Son ami Didier, quant à lui, était toujours en repos. Il aurait encore besoin de quelques jours avant de se réveiller. Se levant péniblement, Richard alla rejoindre Emma au premier étage de cette somptueuse maison. Alors qu'il faisait le tour du domicile des yeux, Emma se rendit compte de sa présence.

—Je suis ici, venez me rejoindre, l'invita-t-elle.

Richard réalisait que cette femme venait de leur sauver la vie. Il ne savait pas trop quoi lui dire, mis à part la remercier de ce qu'elle avait fait pour eux. Il s'assit à la table où était déjà Emma.

— Alors, racontez-moi donc ce que ce vieux bougre a bien pu faire pour se prendre une balle. Et selon votre état, je dirais qu'il a dû vous sauver la vie!

— Oui, effectivement! reconnu Richard, un peu plus en forme.

Richard commença donc à lui raconter en détail leur périple et la cause de tout cela. Et que son épouse Rose avait été enlevée par cette firme avec qui elle était partie en expédition.

— Mais attendez un instant! sursauta-t-elle. Son nom ne serait pas Rose Miller, par hasard? Emma venait de faire le lien avec Didier.

— Oui, c'est bien ça! répondit spontanément Richard, très surpris. Mais d'où la connaissez-vous?

— Eh bien, j'ai déjà participé à une expédition avec elle il y a de nombreuses années. C'est Didier qui me l'avait présentée. Mais là, vous dites qu'elle a été enlevée par cette firme? Dans quel but et pourquoi?

— Selon les histoires que j'ai entendues à propos de ce site de recherches, il y aurait eu des objets, comment dire?... des artéfacts spéciaux. Et ce sont les mêmes objets précieux qui étaient prisés par les malfrats de cette firme Wiki Horse. Didier a voulu m'aider à retrouver mon épouse. En effectuant quelques recherches précises, il a fini par mettre la main sur une adresse où était située une de leurs planques. Didier leur aurait dérobé des objets qui, selon les dires, seraient dotés de pouvoirs... mais il semble qu'il en manquerait encore un. Et selon nous, peut-être que le troisième objet aurait été enfermé dans un bateau-musée... mais ce n'est qu'une supposition. Et mon fil est parti à sa recherche en ce moment même, selon ce que Didier a eu le temps de me raconter. Didier aurait déposé mon fils et ses amis près de ce bateau, voilà près de deux jours. De plus, Didier lui aurait remis les deux autres objets qui auraient supposément des pouvoirs, soit l'anneau et la clef. J'ai vu ces objets de mes propres yeux et je les ai même touchés. J'ai remarqué qu'ils portaient des gravures dans un très ancien dialecte que je ne connaissais pas. Seuls Didier et mon épouse seraient en mesure de les décrypter.

— Maintenant, je comprends mieux, mais Rose, votre épouse... est-elle encore en vie? lui demanda Emma.

— Oui. Pendant qu'ils me retenaient en otage, je les ai obligés à me prouver qu'elle était en vie. Mais, maintenant qu'ils ont tiré sur Didier, ils doivent penser qu'il est mort. Et ils doivent continuer à le croire! affirma Richard.

— Mais... pourquoi? lui demande Emma, un peu confuse.

— Je vous explique : les chances de survie de mon épouse sont très minces et s'ils mettent la main sur Didier, ce serait la fin assurée pour elle. Mais s'ils croient avoir tué

Didier, les chances de survie de ma femme remontent à 99 %, car Rose resterait la seule personne à pouvoir décrypter les vieux dialectes. Et tout ce qui arrive en ce moment va nous donner un peu de temps pour la retrouver. Mon plus grand problème, à l'instant, c'est que Didier a tout fait exploser au moment de notre départ et, maintenant, je ne sais plus par où commencer. Ils ont sûrement d'autres planques ailleurs, mais où ?

— Attendons de voir, peut-être qu'après son réveil, il sera en mesure de vous indiquer quoi faire, conclut Emma.

— Je suis d'accord avec vous, car pour l'instant, je n'ai pas d'autre piste, dit Richard. Je devrais concentrer mes efforts pour retrouver mon fils, car la dernière fois que je l'ai vu, c'est vendredi matin. Et samedi matin, quand je suis revenu de Montréal pour rencontrer Didier, Edward était encore à la maison, ce que je n'avais pas prévu. Et je ne voulais pas qu'il soit au courant des recherches que je menais… il croit toujours que sa mère est morte. Alors, je suis entrée en douce dans ma propre maison et je me suis caché le temps qu'il parte pour son week-end. Par la suite, j'ai eu la rencontre avec Didier, qui avait laissé une lettre à la réception de l'hôtel pour moi. Et c'est à partir de cette lettre que tout a commencé à basculer selon moi.

— Une lettre… D'où venait cette lettre ? demanda Emma.

— Elle a été écrite par Didier après qu'il ait pris la fuite de la planque. Il l'a laissée pour moi à l'hôtel où ces malfaiteurs ont essayé de me kidnapper la première fois. Mais à ce moment-là, j'ai réussi à les semer. Et c'est par la suite que Didier et moi avons eu notre rencontre chez moi. C'est là qu'il m'a montré tous les objets qu'il avait réussi à leur soutirer. Et c'est à partir de là que nous nous sommes rendus compte que les plans du bateau qu'ils leur avaient dérobés étaient les plans du bateau-musée que mon fils était parti visiter... Ne sachant plus trop quoi faire, Didier est parti pour le Vieux-Québec pour aller rejoindre mon fils. C'est pendant ce temps que j'ai été enlevé. Ensuite, selon ce que Didier m'a raconté, il serait revenu chez moi, car il venait de comprendre que j'étais en danger, mais... il était déjà trop tard. Et c'est là qu'il aurait rencontré mon fils et lui a expliqué mon enlèvement. Pour le moment, mon fils Edward ne sait même pas que Didier a réussi à me libérer. Et maintenant, je dois le retrouver! Pour savoir s'il est en sécurité et, du même coup, savoir ce qu'il a trouvé sur ce bateau. Comme je n'ai pas eu de nouvelles, je suis très inquiet. Edward est-il toujours en sécurité? Ont-ils trouvé le troisième objet? Je suis sûr que mon fils ne retournera pas à la maison en raison des derniers évènements, mais où est-il parti en ce moment?

— Et si vous alliez voir où est ce bateau au port? suggéra Emma.

Richard, un peu confus, resta perdu dans ses pensées durant un bon moment.

Chapitre 25
VOYAGE RAPIDE DE YURI ET NATHALIA

Yuri venait d'abattre Andrew à bout portant. Il était en furie de savoir que deux chercheurs avaient réussi à prendre la fuite, en plus d'avoir tué un de ses hommes de main. Rien n'allait plus et il en était le seul responsable, ce qui le rendait encore plus instable mentalement. Rose était la dernière encore en vie et Yuri n'avait pas le choix de la garder pour assurer la suite des décryptages. Nathalia s'en était chargée : Rose avait été assommée et ramenée sous une des tentes. Le temps que Yuri décide de la suite des choses, il devait se retrouver seul pour se calmer un peu. Au même moment, il reçut un appel téléphonique et dû repartir pour Montréal sur-le-champ, car une mauvaise nouvelle venait de lui être annoncée. Il demanda donc à Nathalia de prendre le relais et rester au site pour remplacer Nikolaï, que Yuri avait décidé d'emmener avec lui à Montréal.

— Où allons-nous, Patron? demanda Nikolaï.

— Nous allons à la planque près du Vieux-Port, répondit Yuri. N'osant pas poser d'autres questions, Nikolaï conduisait pour se rendre à l'endroit convenu. Yuri n'était pas très bavard tout le long du chemin, créant un certain malaise dans la voiture. Comme ils arrivaient dans le vieux hangar désaffecté donnant accès à la planque où ses autres hommes l'attendaient sur place, Yuri voulut savoir qu'elle était cette urgence qui l'obligeait à revenir si rapidement du Mexique. Nikolaï et lui cherchaient partout parmi les petites salles remplies de trésors rapportés du site de recherche. Ils débouchèrent bientôt sur la salle où se tenait une réunion d'urgence, avec ses hommes, bien installés, qui l'attendaient.

— Qui a-t-il de si important pour me faire revenir du Mexique? leur demanda Yuri sur un ton plutôt calme. Les meurtres qu'il venait de commettre, à peine six heures plus tôt, ne semblaient aucunement le perturber.

— On a eu un petit pépin, Patron! commença le responsable de cet entrepôt.

— Et c'est quoi, ce petit pépin? s'inquiéta Yuri.

— Un homme a réussi à entrer dans la planque. Il nous a volé quelques petits objets sans trop de valeur.

Changeant un peu d'humeur, Yuri plissa les yeux.

— Et de quels objets s'agit-il? lança Yuri, s'emportant davantage.

— Juste une petite bague et une clef, ainsi qu'une carte... rien de trop important.

Le visage tournant au rouge vif, les veines du visage gonflées, Yuri se jeta soudainement sur son employé. Rapide comme l'éclair, il arracha l'arme de Nikolaï et tira dans la tête de ce même homme de main qui venait de lui annoncer cette mauvaise de la plus banale façon. S'adressant aux autres hommes présents dans la salle, l'écume à la bouche et les yeux fous de rage, Yuri se mit à crier des insultes en russe. Yuri faisait les cent pas devant les autres : fallait-il les descendre immédiatement ou bien reprendre son contrôle? Sans un mot, reculant de quelques pas, les bandits s'attendaient au pire. Toujours sur un ton complètement disjoncté, Yuri reprit la parole.

— Tous autant que vous êtes, ouvrez grand vos oreilles. Je ne me répéterai pas deux fois. On doit absolument savoir qui est venu ici. Et qui a pris ces objets? À n'importe quel prix, je veux que ces objets soient retrouvés.

Un des hommes avança d'un pas et osa ouvrir la bouche devant Yuri.

— J'ai... j'ai réussi... à... à placer un traceur sur l'auto, et j'ai réussi à le voir aussi, dit Jacques en bégayant.

— Enfin! En voilà un qui a des couilles, dit Yuri, en le fixant droit dans les yeux.

— À partir de maintenant, c'est toi qui gères cette merde. Et je veux des résultats! cria Yuri. Et une j'ai dernière question pour toi : à quoi il ressemblait-il, cet homme?

Jacques commença à lui décrire l'homme qu'il avait aperçu alors qu'il prenait la fuite.

— Tu es sûr de cette description? lui demanda Yuri, le visage changeant de couleur.

— Très sûr! lui répondit Jacques.

— Didier Bonaparte… devina Yuri.

— Et c'est qui, ce Didier Bon…? commença Jacques.

— Cet homme est un éminent chercheur français. Un expert en décryptage que j'ai voulu engager, mais qui a refusé de travailler pour moi. Mais avant tout, c'est un ami de Rose Miller. Ce qui veut dire qu'ils sont encore à sa recherche. Tu viens juste de me dire que tu as réussi à poser un traceur sur sa voiture? lui demanda Yuri.

— Oui, je suis sûr d'avoir atteint la voiture.

—Alors, je veux que vous commenciez par le suivre pour connaître ses déplacements.

— Travaille-t-il seul? demanda Jacques, avec un peu plus d'assurance.

—Je n'en ai aucune idée! C'est à vous de le découvrir, on doit savoir avec qui il travaille. Et le plus important, on doit retrouver ces objets rapidement... Je veux que tu fasses une recherche sur Rose Miller, a-t-elle une famille ou des connaissances qui pourraient ressurgir à tout moment? Faites le nécessaire! Moi, je dois repartir, j'ai d'autres problèmes à régler, dit Yuri en jetant un regard à Nikolaï. Toi, tu restes ici avec Jacques pour voir au bon déroulement des recherches. Depuis de longues années au service de Yuri, Nikolaï était habitué à faire la sale besogne. Et si ça ne fonctionnait pas à son goût, il savait exactement quoi faire. Yuri tourna les talons et quitta aussitôt la planque.

Jacques fit signe de la tête à un des hommes, lui indiquant de se débarrasser immédiatement du cadavre. Maintenant, il fallait activer le traceur pour découvrir où allait Didier. Travaillait-il pour quelqu'un? Était-il seul? Jacques activa le signal et commença à suivre les déplacements de Didier, ce qui aurait dû être fait depuis le début. Mais son collègue, celui que Yuri avait descendu, n'avait pas voulu s'en occuper, croyant ça n'en valait pas la peine.

Ça faisait plus de 20 minutes qu'il suivait le signal du traceur installé sur la voiture de Didier… tout à coup, le signal disparut.

— On n'a plus rien! Pourquoi? s'écria Jacques, en questionnant l'homme qui s'activait sur le clavier de son ordinateur. Que s'est-il passé? Où est le signal?

Un peu paniqué devant Nikolaï qui faisait trois fois sa grosseur, Jacques savait pertinemment que si Yuri l'avait nommé responsable des opérations, c'était pour obtenir des résultats… et rapidement.

— Je ne sais pas! s'énerva l'homme devant l'écran.

— Où as-tu perçu le signal en dernier lieu? demanda Jacques.

— C'est à un hôtel, le Reine Élizabeth, répondit-il, nerveux.

— Rony, suis-moi, nous allons faire un tour à l'hôtel, dit Jacques à l'un des hommes de main de Yuri qui était resté en retrait.

Jacques, Rony et Nikolaï partirent donc immédiatement en direction de l'hôtel. En arrivant sur place, les trois hommes jetèrent un coup d'œil rapide dans le stationnement, mais aucune voiture ne correspondait à celle de Didier. Seul Jacques avait été en mesure de la voir, lorsque Didier avait pris la fuite.

— Toi, fais le tour du stationnement! ordonna Jacques à son acolyte, qui s'exécuta sur-le-champ. Durant ce temps, Jacques se présenta au comptoir de réception de l'hôtel. Se présentant comme un client, il salua le réceptionniste d'un geste de la tête.

— Bonjour! On peut vous aider, monsieur? dit le réceptionniste.

— Oui, certainement. J'ai manqué un de mes amis de peu, mais, comme je suis arrivé en retard, c'est un peu ma faute. Je devais le rejoindre ici, indiqua Jacques, en prenant un accent français.

— Serait-il un homme d'un certain âge, avec un accent français? lui demanda l'employé.

— Oui, oui! répondit Jacques, jouant toujours la comédie. Oh, mon Dieu! Est-il encore ici?

— Non, lui dit le réceptionniste.

— Eh merde! C'est un peu fâchant... toujours trop pressé, ce cher Didier.

— Bien... il a laissé une enveloppe ici. Vous êtes sûrement

Richard?

— Mais... d'où connaissez-vous mon nom? dit Jacques avec un grand sourire.

— Je ne m'attendais pas à ce que ce soit aussi rapide! dit le jeune homme. Mais, comme vous êtes là, voici l'enveloppe. Jacques l'attrapa aussitôt, offrant au réceptionniste son plus beau sourire.

— Vous êtes incroyable! le félicita Jacques. Vous me sauvez la vie! déclara-t-il en continuant de jouer la comédie.

Il ressortit aussitôt de l'hôtel et, d'un air satisfait, il siffla Rony pour qu'il le suive.

— Allez, on dégage! Cet idiot avait laissé une enveloppe à la réception! Retournons à la planque pour voir de quoi il en retourne.

Nikolaï prenait une pause à l'extérieur de l'hôtel et les voyait déjà revenir.

— Et puis, l'avez-vous trouvé? dit-il très froidement.

— Non, mais on a autre chose, lança Jacques, en lui montrant l'enveloppe.

Jacques se sentait fier d'avoir réussi ce coup, mais Nikolaï lui arracha aussitôt la lettre des mains. Jacques baissa les yeux devant ce colosse. Nikolaï commença à lire la lettre à voix haute devant les deux autres hommes. Il la retournait dans tous les sens pour tenter de comprendre le sens de ce qui était écrit, sans trop de succès. La seule chose qu'il avait, c'était le nom de Richard. Mais qui était cet homme, qui devait ramasser cette lettre? Mis à part ce nom, la lettre ne leur donnait aucune autre information directe ou indirecte.

— Bon, je vais te dire la prochaine étape, dit Nikolaï dans un grossier accent russe. Cet homme va à coup sûr passer à cet hôtel pour récupérer cette enveloppe! Tu dois être présent sur place. Comme on ne connaît pas l'homme qui est mentionné dans cette lettre, toi, tu vas aller te faire engager à cet hôtel, ordonna-t-il en pointant Jacques. Et peu importe la façon de t'y prendre, je veux des résultats. Je ne te donne pas le choix.

Pas trop d'accord avec la décision de Nikolaï, Jacques commença à rouspéter, mais Nikolaï savait se montrer très persuasif.

— Moi, durant ce temps, je vais m'occuper de trouver les contacts de ce Didier.

— Autre chose, dit Nikolaï, quand cet homme va se présenter, tu nous appelles immédiatement.

— Mais le réceptionniste va me reconnaître! dit Jacques.

— Ce n'est pas un problème, dit Nikolaï. Il fit signe de la main à l'autre homme, qui comprit en un instant que le réceptionniste ne devait pas entrer au travail pendant les prochaines semaines.

— Maintenant, tu te feras engager comme réceptionniste, en regardant Jacques d'un air supérieur.

Jacques repartit donc se préparer pour ce remplacement inattendu à l'hôtel.

Chapitre 26
LA PIÈCE SECRÈTE
PARTIE 2

Les quatre amis marchaient dans cette grande salle, qui avait jadis été l'endroit des festivités de cet immense navire des années 30. Les lumières de scène étaient toutes allumées, comme si un spectacle était sur le point de commencer. Edward regardait ses amis en faisant le tour de l'endroit; il n'était pas convaincu que ce soit la réalité. Ce qui venait tout juste de lui arriver était insensé. Tout était trop animé autour d'eux… quelque chose ne collait pas, mais quoi? Edward questionnait ses amis pour savoir s'il était le seul à avoir des doutes.

— Il y a quelque chose qui ne marche pas, dit-il.

— Mais quoi donc? concéda Sarah.

— Vous avez vu comme moi, n'est-ce pas… ce qui est arrivé avec cet anneau. Il y a un autre anneau qui est venu s'accoupler à la première bague.

Et tout ce qui se trouve à cet étage, c'est beaucoup trop irréaliste et beaucoup trop animé à mon goût.

Ses amis n'ayant pas eu le temps de lui répondre, aussitôt des images lui revenaient à l'esprit. Edward était de nouveau aspiré dans un autre espace-temps. Il tentait désespérément de se défaire de ses liens bizarres, des liens qui le retenait prisonnier. Il était maintenant revenu au point de départ, toujours en suspension au-dessus de son corps. Il regardait ses amis, qui paniquaient en se demandant ce qui se passait. Edward était subitement revenu dans la pièce où lui et ses amis avaient trouvé un cadavre. Il commença à avoir un doute sur le corps de l'homme qu'il croyait être le capitaine, qui était mort à cet endroit. Edward se débattait toujours pour revenir à lui, mais que pouvait bien être cette chose qui le retenait, ou qui, du moins, retenait son esprit. Il avait l'impression d'être réveillé, exaspéré de n'être pas en mesure de se défaire de ce lien. C'était une expérience désagréablement inexplicable, comme être retenu de force dans un voyage astral.

Edward se posait des questions : « Que m'arrive-t-il? Pourquoi suis-je retenu ici? » Je dois réfléchir rapidement, se dit-il. Toujours en suspension au-dessus de son corps, Edward commençait à remonter le fil des évènements. « Quel était ce lien? » Il repensa à ce qu'Antoine lui avait dit au sujet du capitaine. Cet homme était devenu complètement fou, semble-t-il. Par la suite, il se serait barricadé sur son navire pour ne plus en sortir. Et c'est ainsi que plusieurs incidents était arrivés aux hommes qui faisaient la transformation du navire, en vue de la guerre. Beaucoup d'encre avait coulé au sujet de ces histoires, où plusieurs personnes avaient disparu à cette époque. Le monde disait que ce navire était hanté par quelqu'un… ou par quelque chose. L'homme qu'il venait de retrouver mort enfermé dans cette pièce était sûrement un des travailleurs qui s'étaient fait avoir par ce même capitaine. Ce même capitaine qui avait perdu la raison durant la transformation de ce mastodonte de métal. En un éclair, Edward vit clairement une image à laquelle il ne s'attendait pas : la personne qui était morte enfermée dans cette pièce ne pouvait être qu'Antoine! Trop de choses l'emmenaient à cet endroit! Pour commencer, le jeune homme de la rambarde, ensuite le bateau qui avait été vu à l'endroit où les bollards avaient été arrachés et, pour finir, l'archiviste et les billets. Didier lui avait dit que cet endroit n'existait plus depuis le temps de la guerre. Le pauvre Antoine en avait payé le prix fort.

Après un moment de réflexion, Edward comprit qu'il n'était jamais revenu à lui, et ce, dès le moment où il avait réussi à ouvrir cette pièce. Au début, il était persuadé qu'il était revenu à lui. Mais avec les images qui lui étaient projetées, il réalisait qu'il ne s'était pas vraiment simplement évanoui. C'est à ce moment que les pièces étaient revenues à leur état normal. Maintenant piégé dans cette pièce avec ses amis, il les voyait qui essayaient tant bien que mal de le réanimer, sans trop de succès. Son corps était toujours en suspension. Impuissant, il observait ses amis se débattre pour lui sauver la vie. Il examina sa main et remarqua qu'il n'y avait tout à coup qu'un seul anneau à son doigt... et, pourtant, les images lui démontraient le contraire. Une partie était bien réelle, mais... il n'y avait jamais eu de deuxième anneau qui s'était accouplé à l'autre? Peut-être que son esprit lui jouait des tours! Une autre chose attirait son attention : de l'anneau qu'il portait toujours à son doigt émanait une force incroyable. C'est cette force, selon lui, qui l'empêchait de complètement se perdre dans le néant. En même temps, Edward pouvait ressentir une autre force, celle-ci contraire à celle de l'anneau. Cette force était néfaste; elle lui voulait du mal. C'était sûrement l'esprit du capitaine qui avait fait tuer le pauvre Antoine.

Je dois absolument trouver ce troisième objet, se dit Edward. Quelque chose l'attirait hors de cette pièce, mais comment en sortir? Son âme, son esprit était toujours en suspension au-dessus de son corps. Il comprit alors qu'il s'agissait de son corps céleste, car il pouvait voir sa main comme faite d'électrons blancs, luisant d'une lumière éclatante. Edward tenta de poser sa main sur la paroi de la pièce où il se trouvait. Il fut étonné de constater que sa main pouvait passer au travers! Il commença à se demander s'il n'était pas tout simplement mort... Une sensation d'une puissance incroyable lui fit comprendre que non... il était bel et bien vivant. Il devait se battre contre cet esprit malveillant. Edward avait compris que c'était grâce à l'anneau qu'il portait au doigt qu'il pouvait s'en sortir...

Toujours en état de transe, il commença à faire le tour du bateau, traversant littéralement les cloisons qui renfermaient plusieurs pièces qui n'avaient pas encore été visitées. Poursuivant son trajet de pièce en pièce, Edward se remémorait pourquoi il voulait tant visiter ce bateau- musée au départ. Au début, ce n'était que pour une visite, mais, après l'enlèvement de son père, c'était devenu une quête en elle-même, du moins c'est ce qu'il ressentait. Encore une fois, il se souvenait qu'Antoine lui avait raconté que l'armée s'était servi de ce navire pour transporter des troupes. Mais lors de son dernier voyage, il aurait servi à ramener des trésors et certaines pièces de musée uniques. Le but était de protéger ces objets de grande valeur, et éviter qu'ils soient détruits par la guerre qui faisait rage. Edward commença à croire fermement que c'était un objet qu'il devait trouver, car cette chose agissait sur lui comme un aimant. Et celle-ci lui intimait de venir à elle. Mais où se trouvait-elle? Lentement mais sûrement, Edward continua de fouiller le bateau, sans trop comprendre ses nouveaux pouvoirs. Il avait maintenant la capacité de traverser des parois d'acier, ce qui restait impensable pour un humain normal. Il pensait toujours aux légendes entourant ce capitaine... comment avait-il fait pour ne jamais se faire prendre? Pourquoi son corps n'avait-il jamais été retrouvé? Edward réalisait peu à peu que la seule façon de s'en sortir serait de retrouver le corps du capitaine. C'était sûrement lui qui le retenait prisonnier, ainsi que ses amis.

À coup sûr, il était mort sur ce navire, alors... où son squelette pouvait-il bien être aujourd'hui? Edward se souvenait des plans que Didier lui avait remis un peu plus tôt, juste avant de mettre le pied sur ce navire. Les ayant gardés en mémoire, il les repassa en boucle dans son esprit. Qu'est-ce que Didier avait laissé sous-entendre en parlant du « septième »? Il avait déjà fait le tour de ce pont à maintes reprises, mais sans rien trouver, alors que cette force le poussait vers le haut. Edward comprit qu'il ne cherchait pas à la bonne place et c'est là qu'une l'idée lui effleura l'esprit. C'était peut-être le capitaine qui avait volé cet objet, lorsqu'il était encore en vie! De toute évidence, ce capitaine vivait comme un rat, caché sur ce bateau, depuis tout ce temps. Edward commença donc à élargir ses recherches, en passant chaque pont au peigne fin. L'échec n'était pas envisageable, car son corps et ses amis étaient prisonniers du septième étage. Il devait les sauver du même coup. Mais à quel endroit un capitaine aurait-il pu se cacher sur un si grand navire? Cet homme devait sûrement connaître son bâtiment par cœur. Peut-être qu'il valait mieux ne pas trouver le corps, mais bien les quartiers privés du capitaine, se disait Edward. Il remonta complètement là-haut et trouva l'emplacement de la cabine, selon les plans de Didier. Mais, encore une fois, il n'y avait pas de porte. Edward comprit que personne n'avait pu y accéder depuis toutes ces années. La porte avait dû être retirée par ce cher capitaine, qui aurait aussi pu effectuer les modifications du septième étage. À la seule différence qu'aujourd'hui, Edward pouvait passer à travers les murs de métal. Ce n'était plus un problème pour lui, alors il entra comme par enchantement dans cette pièce.

Figé de stupéfaction à la vue du décor, car tout était resté identique au début des années 30, Edward faisait le tour de la pièce, mais rien ne paraissait anormal, sauf le temps et beaucoup de poussière; les meubles n'avaient pas bougé depuis très longtemps. Edward se demanda comment le capitaine avait-il pu accéder à cette pièce, qui n'avait plus de porte. Par où, et comment aurait-il pu entrer? Et comment avoir réussi à vivre aussi longtemps dans un bateau? Il devait se cacher quelque part et il devait manger aussi, se disait Edward. Il examina la chambre de fond en comble, ainsi que dans la salle de bain, où il remarqua un coin de mur décollé. Mais il pensa que ce n'était que l'œuvre du temps qui passe...

Edward prit toutefois la décision de regarder à travers les murs de cette cabine. Il y repéra un passage étroit entre les parois. Très intrigué, il s'avança dans ce passage qui abritait les conduites d'eau et de ventilation du bateau. Et le capitaine était sûrement au courant. Il avait peut-être été en mesure de se déplacer à travers ces couloirs mécaniques, et ce, à l'insu de tout le monde? Edward continua à suivre ce couloir très étroit, pour finalement découvrir... un squelette! Il ne portait que des restants de vêtements, en lambeaux. Edward constata qu'un conduit s'était détaché; probablement que l'homme y était resté coincé, sûrement durant une grosse tempête en haute mer. Peu importe dans quelles circonstances, il en était mort. Quelle mort atroce! Mourir de faim et de soif et sans que personne ne sache où on est. Par les restes de vêtements, Edward comprit que l'homme en question était premier capitaine du navire. Edward se posait beaucoup de questions concernant sa mort. Comment était-il possible de ne pas avoir senti un corps en décomposition? À un de ses poignets, le squelette portait un bracelet recouvert de poussière. Un peu curieux, Edward s'approcha. Subitement, l'anneau qu'il portait lança un rayon de lumière bleuté d'une force indescriptible et se mit à briller fortement. Ébloui, Edward prit le bracelet dans ses mains. À peine eut-il retiré le bracelet du corps qu'un spectre d'une mauvaise aura apparût devant lui. D'une noirceur effrayante, cette aura prenait de l'ampleur... c'était l'esprit du capitaine qui se matérialisait devant lui. Edward regardait ce phénomène avec la peur au ventre. Il en ressortit soudain un visage d'une méchanceté monstrueuse, qui s'approcha de lui. Edward recula rapidement, glissant lestement le bracelet à son poignet. Personne n'avait encore réussi à se sortir des griffes de ce capitaine. Par la force des trois objets reliés ensemble, sans trop s'en rendre compte, Edward venait d'acquérir une force surnaturelle, qui le protégeait de ce mauvais esprit. Par simple réflexe, Edward leva sa main devant lui pour se protéger. Ainsi, il pouvait repousser l'esprit maléfique par une lumière intense qui émergea de sa main. L'esprit vengeur disparut aussitôt et Edward se retrouva de nouveau seul, en compagnie du vieux squelette coincé entre ces murs. Tout à coup, l'esprit d'Edward commença à se dématérialiser vers son corps; il ne comprenait pas ce qu'il lui arrivait. Ses deux amis et Sarah, toujours penchés sur son corps inerte, souhaitaient un miracle. Une lumière d'une intensité incroyable apparut soudainement au-dessus de son corps et Frédéric, Paul et Sarah furent obligés de reculer, car la lumière était vraiment trop intense pour leurs yeux. Ils comprenaient très bien qu'il se passait quelque chose d'étrange devant eux. Ils virent qu'il se formait un bracelet sur le poignet de leur ami, près de la main où il portait l'anneau. D'un seul coup, Edward se redressa en position assise, prenant un grand souffle. Edward venait de retourner dans son corps, qui était étendu sur le plancher depuis déjà un moment. Il porta les mains à son corps pour vérifier s'il était bien réellement de retour, tout en regardant autour de lui. Ses trois amis étaient toujours là, à ses côtés. Edward fut très heureux de les retrouver.

— Mais que s'est-il passé, à la fin? s'écria Frédéric, complètement paniqué, le souffle court.

Edward se remit sur ses deux jambes. Faisant des yeux un tour d'horizon, il remarqua que lui et ses amis étaient toujours enfermés dans cette pièce.

— Ça fait maintenant deux jours que nous sommes coincés ici, remarqua Sarah en pleurant à chaudes larmes. Que s'est-il passé? Juste après que tu aies ouvert cette porte, une chose horrible est apparue. On aurait dit qu'elle avait sorti l'esprit de ton corps. Nous l'avons vu de nos propres yeux... on te croyait mort. Tu étais complètement inerte au sol. Tu n'avais même plus de pouls; ton cœur ne battait plus. Ensuite, cette chose a violemment refermé la porte et, depuis tout ce temps, nous sommes coincés ici.

— Nous avons voulu essayer la clef que tu avais dans ta poche, mais il n'y avait plus de serrures. Nous avons crié à tue-tête, mais personne n'est venu à notre secours! Et maintenant, tu es revenu à la vie comme par magie, s'écria Paul, complètement déboussolé.

Les trois amis étaient traumatisés et ne comprenaient plus rien à ce qu'il leur était arrivé, et encore moins au retour d'Edward. Sachant qu'ils devaient sortir rapidement de là, Edward prit la parole.

— Maintenant, restez derrière moi, nous allons sortir d'ici. Je vous promets de tout vous expliquer en sortant, dit Edward.

Il approchait de la porte et juste par la force de son esprit, tendant la main en direction de celle-ci, la porte se plia dans un horrible froissement de métal… pour enfin exploser. Ses amis le regardaient, abasourdis. Encore lui-même sous le choc, Edward ressentait cette force, qui s'était décuplée par la peur. Son esprit avait réagi en mode défensive.

— Mais… que s'est-il passé? s'écria Sarah.

Les jeunes revenaient par le chemin qu'ils avaient emprunté au début, en repassant dans le couloir où les portes avaient claqué. Quand ils arrivèrent sur place, le fantôme du capitaine revint à la charge. Edward le repoussa d'une simple levée de la main, accompagnée de la lumière d'un mauve bleuté qui sortait de sa paume. C'est ainsi qu'il repoussa toutes les attaques. Un vent s'engouffra dans l'espace; plusieurs débris volaient de toutes parts. De son autre main, Edward créa un champ de force pour protéger ses amis, en les mettant à l'abri derrière lui. Les portes ne voulaient plus s'arrêter; elles s'ouvraient et se refermaient dans un vacarme infernal. Ses amis portaient leurs mains à leurs oreilles pour se protéger de ce bruit assourdissant. Toujours en courant, ils remontaient les niveaux les uns après les autres. Beaucoup d'objets virevoltaient dans les airs. Heureusement, Edward réussissait toujours à les faire dévier pour se protéger. Il repoussa toutes les attaques du mauvais esprit, jusqu'à temps d'arriver enfin sur le pont supérieur. Il figea en apercevant un homme debout sur le pont du bateau, un téléphone en main. Que faisait-il là? Les jeunes ne s'arrêtèrent pas car les attaques ne cessaient pas. Au moment de leur passage, l'homme présent sur les lieux avait eu à peine le temps de lever les yeux, qu'aussitôt il fut projeté dans les airs comme une simple feuille de papier. Les quatre amis couraient vers la rampe qui leur permettrait de descendre de ce bateau maudit. De funestes grincements métalliques se faisaient toujours entendre. Au moment même où les jeunes posaient les pieds sur le ciment, d'un seul coup le bateau se mit à reculer dans l'eau, arrachant tout sur son passage. Les rampes, les escaliers tombaient à l'eau dans un bruit de métal tordu. Tous reculaient le plus loin possible, témoins de ce spectacle inimaginable.

Comment les jeunes allaient-ils pouvoir expliquer ce qu'ils venaient de voir, et surtout de vivre?

— Eh merde! Grâce au ciel, on est encore en vie et enfin les deux pieds sur terre, s'écria Frédéric. Et... j'ai foutrement faim!

Edward, Sarah et Paul se retournèrent dans un seul mouvement.

— Ben... quoi? Ça ouvre l'appétit, non?

— On vient juste de vivre une aventure incroyable, complètement insensée! Et toi, tu penses encore à manger! lança Paul, découragé.

Tandis que les deux amis commençaient à s'obstiner sur a pertinence de l'appétit de Frédéric, Edward posa ses mains sur les épaules frêles de Sarah dans un geste de protection.

—Je suis vraiment désolé que tu aies dû vivre tout ça par ma faute.

Edward se sentait tellement mal à l'aise. Sarah s'approcha encore davantage de lui.

—Tais-toi, ne dit plus un mot! fit-elle en l'embrassant. Le serrant fort dans ses bras, elle le regarda droit dans les yeux.

— On est encore en vie et c'est tout ce qui compte!

Le bateau avait déjà disparu au large. Les bollards avaient été arrachés, exactement comme ceux de Québec. Les rambardes étaient tombées à l'eau. Les jeunes remarquèrent que quelques curieux s'approchaient pour savoir ce qui s'était passé.

— On ferait mieux de filer d'ici, et vite! leur dit Edward en voyant ses deux amis toujours en train de discuter. Eh, les gars! On dégage d'ici! Tous lui emboîtèrent le pas. Les quatre amis venaient de vivre l'impensable... ou l'inimaginable, peu importe. Ils avaient été chanceux de s'en sortir vivants. Edward ne savait pas trop comment leur expliquer ce qui s'était passé sur le bateau, mais il sentait qu'il leur devait bien une explication.

— Avez-vous vu l'homme qui se tenait sur le pont au moment où nous sommes sortis?

— Edward! T'es sérieux, là? Penses-tu vraiment qu'on a eu le temps de voir quelque chose? Il y avait tellement d'objets volants qui nous frappaient en pleine gueule! s'écria Frédéric. Ah, putain, tes vraiment sérieux... Je n'en crois pas mes oreilles... tu as vraiment vu quelqu'un à part de nous, sur le pont du bateau, durant cette tempête de meubles? Il est incroyable, ce mec, dit Frédéric.

— Qui est l'homme que tu as vu sur le pont? demanda Sarah, plutôt curieuse.

— Je ne suis pas certain... mais j'ai déjà vu ce visage quelque part. Mais où? Je n'arrive pas à m'en rappeler.

— À quoi ressemblait-il? demanda Paul.

— Ce que j'ai réussi à voir, c'est qu'il avait le teint un peu basané, une grosse cicatrice au visage et de grands yeux noirs. Mais tout s'est passé tellement vite!

Edward portait toujours le bracelet et l'anneau. Il avait toujours la clef dans ses poches. Il les examina de nouveau, montrant à ses amis la faible lueur mauve qui s'en dégageait.

— Moi, je sais une chose, s'avança Paul. Je crois que les objets que tu portes nous ont sauvé la vie.

—Ça ne fait aucun doute, dit Edward, je ressens encore une force étrangère en moi, mais je n'arrive pas à l'expliquer.

— Et la lumière qui a jailli de ta main pour nous faire un passage… pourrais-tu le refaire? demanda Sarah, estomaquée à ce souvenir.

— Bien honnêtement, je ne sais même pas comment j'ai fait pour y arriver. Je crois que notre vie était en danger et j'ai juste réagi instinctivement pour nous protéger. Ce n'était qu'un simple réflexe de survie.

— Il n'y avait pas un livre d'instructions qui venait avec les objets? s'amusa Frédéric.

— T'es vraiment con, toi, quand tu veux, remarqua Paul. Edward et ses amis se mirent à rire, ce qui détendit un peu l'atmosphère.

— On doit savoir où aller maintenant. Il faudrait peut-être essayer de rejoindre Didier et savoir s'il a réussi à retrouver mon père. Je ne peux pas retourner chez moi après ce qui vient d'arriver.

— Je te rappelle qu'on n'a même pas de voiture, dit Frédéric, c'est Didier qui nous a déposés ici voilà deux jours.

— Attendez... Une de mes amies n'habite pas très loin d'ici, dit Sarah. Elle m'a laissé les clefs de son appartement. Je devais passer pour nourrir son chat, car elle est partie en vacances à l'extérieur du pays. Allons-y! Ça nous donnera un peu de temps pour réfléchir à tout ce que l'on vient de vivre.

Les quatre amis partirent donc à pied, en direction de cet appartement. La conversation allait bon train.

— Et cet homme, ce Didier... t'avait-il laissé un numéro de cellulaire pour le rejoindre? demanda Sarah.

— Oui, et c'est lui qui devait nous rappeler.

Finalement, en arrivant à l'appartement, la première chose que Frédéric fit en entrant, c'est d'aligner le frigo, en jetant un coup d'œil à Sarah pour avoir son approbation. Sarah ayant accepté, quelques 30 secondes plus tard, Frédéric s'empiffrait devant le frigo. Paul le regardait, complètement découragé.

— Un véritable ogre, ce mec, pas possible! Tu me décourages... Les autres étaient maintenant assis à la table, devant un bol de fruits. Soudainement, une pomme se mis à léviter devant leurs yeux ébahis. Sarah et Paul reculèrent sur leur chaise.

— Que se passe-t-il encore? dit Paul.

Edward fut interrompu et la pomme retomba dans le bol à fruits.

— Hé! As-tu remarqué ce que tu viens de faire, Edward? demanda Sarah. Comment as-tu fait ça?

— Je ne sais pas, dit Edward, aussi surpris que ses amis.

— On dirait que tu fais bouger l'objet par la pensée, se risqua Paul.

— Refais donc ce que tu viens de faire! lui intima Frédéric, toujours à s'empiffrer devant le frigo.

— Je ne sais même pas comment j'ai fait!

— Alors, repense à tout ce que tu viens de faire? proposa Sarah.

— Bon, je voulais manger une pomme. Aussitôt, Edward cessa de parler, surpris lui-même, alors que la pomme se remit à bouger et à léviter devant eux.

— Tu as un pouvoir de télékinésie! dit Sarah. Wow, c'est

incroyable!

— Edward continua à faire léviter la pomme jusqu'à sa main. Il l'attrapa et la tint dans sa main. La bague et le bracelet brillèrent un peu plus.

— Peux-tu faire bouger autre chose? Quelque chose de plus gros? Essaie avec la chaise! dit Paul.

Edward se concentra sur la chaise. Elle bougea de quelques pouces, mais Edward sentit une fatigue et... il n'arrivait plus à faire grand-chose. Sarah prit la parole. Elle semblait exténuée.

— Ça fait deux jours que nous sommes à cran et nous n'avons presque pas dormi. Il est tard, je crois qu'on devrait se reposer pour ce soir, proposa Sarah.

— Très bonne idée! lui concéda Edward. Moi aussi je suis exténué. De plus, on n'a toujours pas eu de nouvelles de Didier.

Durant ce temps, Frédéric s'était planté devant la télévision et regardait le bulletin de nouvelles. « Voici votre bulletin de 22 heures. Nouveau développement au sujet des explosions survenues dans une usine désaffectée au nord de Montréal. Les médecins-légistes auraient identifié les corps comme étant ceux d'hommes appartenant au crime organisé russe. Ceux-ci auraient appartenu à une firme du nom de Wiki Horse. » La nouvelle venait de capter l'attention d'Edward qui se rapprocha de la télévision.

— Monte le son, lui dit Edward. « Un nouveau corps aurait été retrouvé non loin de l'endroit où a eu lieu l'explosion. Cet homme aurait été atteint de plusieurs projectiles. Nous ne connaissons pas encore son identité. Un témoin dit avoir vu deux hommes quitter les lieux du crime juste avant l'explosion. Et un coup de feu aurait été tiré mais, malheureusement pour nos enquêteurs, le témoin n'aurait pas été en mesure d'identifier la voiture dans laquelle les hommes auraient pris la fuite. » « C'était tout pour le bulletin de nouvelles de 22 heures. Merci à nos chers téléspectateurs et bonne fin de soirée! »

— D'après toi, les deux hommes en fuite, ce serait Didier et ton père?

— Tu as compris comme moi, lui dit Edward. C'est le nom de la firme que j'ai vu sur l'enveloppe qui se trouvait sur le bureau de mon père. Alors, oui, je suis sûr que c'était eux, les hommes en fuite.

Edward fut quelque peu soulagé à l'idée que Didier avait réussi à sauver son père. Mais il restait encore à le prouver.
— Une bonne nuit de sommeil nous fera du bien! dit Sarah, qui revenait à la charge. Elle remit des couvertures aux deux amis d'Edward, leur pointant chacun un divan.

Sarah prit Edward par la main. « Et toi, tu viens avec moi! » en le tirant vers la chambre. Edward prit donc place dans ce lit. Remontant les couvertures jusqu'à son cou, il se pressa un peu vers la jeune fille... mais tous les deux étant complètement épuisés, à peine 10 minutes plus tard... tout le monde dormait à poings fermés.

Chapitre 27
FERMETURE DU SITE

Rose était désormait retenue prisonnière sur ce site de recherche depuis plus d'un an. Presque toutes les personnes avec qui elle avait travaillé avaient été assassinées au cours de cette expédition. Non pas en raison d'accidents parfois inévitables, non… elles avaient été tuées de sang-froid. Rose était épuisée, mentalement comme physiquement, mais elle gardait espoir d'un jour pouvoir retrouver son fils et son mari, eux qui maintenant la croyaient sûrement morte. Elle cherchait la force en elle, pour ne pas abandonner. Sachant qu'un dernier objet restait à trouver, elle serait la prochaine à y passer… Anéantie moralement, Rose ne savait souvent plus où puiser ses forces. Après l'évasion des deux chercheurs, beaucoup de choses avaient dérapé, sans parler du meurtre d'Andrew. Ça faisait à peine un mois qu'il était mort, un meurtre crapuleux. Il ne restait que quelques Mexicains pour l'aider dans ses recherches. Les pauvres étaient tellement maltraités, qu'il en mourait un presque tous les jours. Ils étaient carrément fouettés par cette chère Nathalia, qui y prenait un plaisir fou.

Un jour, un des hommes de main de Yuri vint chercher Rose dans les grottes, en lui demandant de se laver rapidement le visage. Elle ne comprenait vraiment pas pourquoi...

— Elle doit être présentable! dit Nathalia à l'homme. Faites-lui prendre une douche, et vite! Elle regardait Rose avec mépris, en se bouchant le nez. Rose ne comprenait pas ce qui se passait et restait sur ses gardes. À la fin, elle allait être tuée de toute façon. Nathalia venait de recevoir un appel. C'était Jacques, un des employés de Yuri qui était à Montréal. Ce dernier avait expliqué à Nathalia qu'il avait mis la main sur le mari de Rose, et avait conclu un marché avec lui. Si Richard avait la preuve que sa femme était bien vivante, il lui donnerait les informations que contenaient la fameuse lettre. Elle parlait en russe avec Jacques au téléphone, ne se doutant pas un instant que Rose avait saisi l'essentiel de la conversation. En un éclair, Rose réussit à écrire une note dans la paume de sa main. C'était sa seule chance pour qu'ils la retrouvent.

— Est-elle prête? demande Nathalia d'un ton sec. Maintenant, Rose, tu m'écoutes très attentivement, mon ange. J'ai ton mari en ligne, si tu dévoiles notre emplacement ou n'importe quoi d'autre, je te tire une balle entre les deux yeux. C'est clair pour toi? cracha Nathalia. En signe d'approbation, Rose hocha la tête pour dire qu'elle avait compris. Elle pleurait déjà, à la seule idée de voir son mari Richard. Nathalia lui planta l'écran du cellulaire devant le visage. Rose pu ainsi découvrir que son mari était malheureusement lui aussi pris en otage.

Le visage ensanglanté, Richard restait solide en voyant sa femme bien vivante. C'était déjà une victoire pour lui! Rose pleurait à chaudes larmes. Tout à coup, feignant de s'essuyer les yeux, elle approcha légèrement sa main du téléphone afin que Richard puisse voir sa paume. Richard capta immédiatement l'information gribouillée sur la main de Rose. Il lui fit un subtil clin d'œil pour lui faire savoir qu'il avait compris. Nathalia n'y avait vu que du feu, tout comme les geôliers de Richard.

— Allez, retournez-la aux grottes! Elle doit finir son travail. Rose suivit les hommes de main sans dire un mot. Dans son cœur, une lueur d'espoir venait de renaître. Mais... pourquoi Richard était-il retenu contre son gré? se demanda-t-elle. En arrivant au site de fouilles, les hommes la laissèrent seule. Puisqu'il n'y avait pas d'autre sortie, elle ne pouvait pas vraiment s'échapper. Rose s'enfonça dans la grotte, tous les sens en éveil. Elle avait tout le temps de réfléchir. Rose se disait que Richard ne pouvait pas avoir découvert cette firme tout seul. Une autre personne l'avait aidé à coup sûr, mais... qui pouvait donc être mêlé à cette histoire? Elle pensa immédiatement à Didier. Oui! Il était le seul que Richard connaissait et qui aurait pu l'aider.

Près d'un mois auparavant, Rose avait découvert qu'une partie de la grotte s'était effondrée sur elle-même. Selon elle, cet accident de la nature avait eu lieu voilà très longtemps. Cet effondrement avait créé un trou béant qui donnait sur l'extérieur, mais beaucoup trop haut pour que Rose soit en mesure d'y grimper pour s'échapper.

Plusieurs vestiges devaient avoir été pillés. Selon elle, le troisième objet en faisait sûrement partie. Elle avait mentionné cette éventualité à Yuri et c'est à ce momentlà qu'il était parti sans jamais revenir. Mais où était-il? Que faisait-il? Et pourquoi n'avait-il toujours pas cessé de la faire chercher dans cette grotte? Tout avait été vidé; il n'y avait plus rien à chercher. Jusqu'au jour où Yuri avait appelé pour avertir Nathalia de commencer à plier bagages et de faire disparaître les preuves. Il lui avait cependant donné l'ordre formel de garder Rose en vie, car il n'en avait pas terminé avec ses talents en décryptage. Nathalia avait renchéri en insistant auprès de Yuri pour continuer à chercher le troisième objet manquant.

— Mais pourquoi abandonnes-tu maintenant? Nous pouvons creuser la partie de la grotte qui s'est effondrée, affirma-t-elle.

— Non. C'est peine perdue, dit-il. Ce n'est pas dans cette grotte. D'après moi, on doit vraiment retrouver un bateau. Quand j'ai effectué mes recherches au tout début de cette histoire, j'avais lu qu'il y avait des objets appartenant à ce peuple qui s'était retrouvés dans un musée, voilà très longtemps. Durant la Seconde Guerre mondiale, plusieurs de ces objets avaient été cachés sur un bateau pour les rapatrier vers l'Amérique. Le but était de sauver ces trésors.

Le bateau en question serait le Queen Mary. Ce sont ces mêmes plans qui nous ont été dérobés par ce bâtard de Didier.

— Mais les objets ne doivent plus être dans ce bateau... ça fait beaucoup trop longtemps! s'entêta Nathalia.

— N'en sois pas aussi sûre. J'ai lu plusieurs articles sur ces objets précieux. Il semble qu'ils ne seraient jamais ressortis de ce bateau; personne ne les a jamais revus depuis.

— Ça ne fait aucun sens, ça fait trop longtemps, insista Nathalia. En plus, si c'est le bateau auquel je pense, il n'y a pas mal de choses bizarres qui y sont arrivées. Ce bateau serait même hanté, selon les rumeurs.

— Ne viens pas me dire que tu crois à ces sornettes! s'exclama Yuri en riant.

— Où es-tu en ce moment? demanda Nathalia, pour changer de sujets.

— Je suis en chemin pour Montréal. Il paraît que Jacques a mis la main sur ce fameux Didier et qu'il le retiendrait à la planque. Et c'est lui qui nous aurait dérobé les plans du bateau. Alors, on se rapproche du but, dit Yuri. Maintenant, je dois raccrocher. Fais ce que je t'ai demandé!

— On arrive bientôt, Patron! dit Nikolaï.

En apercevant au loin un grand panache de fumée, Nikolaï fut surpris.

— Ça me semble tout prêt de notre planque! dit Nikolaï.

Mais Yuri était occupé au téléphone et n'y portait pas attention. Comme ils s'approchaient maintenant de leur cachette, Nikolaï lâcha un « Eh, Merde! » bien sonore. Yuri, toujours occupé sur son téléphone, levait la tête.

— Qu'arrive-t-il? demanda Yuri en regardant Nikolaï qui venait de tourner le coin de la rue sur les chapeaux de roue. Tout juste devant eux se trouvait un camion en feu. Ils virent Jacques qui s'échappait de l'immeuble en courant. « Suis-le! » cria Yuri.

Tandis que Nikolaï s'approchait le plus près possible, Yuri baissa la vitre de la voiture et se mit à tirer sur Jacques. Le malfaiteur tomba au sol, raide mort, abattu de sang-froid. Sa carrière de mafieux venait de prendre fin.

— Allez, foutons l'camp d'ici! lança Yuri. Allons en direction du bateau! Écrasant la pédale au plancher pour s'éloigner au plus vite de la scène de crime, Nikolaï s'aligna en direction du Vieux-Port.

Chapitre 28
LE CARTEL

El Chapo reçut un appel d'un de ses hommes de main, lui annonçant qu'il venait de trouver un des hommes envoyés pour aider Yuri dans ses recherches archéologiques. En très piteux état, cet homme marchait au bord de la route, complètement épuisé. Il était couvert de cicatrices ressemblant étrangement à des marques de fouet.

— Ramène-le ici! Je veux savoir où sont les autres et ce qui lui est arrivé.

— Je m'en occupe, Patron. Je serai revenu d'ici peu.

El Chapo regarda l'homme qu'il avait envoyé pour aider Yuri. Ce pauvre Mexicain était dans un état lamentable. El Chapo comprenait qu'il avait vécu un véritable enfer. Malgré le fait qu'il soit un tyran intraitable et un tueur impénitent, El Chapo traitait bien son personnel.

— Raconte-moi ce qui s'est passé! Pourquoi es-tu dans un tel état? demanda El Chapo. Où sont mes autres hommes?

Le Mexicain prit le temps de tout lui raconter en détail et l'enfer que lui et les autres avaient vécu. Du fouet à la torture, ainsi que les meurtres gratuits. El Chapo ne tenait plus en place : une rage venait de naître en lui et ça se voyait dans ses yeux. D'un simple signe de la main, El Chapo demanda à ses servantes de s'occuper de cet homme pour le remettre sur pied. Il avait aussi besoin de lui pour qu'il lui indique où se passaient ces horreurs. Le lendemain matin, El Chapo était fin prêt pour partir à la chasse. Il s'était préparé une petite armée en vue d'une petite visite à son ami Yuri.

— Préparez les Jeeps! Nous allons faire un tour, annonça El Chapo, qui avait rassemblé ses commandants. Il avait maintenant en main les coordonnées exactes de l'endroit et il était temps d'aller faire le ménage. El Chapo et ses hommes, armés jusqu'aux dents, débarquèrent au petit village où les guerres de cartels avaient fait rage dans le passé. Les apercevant soudain, les villageois se dépêchèrent d'entrer dans leur taudis. Ils savaient que ça allait brasser et il valait mieux rester à l'abri. Quelques hommes de Yuri étaient installés dans leur tente, près de l'endroit où atterrissait l'hélicoptère. Le sol était jonché de matériel et quelques hommes semblaient en train de plier bagages pour quitter l'endroit. El Chapo fit signe à ses hommes de s'installer devant la tente, leurs semi-automatiques près à tirer. Ils lâchaient un petit cri pour les faire sortir de leur tanière... les hommes de main de Yuri n'avaient alors aucune chance, car les balles étaient tirées à bout portant.

— Cachez les corps, l'hélicoptère devrait revenir bientôt! ordonna El Chapo. On va leur faire une petite surprise.

— Patron, que faisons-nous avec tout ce matériel?

— Réunissez quelques hommes pour qu'ils ramènent tout ça à notre entrepôt. On fera le tri plus tard.

El Chapo continuait à faire un tour d'horizon, cherchant à comprendre ce qu'ils étaient bien venus chercher dans ce trou à rats.

— Pour que Yuri soit venu jusqu'ici, c'est qu'il doit y avoir beaucoup d'argent en jeu.

Il connaissait bien Yuri : le Russe n'aurait pas déplacé tout cet équipement pour quelques billets, et surtout pas pour son neveu.

— Il y a sûrement autre chose. Prenez deux ou trois hommes pour questionner les villageois. Il doit sûrement y avoir quelqu'un qui est au courant de ce qui se trame ici.

— On s'en occupe, Patron! répondit un des hommes. Il prit deux autres hommes avec lui, pour aller faire leur petite enquête.

— Distribuez quelques billets, leur dit El Chapo, et vous aurez des résultats rapides.

Ils commencèrent donc à faire le tour du village, questionnant plusieurs personnes. La plupart des habitants firent semblant de tout ignorer, par peur des représailles que leurs confidences pourraient entraîner. Plusieurs personnes du village avaient subi pas mal de violence depuis que Yuri était arrivé sur place. Mais, encore une fois, le vieil homme du village était directement venu les voir. Il en avait vu d'autres et, à son âge vénérable, il n'avait plus vraiment peur de la mort. Il s'avança pour s'adresser à El Chapo. D'un seul geste, plusieurs des hommes lui barrèrent le chemin.

— Laissez-le passer! dit El Chapo de sa voix puissante. Venez vous asseoir ici, Monsieur! Nous allons jaser un peu, dit-il, en laissant le vieillard prendre place à la même table. El Chapo offrit une chaise au vieil homme et, s'assoyant près de lui, il se mit à discuter sur un ton très calme.

— Tu sais qui je suis? demanda El Chapo, en regardant le vieil homme.

— Oui, j'ai déjà entendu parler de vous, mais pas pour les bonnes raisons.

El Chapo fut surpris de cette réponse. Il ne s'attendait pas à ça. Habituellement, tout le monde avait peur de lui. La plupart baissaient la tête en sa présence pour ne pas le regarder dans les yeux. Beaucoup de légendes couraient à son sujet; certaines ridicules, mais d'autre véridiques.

El Chapo restait un homme redouté par le peuple: un meurtrier sanguinaire, tuant sans remord. D'autres histoires racontaient qu'il aidait son peuple, alors qu'en fait, c'était une façon d'acheter leur silence, Quand tu parlais trop, tu disparaissais tout simplement.

El Chapo regarda le vieil homme en plein visage. Il sourit à ses hommes, puis revint vers son invité, qui ne le quittait toujours pas des yeux.

— OK, je vous l'accorde, je ne suis pas une bonne personne. Eh oui, je tue du monde, mais ce n'est pas de moi que l'on doit parler ici, dit El Chapo. Moi, ce que je veux savoir, c'est ce qu'ils sont venus chercher ici.

— Désolé, mais vous m'avez demandé si je vous connaissais, dit le vieil homme, alors je vous ai répondu très honnêtement.

El Chapo, n'étant pas connu pour sa patience, regarda le

vieil homme d'une façon insistante. Il n'était pas habitué à ce qu'on lui tienne tête.

— OK, venons-en aux faits, vieil homme. Je n'ai pas le temps de jouer au chat et à la souris. Que cherchent-ils ici?

— Des reliques, un trésor et d'autres objets précieux, mais surtout des objets de pouvoir.

El Chapo scrutait le vieil homme, pas trop certain d'avoir compris ce qu'il voulait dire.

— Mais que voulez-vous dire par « des objets de pouvoirs »? demanda El Chapo, étonné de cette réponse. Le vieil homme reprit la parole aussitôt.

— Selon une vieille légende, il y aurait sur ce site des objets qui seraient en mesure de tout contrôler ce que l'on veut, autant l'homme que les matières. Mais ce n'est qu'une légende, bien sûr.

Incrédule, El Chapo ne pouvait pas quitter le vieillard des yeux. Il pensait qu'il s'agissait de foutaises, que le villageois ne le prenait pas au sérieux.

— Quand vous parlez du site, de quoi parlez-vous? continua El Chapo.

— Eh bien, voilà plusieurs années, un jeune homme du village et ses amis auraient trouvé une pierre gravée d'un très ancien dialecte, qui serait lié à une civilisation d'une autre époque. Et cette pierre a été découverte non loin d'ici. Un jour, plusieurs chercheurs sont arrivés ici pour trouver cette même pierre. Je ne sais pas comment ils ont fait pour découvrir cette histoire. Peu importe, ils ont réussi à trouver ce site, qui serait sous terre, selon les dires. Ensuite, ces chercheurs sont repartis, et quelques temps plus tard, d'autres sont arrivés.

D'après les rumeurs, les premiers chercheurs n'avaient plus d'argent, mais ils ont réapparu avec ces malfrats. Mais cette fois-ci, des gens de notre village ont commencé à disparaître. Moi-même, de bon cœur, je leur avais envoyé quelques hommes de notre village pour les aider, mais ils ne sont jamais revenus depuis. Et c'est là que j'ai compris qu'ils avaient été assassinés par ces hommes.

El Chapo fixait toujours le vieil homme, sans dire un mot. Perdu dans ses pensées, il se frottait le menton et réfléchissant à ce que le vieil homme venait de lui raconter.

— Et, selon vous... ont-ils trouvé quelque chose d'intéressant sur ce site?

— Comme vous pouvez le constater par vous-même, ils ont commencé à rapatrier du matériel. Ce qui m'amène à penser que leurs fouilles seraient terminées et qu'ils auraient mis la main sur ce qu'ils étaient venus chercher! répondit le vieil homme.

— Effectivement, ça a bien du sens, ce que vous me racontez. Mais comment font-ils pour se rendre sur ce site? C'est dans la jungle, non?

— Le vieil homme lui pointa le ciel.

— Bien sûr, par la voie des airs! reconnut El Chapo.

Connaissant ce cher Yuri, il n'a pas lésiné sur les dépenses. Pour avoir mis le paquet à ce point, c'est qu'il devait en savoir long sur ce site. Plusieurs recherches devaient avoir déjà été complétées. Entendant soudain l'hélicoptère au loin, El Chapo sortit quelques billets et les glissa dans la main du vieil homme, en le remerciant pour ces renseignements précieux.

Chapitre 29
LA FIN DE YURI

Yuri et Nikolaï roulaient en direction du port pour se rendre au bateau. Nikolaï ne pouvait pas s'empêcher de poser la question à Yuri concernant la planque.

— Tu n'es pas curieux de savoir ce qui s'est passé à la planque? demanda Nikolaï.

— Tu sais, mon cher ami, pour ce qui est de la planque, on ne peut rien faire pour l'instant. Mais les objets que je convoite peuvent changer le cours de l'histoire. Et même sans être allé voir, je peux déjà te dire qu'ils se sont fait avoir par ce cher Didier. Cet homme a beaucoup plus de ressources et d'expérience qu'on peut l'imaginer. Selon les renseignements que j'ai réussi à dénicher sur lui, il aurait été officier militaire voilà longtemps. Ce genre d'expérience vous reste pour la vie. De plus, il a effectué des recherches de trésors, il a voyagé à travers le monde et un de ses amis serait détective privé depuis plusieurs années. Alors, notre petit Jacques n'avait aucune chance contre cet homme. En plus, ce petit con s'est même fait avoir par le mari de Rose! Alors, imagine... contre Didier, c'était perdu d'avance.

— Je ne parlais pas de ce petit con, Patron... mais bien du trésor qu'on a trouvé sur le site et qui a été caché dans cette planque.

— Bien sûr! Ce trésor! On n'a pas à s'en faire. J'ai pris la peine d'en faire transporter la majeure partie dans un autre lieu secret. Le petit peu qui restait ici n'a pas trop de valeur. Je ne crois pas que les autorités trouveront la trappe. Cependant, les deux objets que Didier nous a soutirés, eux, sont d'une importance capitale. Et c'est pour ça que nous avons été sur ce site. Pour effectuer des recherches dans le but de mettre la main sur ces objets. Et le troisième objet précieux se trouverait sur ce bateau où nous allons chercher maintenant. Et cette fois-ci, c'est nous-mêmes qui allons s'y rendre... et personne d'autre.

En arrivant au quai où le bateau-musée était accosté, ils regardèrent aux alentours avec prudence. L'endroit était complètement désert. Aucun passant dans les rues; elles étaient complètement désertes.

— Dites, Patron, vous ne trouvez pas ça bizarre que l'endroit soit aussi tranquille? s'inquiéta Nikolaï.

— Un peu, oui. Mais c'est parfait ainsi. Nous ne serons

pas remarqués. Pour les fois que ça arrive, profitons de l'instant et montons sur ce foutu bateau.

Yuri et Nikolaï commençaient à grimper la rambarde pour y accéder. Il n'y avait toujours personne en vue. Maintenant sur le pont, les deux hommes faisaient rapidement un tour d'horizon.

— Allons-y! Il n'y a personne pour nous faire chier ici, dit Yuri, qui pénétra à grands pas à l'intérieur du navire. Putain, c'est quoi cette vidange? Ça n'a aucun sens, ce n'est pas un musée, cette merde.

Comme les jeunes avant eux, ils avaient remarqué que rien n'avait été entretenu. Tout était délabré, poussiéreux, constellé de fils d'araignée qui pendaient partout, exactement comme si le dernier entretien avait été fait voilà plus de 75 ans.

— Ce bateau n'est pas un musée, mais bien une poubelle abandonnée, déclara Yuri, dépité.

— C'est peut-être mieux comme ça? dit Nikolaï. Si rien n'a bougé depuis si longtemps, ça veut dire qu'on a plus de chances de mettre la main sur ce que l'on cherche.

— Bien vu, même très bien vu, mon ami!

Ne respectant aucune barrière, les deux hommes forçaient

toutes les portes, les unes après les autres, sans aucune hésitation. Ils brisaient tout sur leur passage, juste pour le plaisir de se défouler. Déjà deux ponts qu'ils descendaient. Yuri regardait souvent derrière lui, car il avait toujours l'impression d'être observé. Il avait cette drôle de sensation d'être épié. Dans les couloirs, l'air était de plus en plus froid, au fur et à mesure qu'ils avançaient.

— On dirait qu'il y a quelque chose qui vous dérange, Patron? dit Nikolaï.

Il avait remarqué que Yuri regardait souvent par-dessus son épaule, ce qui n'était pas normal de la part de Yuri, qui n'avait habituellement peur de rien.

— Toi, tu n'as pas l'impression que quelqu'un ou quelque chose nous observe? demanda Yuri.

— Non, rien de spécial, Patron! dit Nikolaï, tellement occupé à virer les pièces à l'envers qu'il ne pensait à rien d'autre, mis à part de tout casser sur son passage.

Yuri se rappela ce que Nathalia lui avait dit au sujet de ce bateau… il était censé être hanté! Mais Yuri ne croyait pas vraiment à ces balivernes. Il n'était pas intéressé à en savoir davantage à ce sujet. La conversation avec Nathalia avait pris fin abruptement, quand celle-ci avait voulu lui en parler. Mais quelque chose le chicotait, car il n'avait jamais ressenti cette impression de se sentir épié aussi intensément.

Les deux hommes continuaient d'avancer dans les longs couloirs défraîchis, en fouillant violemment toutes les pièces qu'ils découvraient. Après un moment, Yuri ressentit un certain inconfort, du frimas sortait de sa bouche à chaque expiration. On aurait dit que la température venait de passer de 20° à -20° en une fraction de seconde. En son for intérieur, Yuri commençait à prendre de moins en moins à la légère les histoires de Nathalia au sujet des fantômes. Il observa Nikolaï dans la pièce voisine, qui s'amusait encore à détruire du matériel.

— Est-ce que tu vois ce que je vois? dit Yuri. De la buée froide sortait de sa bouche. Même le mobilier était maintenant recouvert d'une bonne couche de frimas.

— Mais qu'est-ce que c'est que ça, Patron? répondit l'employé, en fixant Yuri d'un regard d'incompréhension. Soudainement, en une fraction de seconde, Nikolaï reçut un énorme morceau de mobilier en pleine gueule, ce qui le projeta contre le mur le plus près. Yuri voyant cela, il recula très vite de plusieurs pieds pour se protéger. Trop surpris, il ne savait pas comment réagir. De peine et de misère, Nikolaï, qui pourtant était fabuleusement musclé, se releva péniblement. Des coupures profondes saignaient sur son corps. Il n'arrivait pas à assimiler ce qui venait de lui arriver à l'instant; tout s'était déroulé trop vite. Il n'avait pas encore eu le temps de reprendre son souffle qu'une autre grosse pièce de mobilier lui revenait encore en pleine tête. Nikolaï essayait en vain de repousser les débris qui le percutait sans relâche, et de plus en plus rapidement. Il se débattait pour sa survie en demandant de l'aide à son patron, qui restait impuissant devant cette force qu'il ne comprenait tout simplement pas.

Yuri recula, blanc comme un drap, en voyant Nikolaï martelé de la sorte par un attaquant qu'il ne voyait pas. Nikolaï, qui était fort et puissant comme un bœuf... normalement, rien ne pouvait l'arrêter. Et, maintenant, il était sur le point de s'écrouler. Yuri était témoin de ce spectacle horrible : il voyait le sang gicler de partout, mais était complètement impuissant face à ce phénomène. Nikolaï n'était plus en mesure de prononcer un seul mot; il était anéanti par cette attaque d'une violence hallucinante.

Yuri prit ses jambes à son coup, mais, au lieu de sortir du bateau, il s'y enfonça encore plus profondément. Il repassait les images en boucle dans sa tête : il revoyait Nikolaï qui se faisait mettre en pièce. Yuri était pris de panique et complètement désorienté. Il continuait de courir dans tous les sens. Il remarqua soudain que l'éclairage vacillait sans cesse et clignotait par moment. Il entendait les portes de fer claquer de tous bords, tous côtés. Tout à coup, il dû arrêter de courir, car il ne voyait plus rien. Comme une souris prise au piège, il criait à l'aide, mais aucune réponse ne venait à lui, mis à part les bruits bizarres de grincements de porte qu'il entendait toujours. « Seule Nathalia peut m'aider, se dit-il. Je dois la rejoindre et je dois savoir l'histoire de ce navire! »

Il tenta à plusieurs reprises d'utiliser son cellulaire, mais aucun signal ne se rendait à l'endroit où il était. Le seul choix qu'il lui restait était de rebrousser chemin et remonter sur le pont. Yuri était complètement perdu et n'avait pas de plan pour se repérer. Il avait l'impression de tourner en rond depuis un bon moment. Au moins la température était redevenue plus tolérable. Il se déplaçait à tâtons dans le noir. Sans s'en être rendu compte, il avait marché inutilement depuis de longues heures, sans trouver la sortie. Yuri était épuisé; il devait refaire ses énergies pour pouvoir continuer. Il trouva une pièce qui lui semblait paisible pour se reposer quelques minutes. Il s'assit tranquillement dans un coin et ferma les yeux un court moment. Tout à coup, un bruit le sortit de son sommeil. Il réalisa qu'il s'était endormi pendant quelques heures. Sortant son téléphone de sa poche pour savoir quelle heure il était, il vit que plusieurs heures s'étaient écoulées. Croyant avoir mal vu, il fixa de nouveau son téléphone... même la date avait changé.

— « C'est impossible, merde, ça ne peut pas faire deux jours que je suis ici! » Aussitôt, il ressortit de la pièce en regardant attentivement partout autour. Tout lui paraissait plus calme et l'éclairage était redevenu stable.

Il commença donc à remonter les étages, beaucoup plus méfiant cette fois-ci. Il prit conscience qu'il n'avait pas rêvé quand il découvrit son ami Nikolaï couché au sol, mort. Il avait été tué par cette entité invisible, que lui-même ne pouvait toujours pas concevoir. Il se dépêcha de remonter jusqu'au pont supérieur, souhaitant éviter de revivre une telle expérience et soulagé d'avoir réussi à s'extirper de ce bateau maudit. Yuri composa le numéro de Nathalia. Il voulait lui raconter ce qu'il venait de vivre et lui annoncer la mauvaise nouvelle concernant Nikolaï.

— Nathalia, je suis content de t'avoir en ligne! Tu ne peux même pas t'imaginer ce que je viens de vivre! s'écria Yuri, sans même attendre la réponse de Nathalia à la sonnerie. Pourtant la communication avait bien été établie... mais juste un souffle court sifflait à l'autre bout de la ligne.

— Nathalia, m'entends-tu? répétait-il, pensant que la tonalité n'était pas bonne.

— La belle Nathalia ne peut pas t'entendre, mais moi si, prononça lentement une voix masculine à l'accent espagnol.

Le souffle coupé, Yuri ne disait plus un mot. Il vérifia l'écran de son cellulaire, pour voir s'il avait bien appelé la bonne personne. Malheureusement, c'était bien le numéro de Nathalia. Yuri venait de saisir... il était maintenant dans la merde jusqu'au cou.

— Es-tu toujours en ligne, espèce de connard? insista la voix. Je suis certain que tu me reconnais.

— El Chapo? Que veux-tu? demanda Yuri.

Sur ces paroles, un bruit infernal résonna derrière son dos. Yuri se retourna pour voir ce qui arrivait. Tout le mobilier virevoltait dans les airs et était repoussé par une lumière intense. On aurait dit que la même chose qui avait détruit Nikolaï s'attaquait maintenant à cette lumière, mais celleci n'arrivait pas à percer cette espèce de bulle de protection. Yuri pouvait apercevoir trois silhouettes derrière un jet de lumière créé par une personne qui tenait sa main ouverte devant elle. De celle-ci sortait cette lueur d'un blanc teinté de mauve, d'une intensité aveuglante. N'ayant pas le temps de réagir, Yuri fut propulsé vers l'arrière, haut dans les airs.

Edward voyait cet homme propulsé dans les airs, par une force incompréhensible, et malgré tout, il pouvait distinguer son visage au passage. Edward continua son chemin sans pouvoir s'arrêter et descendit jusqu'aux quais. De son côté, Yuri était incapable de se relever, et vit au loin la rambarde complètement arrachée au passage. C'est ainsi que le bateau s'éloigna subitement des quais, tandis que Yuri réalisait qu'il était coincé sur ce bateau, avec cette chose effroyable, en pleine mer.

Yuri était totalement dépassé par les évènements. Oui, il était toujours en vie, mais pour combien de temps? Cette chose s'approchait inexorablement de lui, et Yuri était pris au piège.

Chapitre 30
LA DÉCOUVERTE DU SITE PAR LE CARTEL

Il était maintenant temps de se rendre sur ce site, car une petite visite surprise s'imposait. El Chapo laissa le temps à l'hélicoptère de se poser. Le pilote n'avait pas eu le temps de résister: plusieurs armes étaient pointées dans sa direction, en plus d'un bazooka pointé du sol vers son hélicoptère. Il valait mieux se plier aux ordres. Alors qu'il était menacé d'une arme à quelques pouces de son crâne, El Chapo prenait le temps de lui faire un brin de jasette avant de se rendre sur le site. Il avait besoin de quelques rensei- gnements concernant cet endroit : le nombre d'hommes sur place, et qui était en charge. Quand le pilote prononça le nom de Nathalia, un grand sourire s'étira sur le visage d'El Chapo. « Maintenant, elle est à moi! » se dit-il.

— Allez, tout le monde! En route, c'est l'heure du crime! lança-t-il en prenant place dans l'hélicoptère pour la descente. El Chapo ordonna au pilote de faire un petit tour d'horizon pour qu'il puisse mieux voir leurs installations avant de mettre le pied au sol.

Le pilote amorça la descente comme d'habitude. Aucun des hommes de Yuri ne porta vraiment attention à lui. Ces hommes étaient loin de se douter de ce qui allait bientôt leur tomber dessus. El Chapo n'avait même pas pris la peine d'installer des silencieux sur leurs armes automatiques. Il connaissait bien ses hommes, qui étaient tous des tueurs sanguinaires. Aucune émotion, aucune hésitation, ils tirèrent sur tous à bout portant. Les hommes de Yuri n'avaient eu aucune chance : ils tombèrent comme des mouches. El Chapo avait maintenant pris le contrôle du premier campement. Il ordonna à ses hommes de tout vérifier et de fouiller les roulottes sur place. El Chapo obligea le pilote à le suivre en prenant le chemin que Yuri avait fait aménager pour les passages de véhicules toutterrain.

Depuis presque une heure, El Chapo et ses acolytes avançaient sur le sentier, très près de leur but. Durant ce temps, Nathalia complétait la fermeture du site, mais ne se doutait pas de ce qui allait bientôt survenir. Presque tous les employés avaient été rapatriés et il ne restait seulement qu'une dizaine d'hommes envoyés par El Chapo. Nathalia allait simplement les descendre avant leur départ final. Mis à part Rose, qu'elle avait attachée dans la dernière tente en attendant que les véhicules toutterrain reviennent chercher les derniers objets. Nathalia se préparait à faire un dernier carnage avec les Mexicains quand les véhicules tout-terrain arrivèrent dans un bruit assourdissant. Le dos tourné à la piste, Nathalia n'y porta pas vraiment attention. D'une voix forte, El Chapo prit la parole.

— Je ne ferais pas ça si j'étais toi! cria-t-il avec un accent mexicain très prononcé.

Nathalia connaissait cette voix. Surprise, elle resta immobile quelques minutes, réfléchissant à toute vitesse, son arme à la main. Pensant faire le poids, elle se tourna vivement. Mais elle réalisa très vite qu'elle n'avait aucune chance. En effet, une armada d'armes étaient pointés sur elle et, menant l'attaque, El Chapo, qui avançait sur elle avec un air de devoir accompli. Nathalia sursauta, car son téléphone venait de sonner. Elle ne savait pas si elle devait répondre... en regardant l'afficheur, elle vit que c'était Yuri. El Chapo tendit la main devant celle-ci et elle lui remit le téléphone. El Chapo appuya sur la touche RÉPONSE sans dire un mot. Il fit un clin d'œil mauvais à Nathalia.

— Nathalia, je suis content de t'avoir en ligne! Tu ne peux pas savoir ce que je viens de vivre! dit Yuri.

El Chapo afficha un beau sourire, dans le seul but de narguer méchamment Nathalia, qui entendait Yuri à l'autre bout de la ligne.

— Nathalia, m'entends-tu? répétait Yuri.

— La belle Nathalia ne t'entend pas, mais moi, si! répondit El Chapo. Comprenant bien que Yuri était muet de stupeur, El Chapo reprit la conversation.

— Es-tu toujours en ligne, espèce de connard? Je suis certain que tu me reconnais.

— Que me veux-tu? commença Yuri, qui s'arrêta soudainement de parler. On pouvait entendre un bruit infernal sur la ligne. El Chapo repoussa l'appareil de ses oreilles, pour reprendre l'écoute un instant plus tard. Des cris et des hurlements se faisaient entendre et la communication fut coupée.

— Je crois que ton ami Yuri a de gros ennuis. Mais on s'en fout pour l'instant, car toi et moi avons beaucoup de choses à nous raconter, ma belle. El Chapo fit signe à ses hommes de finir de tout ramasser. Au même moment, un de ses hommes qui venait de trouver Rose, bâillonnée et attachée dans la dernière tente, la ramenait à El Chapo.

— Que faisons-nous avec cette femme? questionna l'homme.

El Chapo jeta de nouveau un regard mauvais à Nathalia.

— Emmenez-la avec nous, je crois que nous allons découvrir beaucoup de choses.

Rose jeta un regard subtil vers El Chapo. Elle comprit que son calvaire était loin d'être terminé. Elle l'avait reconnu.

Chapitre 31
LES RETROUVAILLES

Le soleil commençait à se lever dans le ciel. Sarah, les yeux encore fermés, glissa sa main sur les draps, à la rencontre de son chéri. Ne le trouvant pas à ses côtés, elle ouvrit les yeux pour le chercher du regard. En l'apercevant, elle sursauta si vivement qu'elle tomba du lit, BANG!

— EH, MERDE! cria-t-elle. Elle n'en croyait pas ses yeux. Edward était en suspension au-dessus du lit, semblant encore en plein sommeil. Frédéric et Paul accoururent dans la chambre, ayant entendu un bruit sourd.

— Que se passe-t-il? demanda Frédéric à Sarah, en ouvrant la porte de la chambre.

Blanche comme un drap, elle pointa son doigt vers Edward. Stupéfaits, Frédéric et Paul aperçurent alors leurs amis, toujours en suspension au-dessus du lit. Il marmonnait dans une langue étrangère. Le même vieux dialecte que ses deux amis l'avaient entendus baragouiner dans la chambre de l'hôtel.

Un dialecte ancien qu'aucun d'eux ne pouvait comprendre.

— Bon, il flotte, maintenant! dit Frédéric, qui commençait à s'habituer à être témoin de choses étranges dans l'entourage de son ami.

— Que faisons-nous? dit Paul.

Inspiré des spectacles d'hypnose, Frédéric tapa très fort dans ses mains : *Clap! Clap*! Du coup, Edward retomba sur le lit, se réveilla en sursaut, se frotta les yeux.

— Mais que faites-vous là? dit Edward, ne comprenant pas pourquoi ils étaient tous plantés devant lui à le fixer. Pourquoi me regardez-vous comme ça? demanda-t-il.

— Vous voyez? Ce n'était pas si compliqué que ça, dit Frédéric, en donnant une petite tape sur le bras de Paul.

Sarah prit la parole pour lui expliquer ce qui se passait.

—Quand j'ai voulu me coller sur toi en me réveillant, j'ai eu la frousse de ma vie! Tout ton corps était en lévitation au-dessus du lit et tu parlais dans une langue inconnue, lui dit Sarah. J'ai eu si peur que je suis tombée en bas du lit, ajouta-t-elle.

—Désolé, ce n'était pas voulu, dit Edward, piteux. J'ai fait des rêves assez bizarres cette nuit, mais c'est trop flou pour m'en rappeler.

Mais peu importe... ça n'a pas d'importance et... quelle heure est-il?

— L'heure de se lever! ironisa Frédéric.

— Sans farces! répondit Edward en souriant.

— Il n'est que 8 h du matin et j'aurais bien continué à dormir! dit Paul.

— Je dois absolument appeler Didier pour savoir de quoi il en retourne. On doit savoir si l'incident du port, c'était eux. Même s'il ne veut pas que je l'appelle, je dois savoir ce qui s'est passé, dit Edward, toujours inquiet.

Edward prit le téléphone que Didier lui avait remis et laissa sonner quelques coups. Aucune réponse. Il commença à faire les cent pas dans l'appartement, de plus en plus anxieux. Quelques minutes plus tard, le téléphone sonna et il répondit aussitôt.

— Didier, je suis content de vous entendre, si vous saviez ce qui nous est arrivé! Edward ne laissait pas le temps à son interlocuteur de placer un mot. Avez-vous trouvé mon père? Est-il en vie?

—Edward, c'est moi, ton père! l'interrompit Richard.

En reconnaissant la voix de son père, Edward fondit en larmes, les émotions à fleur de peau.

— Papa, c'est toi? demanda Edward, la voix enrouée.

Sous le coup de l'émotion, Edward tenta de reprendre le contrôle. En criant, il annonça la bonne nouvelle à ses amis.

— Didier a réussi! Et mon père est en vie!

— Didier a été blessé, mais il va s'en remettre, précisa Richard.

— Ce qu'on a vu aux nouvelles, c'était vous deux? demanda Edward.

Je ne comprends pas de quoi tu parles, mais... où êtesvous? demanda son père.

— Nous sommes à Montréal, dit Edward, en lui donnant l'adresse.

— Je m'en doutais bien, car Didier m'a fait savoir qu'il vous avait déposés au port de Montréal. Je viens vous chercher immédiatement, ajouta-t-il.

Emma lui avait prêté sa voiture, car celle de Didier avait besoin d'un bon nettoyage. En effet, l'habitacle était maculé de sang.

Richard, quant à lui, était soulagé de savoir que son fils était en sécurité. Il roula le plus vite possible vers l'adresse que lui avait indiqué Edward, qui l'attendait avec impatience. Enfin arrivé sur les lieux, Richard sauta dans les bras de son fils, si heureux de le retrouver. Edward remarqua que son père avait été maltraité par ses ravisseurs.

— Tu aurais dû me le dire que tu cherchais toujours Maman! lui reprocha Edward, en versant à nouveau des larmes.

— Je sais, mon fils, mais je ne voulais pas t'inquiéter… et encore moins qu'il t'arrive quelque chose.

— Et toi, que t'est-il arrivé? Et pourquoi t'ont-ils enlevé? demanda Edward.

— J'imagine que Didier t'a sûrement raconté une partie de nos funestes aventures? Comme tu le sais, pendant que Didier était parti à ta recherche, j'ai été enlevé par les hommes de cette foutue firme. Plusieurs gars sont débarqués comme des sauvages à la maison. J'ai été pris de court; je n'ai pas eu le temps de me sauver. Ils m'ont traîné dans cette usine désaffectée au nord de Montréal.

— C'est bien ce qu'on a vu aux nouvelles, annonça Edward.

— Aux nouvelles? demanda Richard. Pendant son repos chez Emma, aucun d'eux n'avaient regardé la télévision.

— Ils ont parlé de l'explosion d'un camion près d'une usine. Et de plusieurs morts trouvés sur les lieux. Ils ont aussi retrouvé le corps d'un homme criblé de plusieurs projectiles non loin de cette usine.

— C'est sûrement le salaud de Jacques! Bien fait pour lui! dit Richard. Et j'ai une autre nouvelle pour toi…

Edward fixait son père, mais n'était pas sûr si c'était une bonne ou une mauvaise nouvelle.

— C'est au sujet de ta mère. Elle est toujours en vie. Je l'ai vue de mes propres yeux, annonça Richard, devant son fils qui fondait de nouveau en larmes. Richard l'enveloppa de ses bras protecteurs et réconfortants. Nous allons la retrouver, fiston. Il faut rester fort, ajouta-t-il, en essuyant les larmes sur les joues d'Edward.

Sarah, qui écoutait leur conversation père-fils, en était elle aussi venue aux larmes.

Après cette vague d'émotions, il était temps de revenir chez Emma. Ils s'engouffrèrent tous dans le véhicule d'Emma, Richard prenant le volant.

— Finalement, avez-vous réussi à savoir ce qu'il y avait sur ce bateau? demanda Richard.

— Je crois que oui… dit Edward, mystérieusement.

— Nous arrivons! le coupa Richard. Allons à l'intérieur, tu pourras tout me raconter. Passant la porte en premier, Richard aperçut la femme qui semblait se dépêcher à faire quelque chose.

— Venez me rejoindre! lança-t-elle. Didier vient tout juste de se réveiller.

— Excellente nouvelle! dit Richard, la suivant de près.

— Où sommes-nous? demanda Edward à son père, suivi de Sarah et de ses amis.

— Chez un ami de Didier, les informa Richard.

Le petit groupe prenait l'escalier et montait au deuxième pour se rendre à la chambre. Richard et les autres arrivaient dans l'embrasure de la porte, regardant Didier qui peinait à s'asseoir dans le lit avec l'aide d'Emma.

— Ah! Mon Dieu! Comme je suis heureux de vous voir tous! s'étonna Didier. Tout le monde est là! C'est une très bonne nouvelle! Dis-moi, Edward... il y avait-il quelque chose de si particulier sur ce bateau?

— Oui, on peut dire ça... commença Edward, mais Frédéric lui coupa la parole.

— Maintenant, il peut bouger les objets par la pensée! fanfaronna Frédéric.

Richard, Emma et Didier fixèrent Frédéric, ne sachant pas s'il fallait le prendre au sérieux. Paul répliqua aussitôt.

— Je confirme! Je l'ai vu de mes propres yeux!

— Il est même revenu des morts! renchérit Sarah.

— Mais de quoi parlez-vous? s'inquiéta Richard.

— Les objets de pouvoirs! intervint Didier, qui avait réussi à décrypter une partie de ceux-ci. Je comprends mieux les écrits maintenant! « Quand tous les objets seront rassemblés, le porteur recevra des pouvoirs ».

Visiblement, Didier avait une longueur d'avance en ce qui concernait la compréhension.

— OK, vous allez tout m'expliquer, car je suis dans le néant. Je veux savoir ce qui vous est arrivé... et en détail! leur demanda Richard.

Il jeta un œil à Sarah, en lui demandant qui elle était, car il ne la connaissait pas.

— C'est ma copine, dit Edward. Papa, je te présente Sarah.

Pendant qu'Edward s'exécutait, les deux autres idiots faisaient des niaiseries derrière le dos d'Edward et Sarah.

— Vous ne changerez jamais, vous deux! leur dit Richard en les regardant faire leurs conneries. Ça remettait un peu de bonheur dans la pièce, après toutes les épreuves qu'il venait de traverser. Il savait bien, cependant, que d'autres épreuves étaient toujours à venir… ça, les jeunes ne s'en doutaient pas.

Edward commença donc à raconter à Didier et à son père ce qu'il venait de leur arriver. Eux non plus n'avaient pas été épargnés. Edward leur décrivait ce qu'il avait vécu au moment où il se tenait en suspension au-dessus de son corps dans le bateau. Ses amis n'en revenaient tout simplement pas, car eux étaient restés coincés dans cette pièce plus de deux jours, avec à leurs côtés le corps de leur ami qu'ils croyaient mort. Contrairement à son corps, l'esprit d'Edward s'était promené partout à l'intérieur du bateau, traversant les murs, une chose qui lui paraissait toujours complètement insensée. Mais jamais Edward ne s'était rendu compte du temps qu'il avait passé seul à arpenter ce navire, à la recherche de cette entité inconnue.

— Maintenant, je comprends pourquoi ce salaud de Yuri voulait tant s'approprier ce trésor! Imaginez-vous tout le mal qu'il pourrait faire avec ceci?

— Heu... qui est Yuri? demanda Edward.

— C'est l'homme à qui appartient la firme Wiki Horse. C'est lui qui avait embauché votre mère. Et probablement lui qui la tient toujours en otage.

Didier montra une image de l'homme à Edward. Instinctivement, le jeune recula d'un pas, très surpris de revoir ce visage, qu'il avait reconnu à cause de la méchante cicatrice.

— Qu'y a-t-il? demanda son père.

— C'est l'homme que j'ai vu sur le bateau, juste avant qu'on descende. Il a été catapulté sur le pont lors de notre passage. J'ai juste eu le temps de voir son visage, et c'est exactement cet homme.

— Pourquoi a-t-il été « catapulté »? demanda Didier, curieux d'en savoir un peu plus.

Edward leur raconta en détail le moment où ils étaient sortis du bateau, ainsi que le désamarrage de celui-ci.

— Maintenant, tu dis que le bateau est reparti en mer avec

cet homme à son bord... ainsi que cette entité étrange que vous avez vue?

— D'après moi, ce ne sera pas possible pour lui de revenir vivant de ce bateau et surtout avec ce qu'il y a à bord. Nous avons failli y laisser notre peau, et, si ce n'était pas des trois objets, nous n'avions aucune chance, déclara Edward.

— Le bon côté de tout ça, c'est que nous ne sommes plus en danger pour l'instant. Et on doit encore trouver Rose! Avec Yuri disparu, on va avoir un peu plus de difficultés, dit Didier.

— À vrai dire, non... ça ne devrait pas être trop difficile, annonça Richard.

Surpris, les autres le regardèrent sans trop comprendre ce qu'il avait en tête.

— Je vous explique : pendant que j'étais pris en otage par ce cher Jacques, je les ai forcés à me prouver que ma femme était toujours vivante. Et malgré le peu de temps où j'ai réussi à la voir sur l'écran du téléphone, Rose en a profité pour me passer un message. Elle avait indiqué l'endroit où elle était retenue prisonnière sur la paume de sa main. J'ai tout juste eu assez de temps de lire ce qui était inscrit.

— Et où est-elle? dit Edward, heureux d'apprendre cette bonne nouvelle.

— Ce que j'ai eu le temps de voir, c'est au Mexique avec Gran... Malheureusement, je n'ai pas eu le temps de voir le reste, mais c'est un excellent début, non? leur dit Richard.

— C'est déjà pas mal, effectivement. Ce qui veut dire qu'elle est retenue au Mexique. Maintenant, on doit trouver ce qu'elle a voulu dire avec les lettres Gran...

— As-tu une carte, ici, Emma? demanda Didier.

— Oui, mais tu devrais te reposer un peu. Je te rappelle que tu as reçu un projectile, voilà à peine deux jours. Et que tu étais presque à l'article de la mort. Edward s'approcha de Didier pour lui serrer la main afin de le remercier d'avoir sauvé son père.

Didier accepta la poignée de main, disant que c'était tout naturel. Un court instant, Didier retint la main d'Edward.

— C'est le bracelet que tu as trouvé sur le bateau? demandat-il à Edward, en y regardant de plus près. C'est normal qu'il y ait de la lumière qui en jaillit?

— J'en sais rien, répondit Edward. Je ne comprends pas encore ces pouvoirs. Hier, quand j'ai fait léviter la pomme, il en sortait de la lumière. Et quand nous nous sommes sauvés de ce bateau, la lumière était plus intense. Et… à un certain moment, elle sortait même de ma paume. Je ne comprends toujours pas pourquoi elle s'illumine. C'est trop flippant…

— Écoute, j'ai besoin encore de quelques jours de repos, mais aussitôt que je serai sur pied, je vais t'aider à comprendre ces pouvoir.

Au moment même où Didier lâcha la main d'Edward, plus aucune lumière n'en sortit.

— Vous voyez? Maintenant, elle n'éclaire plus! dit Edward.

— Oui, je vois bien, rétorqua Didier, un peu perplexe.

— OK, maintenant, laissons-le dormir… il doit se reposer, leur dit Emma.

Tous redescendirent en direction de la cuisine pour discuter de la prochaine étape à suivre. Maintenant que Yuri n'était plus dans le portrait, le nouvel objectif était de retrouver l'endroit où était retenue Rose. Au moins, ils savaient qu'elle était en vie et qu'elle était au Mexique, dans un endroit qui commençait par « Gran ». Mais où était ce site archéologique, et combien d'hommes de Yuri étaient encore présents à cet endroit? Et combien de temps

Didier en avait-il pour guérir de ses blessures? Il n'était pas question de faire ce voyage sans lui. Et plusieurs questions restaient en suspens pour l'instant. Bientôt, Edward allait découvrir que les objets qu'il avait en sa possession possédaient beaucoup plus de pouvoirs qu'il ne pouvait l'imaginer. Seul le temps allait lui prouver…

Conclusion

Pendant un week-end hors du commun, Edward et ses amis avaient vécu des aventures inattendues. Aucun d'eux n'aurait pu prévoir ce qui leur était arrivé... et encore moins l'épisode du bateau où ils avaient failli laisser leur peau. Heureusement, ils s'en étaient tous sortis indemnes. Durant ces péripéties, Edward avait fait une rencontre inattendue, celle de la belle Sarah, qui avait su attirer son attention d'une façon assez étonnante. C'est à partir de ce moment qu'Edward avait commencé à se découvrir de nouvelles aptitudes, mais sans pour autant comprendre ce qui lui arrivait.

Durant ce temps, son père Richard était à la recherche de sa femme Rose, qui avait disparu depuis près d'un an. Cette dernière avait été laissée pour morte pendant une expédition d'archéologie. Edward n'y pouvait rien, il en avait fait son deuil; bien qu'on n'ait jamais retrouvé son corps. De son côté, son père n'y croyait tout simplement pas : il était convaincu qu'elle était toujours en vie. Après avoir effectué des recherches plus approfondies, il avait réussi à mettre la main sur le nom de la firme par qui elle avait été embauchée. Cette firme, du nom de Wiki Horse, qui avait fait signer aux équipes d'archéologues des contrats de non-divulgation, semblait s'être volatilisée. Richard avait donc fait appel à un des amis et collègues de sa femme, avec qui elle avait travaillé à plusieurs reprises dans le passé. Cet homme, Didier, était un spécialiste dans bien des domaines, et spécialement en dialectes anciens. Grâce à son flair, il avait réussi à trouver une des planques utilisées par ces malfrats. C'est là qu'il avait mis la main sur des objets qui allaient tout changer dans la vie d'Edward.

Ces objets précieux, dotés de pouvoirs spéciaux, étaient très convoités par des personnes non recommandables… la situation se compliquait.

Made in the USA
Middletown, DE
23 May 2024